작가 소개

전건우

2008년 단편 소설 「선잠」으로 데뷔한 후 지금껏 『밤의 이야기꾼들』, 『소용돌이』, 『고시원 기담』, 『살롱 드 홈즈』, 『마귀』, 『뒤틀린 집』, 『안개 미궁』, 『듀얼』, 『불귀도 살인사건』, 『슬로우 슬로우 퀵 퀵』, 『어두운 물』 등의 장편 소설을 발표했다. 이 외에도 꾸준히 단편 소설 작업을 하며 다수의 앤솔러지에 작품을 실었다.
데뷔 이래 줄곧 호러, 미스터리, 스릴러 장르의 작품을 쓰고 있으며, 아마 세상이 두 쪽 나지 않는 한 앞으로도 그럴 것이다.
"어머니께서 호러, 추리, 미스터리 장르를 좋아하셔서 책장에 그런 작품이 가득했어요. 한글을 익히자마자 흉흉하고 으스스하고 오싹한 이야기를 읽었어요. 초등학교 때부터 이런 이야기의 재미를 알게 된 거죠. 누구나 이 장르를 사랑할 수는 없지만, 이 장르에 한 번 빠지면 벗어나기 힘들죠. 그 매력을 전하고 싶습니다."

전혜진

SF와 스릴러, 사회파 호러 작가. 라이트 노벨 「월하의 동사무소」로 제1회 이슈 노벨즈 공모전 편집부상을 받고 데뷔한 이래 부지런히 소설과 비소설, 만화 스토리를 써 왔다. 단편 소설 「파촉, 삼만 리」로 제5회 중국 청두 국제 SF 콘퍼런스인 '100년 후의 청두' 공모전에서 특별상을 수상했다. 소설집 『홍등의 골목』, 『아틀란티스 소녀』, 『바늘 끝에 사람이』, 『마리 이야기』 등을, 만화 『레이디 디텍티브』, 『리베르떼』, 웹툰 〈PermIT!!!〉의 스토리를 썼다. 「친애하는 황국신민 여러분」, 「컨베이어 리바이어던」, 「낫 서울, 낫 소울」, 「Legal ALEIN」 등 단편 소설에 주력하여 다수의 앤솔러지에 참여했다.
고전 문학에서의 귀신 이야기, 1990년대 전후 한국 순정 만화의 메시지와 스타일, 다양한 장르의 서브컬처와 지금 여기의 사회적 문제들에 두루두루 관심이 많다.
「Missing」도 그렇게 시작했다.

매드앤미러 03

금지된 아파트

MAD AND MIRROR

금지된 아파트

전건우×전혜진

TXTY

뭔가가 있는 페아파트 단지로 사라져 버린
조카를 구하러 가야 한다.

목차

괴리공간

전건우

0

내게 소설 쓰기를 가르쳐 준 작가 양반은 이런 말을 했다. 절대 날씨 이야기나 배경 묘사로 따분하게 시작하지 말라고. 하늘이 얼마나 파란지, 구름이 무슨 모양인지 설명할 시간에 일단 누군가를 죽이고 시작하라고. 그 작가의 수업이 전체적으로 지루하고 쓸모없었던 것과는 별개로 그 말 자체는 동의할 수 있었다. 내가 독자 입장에서 봤을 때도 '하늘은 맑고 청명했다'로 시작하는 소설이 있다면 당장 집어던졌을 테니까. 마찬가지로 '그 건물은 길쭉한 직사각형이었다' 같은 낡은 표현이 떡하니 첫 문단에 자리 잡고 있다면 바로 책을 덮었을 것이다. 그럼에도 한 가지 양해를 구하자면, 나 역시 그런 유혹에서 벗어나지 못했다. 아마도 잠시 후 알게 되겠지만 나는 이 작품의 도입부에서 구질구질한 날씨 얘기와 너저분한 배경 묘사에 상당 부분을 할애했다. 굳이 변명하자면 어쩔 수 없는 노릇이었다. 우선 그것들을 빼고는 이야기를 풀어낼 수 없었다. 또 하나, 이건 순도 100퍼센트의 소설은 아니라는 점을 말하고 싶다. 누군가는 보고서로 여길지도 모를 일이고 다른 누군가는 회고록 내지는 일기라 생각할지도 모른다. 그러니 꼭 소설 쓰기의 법칙을 따를 필요는 없지 않을까, 하는 게 내 생각이었다.

아무튼, 이제부터 소설이나 보고서 혹은 일기나 회고록이 될 수도 있는 이 이야기를 시작하겠다. 미리 말하지만, 이 이야기 속 모든 상황은 내가 직접 겪은 것들이다. 앞서 말한 그 어설픈 소설가 양반이 쓸 만한 말을 또 하나 남겼는데 그게 바로 세상의 모든 첫 소설은 '자전 소설'에 가깝다는 것이었다. 그렇다. 이 작품, 그러니까 장르를 구분할 수 없는 모호한 이 이야기마저 나는 내가 경험한 것만 썼고, 그렇기에 역시나 자전적이라 부를 만한 뭔가가 탄생했다. 그러고 보니 그 소설가가 제법 실속 있는 소리를 했구나 싶다.

사설이 길었다. 안 그래도 도입부에서 힘이 빠질 텐데 프롤로그 격인 이 부분마저 한없이 늘어진다면 그 누구도 견뎌 내지 못할 터. 딱 하나만 더 말하고 본론으로 넘어가야겠다.

이 기록물이 세상에 공개될지 아니면 내 노트북에만

들어 있게 될지 지금으로서는 알 수 없는 노릇이지만, 만약 공개된다면 나는 실종 상태이거나 죽었거나 아니면 이 세상이 아닌 다른 공간에서 헤매고 있을 것이다. 그런 위험을 감수하면서까지 이 글을 쓰는 이유는 진실을 밝히고 싶기 때문이다. 나를 희생해 진실을 드러내면 오히려 주위 사람은 안전해지리라는 계산도 깔려 있다. 어쨌든 내 모든 걸 걸고 말하고 싶은 것은 하나다.

'괴리공간'은 실재한다.

지금부터 그 이야기를 하겠다.

1

4개월 전 그날은 종일 맑고 선선했다. 낮 동안에는 하늘에 구름 한 점 없었다. 전형적인 초가을 날씨였다. 그럼에도 김 씨 아저씨는 무릎으로 바람이 들고 저기압이 느껴진다며 걱정했다. 어두워지면 비가 제법 내릴지도 모른다고 말하기도 했다. 그러거나 말거나 나는 별 상관하지 않았다. 비가 쏟아지면 비옷을 입고 순찰을 하면 되고, 나머지 시간에는 누구의 방해도 받지 않고 책을 읽거나 자기소개서를 쓸 수 있으니까. 그곳은 가난한 취준생에게는 최적의 아르바이트 장소였다. 물론 으스스한 분위기를 풍기며 서 있는 폐아파트 단지를 손전등 하나에 의지해 돈다는 게 그리 쉬운 일만은 아니었지만…….

총 열세 개 동으로 된 대규모 아파트 단지는 오랜 세월

버려진 채 우리 동네의 흉물로 남았다. 뼈대까지 다 세운 아파트가 왜 완공이 안 되었는지에 대해서는 동네 사람들 사이에서 말이 많았다. 건설사가 부도났다는 소문부터 터가 안 좋아 인부가 자꾸 죽어 나가 결국 공사를 중단하게 되었다는 터무니없는 이야기까지 떠돌았다. 그래서일까, 폐아파트 단지를 둘러싼 괴담만 해도 한두 개가 아니었다. 술에 취해 근처를 헤매던 사람이 귀신을 봤다든가 가출 청소년 여럿이 괴성을 듣고 도망쳤다는 식의 흔하디흔한 괴담이었다.

그러거나 말거나 나는 돈이 필요했다. 서른셋의 취업준비생은 비록 어머니에게 얹혀산다고는 해도 늘 돈이 필요한 법이었다. 그랬기에 폐아파트 단지의 야간 경비원을 뽑는다고 했을 때 나는 주저 없이 지원했다. 비록 일주일밖에 안 되는 단기 아르바이트였지만 그 돈마저도 절실했다. 다행히 줄줄이 서류에서 탈락하던 취업 시장에서와 달리 나는 경비 아르바이트에 합격했다. 왜 뽑혔는지 이유는 모르겠지만 어쨌든 좋은 소식이었다.

"보면 알겠지만 별로 할 일은 없어. 아무도 못 들어오게 단속만 하면 돼."

첫날, 김 씨 아저씨가 했던 말이었다. 그는 50대 후반과 60대 초반 사이 어딘가에 속할 법한 늙수그레한 남자였다. 전체적으로 시든 대파 같은 인상을 풍겼는데 희끗희끗 색 바랜 초록 점퍼를 입고 있어서 더 그래 보였다. 김

씨 아저씨는 매일 그 점퍼만 입었다. 적어도 내가 본 6일 동안은 그랬고, 그건 마지막 순간에도 마찬가지였다. 그러니까, 죽을 때도 그랬다는 거다.

나는 아직도 초록색 점퍼 사이로 흘러나오던 내장을 잊지 못한다. 물론 비 내리던 그 밤에 일어난 일도…….

저녁이 되자마자 거짓말처럼 비가 내리기 시작했다. 김 씨 아저씨는 거 보라는 듯 중얼거렸다.

"사람 예감이라는 게 참 무서워."

어찌 그런 양반이 그날의 비극에 대해선 그리 둔감했을까.

나는 비가 내리거나 말거나 열심히 노트북을 두드리며 자기소개서를 쓰고 있었다. 변변찮은 대학교의 국어국문학과를 졸업한 후 취업을 위해 자기소개서를 지겹도록 쓴 지 어느덧 5년, 그동안 내 얄팍한 이력에는 거짓말만 붙었고 결국 '최재수' 이름 석 자 말고는 모조리 지어낸 이야기가 되어 버렸다. 그럼에도 서류에서 탈락하는 일이 잦았다. 그렇다는 건 결국 나보다 뛰어난 소설가가 그만큼 많다는 뜻이었다. 이곳저곳 가리지 않고 5년을 지원했으면 한 곳 정도는 붙을 법도 하건만 내게 그런 행운은 일어나지 않았다. 재수 좋은 인간이 되라는 뜻으로 아버지가 지어준 이름과 달리 나는 지독하게 운이 없었다. 용돈 아껴 가며 매주 로또를 사도 그 흔한 5,000원 한 번 당첨된 적이 없었고, 길에서 돈을 주워 본 적도 없었다. 어디 그뿐인가, 애인은커녕 친구도 사귀지 못해 늘 혼자였다. 이러니 냉소적이고 염세적인 인간이 될 수밖에.

밤이 되자 빗줄기가 본격적으로 굵어졌다. 김 씨 아저씨와 나는 각각 우비를 챙겨 입고 밖으로 나갔다. 순찰이라고 해서 별 건 없었다. 그저 각 동 주위를 둘러보면 되는 거였다. 아파트 단지 입구에는 이미 첨단 경비 시스템이 다 설치된 상태였다. 외부에서 누군가 침입하면 비상 알림이 울리는 건 물론이고 CCTV로 다 볼 수도 있었다. 원래라면 그랬다. 문제는 그 시스템이 고장 났다는 거였고, 그게 워낙 첨단이라 수리하는 데에도 일주일이 걸린다는 사실이었다. 김 씨 아저씨 외에 다른 한 명이 필요했던 건 그런 이유 때문이었다. 두 번째 출근했을 때 나는 김 씨 아저씨에게 물었다.

"근데 이미 버려진 지 오래된 이런 곳에 왜 경비가 필요한 겁니까?"

그때 김 씨 아저씨가 했던 대답은 이거였다.

"모두의 안전을 위해서지. 허허."

그 말을 흘려듣는 게 아니었는데…….

아무튼, 비가 쏟아졌던 그 여섯째 날 밤 우리 둘은 평소처럼 아파트 입구부터 시작해 순찰을 했다. 별다른 건 없었다. 하지만 5동을 막 지났을 때 이상한 느낌이 엄습했다. 목덜미에 한기가 든다 싶더니 곧 오소소 소름이 돋았다. 손가락 끝이 찌릿찌릿하기도 했다. 심장도 죄어 왔다.

처음에는 내 몸에 문제가 생겼다고 생각했다. 그래서 우뚝 멈춰 섰다. 김 씨 아저씨가 나를 돌아보았다.

"몸이 좀 이상한데……."

그렇게 말했을 때였다.

"악!"

단말마의 비명이 들린다 싶더니 곧 무언가가 포효했다. 짐승의 울부짖음 같은 소리가 밤하늘에 쩌렁쩌렁 울려 퍼졌다. 순간 김 씨 아저씨의 표정이 싹 바뀌었다.

"7동 쪽이야! 자네는 오지 말고 여기서 기다려."

김 씨 아저씨는 그 말만 하고는 어둠 속으로 달려갔다. 나는 무슨 일인지 몰라 멍하니 서 있다가 아저씨를 따라 뛰었다. 뭐가 어떻게 되었건 위험한 상황인 건 틀림없었고 그렇다면 김 씨 아저씨에게만 맡겨 둘 순 없었다.

"같이 가요!"

내가 외쳤지만 김 씨 아저씨는 순식간에 멀어져 시야에서 사라졌다. 평소의 모습과는 도무지 어울리지 않는 몸놀림이었다. 헐레벌떡 그 뒤를 따라 달리는 동안에도 짐승의 포효는 계속됐다. 나는 6동 주차장을 가로지른 뒤 만들다 만 화단을 넘어 7동 앞에 다다랐다. 그 순간 나는 보고 말았다.

그 괴물을.

"크아아!"

족히 3미터는 될 것 같은 키에 엄청난 덩치, 거기에 북

슬북슬한 털을 온몸에 두른 괴물은 툭 튀어나온 주둥이를 한껏 벌리며 울부짖었다. 비가 쏟아지는 밤이었지만 괴물의 정체가 늑대 인간이라는 건 똑똑히 알아볼 수 있었다. 다만 내 빈약한 상상력이 따라가지 못할 뿐이었다. 당연한 일 아닌가? 방금까지 자기소개서를 쓰다가 나왔는데 거대한 늑대 인간이 서 있으면 누구라도 믿기 힘들 것이다. 게다가 그 늑대 인간이 누군가의 머리통을 쥐고 있다면 더욱더…….

하지만 당황하지 않는 사람이 있었다.

"골치 아프게 됐군. 늑대 인간이라면 레벨 6은 족히 넘을 텐데."

김 씨 아저씨는 낭패라는 듯 중얼거리기는 했지만 딱히 놀란 것 같지는 않았다. 그렇다고 겁을 먹은 것처럼 보이지도 않았다.

"아저씨. 저게 뭐예요?"

내가 묻자 아저씨는 힐끔 뒤를 돌아보며 말했다.

"조금 있으면 요원들이 출동할 거야. 내 임무는 그때까지 공간수를 막는 거야. 그러니 자네는 도망가."

요원이니 공간수니 전부 알 수 없는 말이었지만 하나는 확실히 알아들었다. 도망가야 한다는 것. 다만 발이 떨어지지 않았다. 늑대 인간과 마주한 순간부터 오금이 저리며 몸이 굳었다. 온몸이 떨렸지만 꼼짝도 할 수 없었다. 무서웠다. 정신이 나갈 만큼 무서웠다. 급기야 늑대 인간이 한 번 더 포효했을 때는 비명을 지르며 나도 모르게 주저앉고 말았다.

“으아악!”

늑대 인간은 한때는 누군가의 몸에 달려 있었을 머리를 던진 후 김 씨 아저씨에게 돌진했다. 그러고는 단검처럼 번득이는 발톱을 드러낸 채 앞발을 휘둘렀다. 나는 최악의 상황을 떠올리며 눈을 감았다. 고통에 찬 처절한 비명과 살이 찢기는 소리 그리고 울부짖는 늑대 인간…….

아무런 소리도 들리지 않았다. 조용했다. 슬그머니 눈을 떴다. 눈앞에서 믿을 수 없는 광경이 펼쳐지고 있었다. 김 씨 아저씨가 늑대 인간의 공격을 모두 피하는 중이었다. 그것도 거의 날아다니다시피 몸을 움직이면서. 그것만이 아니었다. 수수깡 같은 앙상한 다리로 힘껏 뛰어올라 늑대 인간의 아가리에 돌려 차기를 먹였다. 늑대 인간이 휘청했다.

“됐어!”

나는 주먹을 불끈 쥐었다. 그것이 아저씨의 마지막 반격이었다는 걸 알기까지는 몇 초도 걸리지 않았다.

“크아아!”

포효와 함께 훌쩍 뛰어오른 늑대 인간은 아저씨가 미처 피하기도 전에 발톱을 내리꽂았다. 놈의 길고 긴 발톱이 아저씨 머리를 관통해 얼굴을 반으로 가르는 모습을 나는 똑똑히 지켜볼 수밖에 없었다. 이제는 비명도 나오지 않았다. 다음에 죽을 차례가 자신이라는 걸 안다면 소리를 지르기보다는 흐느껴 울게 되는 법이니까. 그랬다. 나는 질질 쨌다. 살려 달라고 빌고 싶었지만 늑대 인간은 말이 통할 것 같지 않았다. 이렇게 죽을 줄 알았다면 조금 덜 열심히 살걸, 하는 후회가 파도처럼 밀려왔다. 애초에 취업 걱정 같은 건 하지도 말고 한량처럼 지냈으면…….

내가 억울해하건 말건, 엉엉 울건 말건 상관없이 늑대 인간은 아주 흡족한 표정으로 김 씨 아저씨의 머리통마저 떼어 내 버렸다. 그러고는 그 번득이는 샛노란 눈깔로 나를 노려보았다. 우리 둘 사이에는 10여 미터 정도의 거리가 있었지만 늑대 인간이 마음만 먹는다면 단 두 걸음이면 충분했다. 그러니까 쭈쭈바 꼭지를 따듯 내 머리를 뜯어내기까지는 채 1분도 안 걸린다는 뜻이었다. 하지만…… 이미 짐작했겠지만 그런 일은 일어나지 않았다.

늑대 인간은 내게 다가오는 대신 몸을 돌려 화단을 가로지르려 했다. 그 순간에는 놈이 자비를 베푼 건지 아니면 머리통 수집에 벌써 질려 버린 건지 알 수가 없었다. 어쨌든 나는 숨을 죽인 채 늑대 인간을 지켜보았다. 놈은 쌔액쌔액 거친 숨을 토해 내며 화단에 올라섰다. 그때였다. 검은색 승용차 세 대가 요란한 엔진 소리를 내며 등장한 것은.

그때의 나는 제정신이 아니었다. 그랬기에 어떤 장면은 뒤죽박죽 뒤섞였고 또 어떤 장면은 지나치게 과장되어 기억에 남게 되었다. 그럼에도 명확하게 기억하는 한 가지는 중년 여성의 앞머리에 감긴 그루프였다. 이게 무슨 늑대 인간 재주 넘는 소리냐고 하겠지만 나는 확신할 수 있다. 세 대의 차 중 한 곳에서 내린 그 여성은 분명 분홍색 그루프를 야무지게 감고 있었다.

"제압 대형으로!"

그 여성, 그러니까 그루프는 나머지 사람들에게 큰 소리로 명령을 내렸다. 검은색 양복에 검은색 넥타이에 검은색 선글라스까지 낀 사람들은 순식간에 늑대 인간을 에워쌌다. 늑대 인간은 갑자기 나타난 새로운 먹잇감 내지는 놀잇감에 흥분한 듯 가슴을 쩍 벌린 채 미친 듯이 울부짖었다.

"크아아!"

나였다면 오금이 저려 서 있지도 못할 텐데 차에서 내린 사람들은 꿈쩍도 하지 않았다. 그리고 다음 순간 그루프의 서슬 퍼런 명령이 떨어졌다.

"제압하라!"

그 말이 떨어지기 무섭게 사람들이 품에서 뭔가를 꺼냈다. 장난감 총 같아 보였다. 방아쇠를 당기면 불빛이 나며 삐융, 삐융 소리를 내는. 나는 무슨 일이 벌어질지 몰라 조마조마한 마음으로 그 대치 상황을 지켜보았다. 사람들은 동시에 늑대 인간과의 거리를 척, 하고 좁히더니 또 동시에 그 총을 발사했다.

삐융! 삐융!

장난감 총과 같은 소리가 들리긴 했지만 총구에서 뻗어 나간 건 틀림없이 레이저였다. 붉은 광선 10여 개가 늑대 인간의 털을 지지고 살을 꿰뚫었다. 늑대 인간은 이제 고통에 찬 비명을 지르기 시작했다. 그러면서 비틀거리다가 끝내 풀썩 쓰러졌다. 사람들은 늑대 인간이 완전히 불에 타 바비큐처럼 될 때까지 총질을 멈추지 않았다. 그 모든 게 단 몇 분 만에 벌어진 일이었다.

"박 주임님. 처리했습니다."

검은 옷 중 누군가가 그루프에게 보고했다. 그루프는 아마 박 주임이라 불리는가 보다 하고 그제야 알게 되었다.

"수고했어."

박 주임은 그렇게 말하며 활활 타고 있는 늑대 인간 쪽으로 다가갔다. 그러고는 담배 한 개비를 꺼내 거기에 대고 불을 붙였다. 후우. 깊게 마신 연기를 멋지게 내뱉은 박 주임은 한마디를 더했다.

"이제 마지막만 남았네."

그 마지막이 나라는 걸 깨닫기까지는 시간이 좀 걸렸다. 박 주임의 말투로 봤을 때 마지막만 남았다는 건 결코 좋은 쪽으로 해석할 수 없었다. 나는 최악의 상황을 머릿속에 그리며 박 주임에게 다가갔다. 그러면서 외쳤다.

"저기요! 지, 지금 이게 무슨 상황입니까? 위험 수당도 없이 이런 일에 말려들게 했다는 건 엄연히 노동법을 어긴…….”

박 주임은 담배 연기를 한 번 더 내뿜은 후 나를 힐끔 쳐다보았다. 그루프와 어울리지 않게 가까이서 보니 눈매가 매서웠다. 멀리서 봤을 때는 집안일 하다가 달려 나온 중년 아줌마인 줄 알았는데…….

“그러고 보니 이상하네요. 그쪽은 왜 무사하죠?”

“네?”

나는 박 주임이 무슨 뜻으로 묻는 건지 몰라 멍하니 박 주임을 마주 보기만 했다. 마치 무사한 게 큰 잘못이라는 듯 박 주임은 미간을 찌푸린 채 내 온몸을 훑어보았다. 그러고는 다시 질문을 던졌다.

“늑대 인간이 해치려 들지 않았어요?”

“무시하던데요?”

솔직히 대답했다. 늑대 인간에게조차 무시당한 건 사실이었으니까.

“그럴 리가 없는데……. 늑대 인간은 낮은 레벨의 공간수 중에서는 시각과 후각이 가장 예민하고 한 번 포착한 건 일단 죽이고 보는데.”

“분명히 절 봤어요. 보긴 했는데 그냥 지나쳐 갔거든요.”

나는 조금 전 상황을 자세히 설명했다. 최대한 과장을 섞어서. 자기소개서를 작성하듯 그렇게. 늑대 인간이 코앞까지 다가와 킁킁 냄새를 맡고도 그냥 돌아서더라고요, 라고 말하던 참에 박 주임이 손을 들어서 내 입을 막았다.

“그러고 보니 그쪽 이름이?”

“재수, 최재수라고 합니다.”

“맞아! 분명 그런 이름이었고 일주일만 근무한다고 했는데 까먹고 있었네. 내가 이런 걸 까먹는 것도 드문 일인데…….”

박 주임은 고개를 갸우뚱하면서 나를 찬찬히 훑어보았다. 그사이 다른 사람들은 커다란 봉투에 타다 만 늑대 인간 시체를 담고는 주위를 깨끗하게 정리하기 시작했다. 늑대 인간이 떼어 낸 두 개의 머리통 역시 차에 싣는 걸 보며 나는 박 주임에게 물었다.

“저…… 김 씨 아저씨는 이후 어떻게 되는 거죠? 장례라든지, 뭐 그런 것들이요.”

“김 경비원은 절차에 따라 처리될 겁니다.”

그러니 관심 끄라는 소리였다. 나는 눈치 하나는 빨랐기에 바로 입을 다물었다. 서울 하늘 아래 늑대 인간이 나타났다. 그 탓에 두 명이나 희생되었는데 거기에 대해선 아무런 말도 없이 유일한 목격자인 날 해하려 한다. 그것도 앞머리에 그루프를 만 중년 여성이. 늑대 인간이 나타났다는 사실보다도 나는 그게 더 섬뜩하고 무서웠다. 검은색 양복을 맞춰 입고 선글라스까지 쓰고 기계처럼 일처리를 하는 저들은 과연 어디 소속이란 말인가?

“최재수 씨. 혹시 전에도 이런 일이 있었습니까?”

박 주임이 물었다.

"아뇨. 느, 늑대 인간을 본 건……."

"아니, 그거 말고요. 결정적인 순간에 무시당했던 적이 있었냐고 묻는 겁니다."

"하, 한두 번이 아닌데요?"

나는 지난날을 떠올리며 말했다. 내 인생은 무시와 무관심으로 요약할 수 있었다. 식당에 갔는데 내게만 주문을 안 받아 멀뚱히 앉아 기다렸던 적이 있었나? 선생님이 내 번호만 안 부르고 출석 체크를 끝낸 적이 있었나? 조별 발표를 할 때 나만 혼자 남았는데도 아무도 눈치채지 못한 적이 있었나? 행군 중 낙오했는데도 누구 하나 찾으러 오지 않았던 적이 있었나? 1년 내내 강의를 들었던 전공 수업 교수님이 내 이름만 기억하지 못했던 적이 있었나?

나는…… 있었다.

처음에는 단순히 내가 조용하고 눈에 잘 띄지 않는 스타일이라 그런 줄 알았다. 아니었다. 발표할 사람을 찾을 때 두 손을 들고 방방 뛰어 봐도, MT에 가서 꽥꽥 소리 지르며 노래를 불러 봐도 사람들은 언제나 날 투명 인간 취급했다. 같은 테이블에 앉아 있는데도 자기들끼리 한참 이야기하다가 날 발견하고는 "너 언제부터 있었어?"라고 묻는 경우가 부지기수였다.

내가 그런 이야기를 구구절절 늘어놓자 박 주임은 고개를 끄덕였다. 그러면서 말했다.

"아주 희박한 확률로 그걸 타고나는 사람이 있어요. 지극히 낮은 존재감 말이에요. 그러니까 최재수 씨는 이 세계와 괴리되었다 할 정도로 존재감이 없는 거죠. 그래서 공간수가 당신을 인지하지 못한 거예요."

"그러니까, 제가 존재감이 없어서 살 수 있었다는 거죠?"

나는 서글픈 마음을 애써 참으며 물었다. 늑대 인간의 머리통 수집 목록에 들어가지 않았다는 건 다행이지만 괴물의 관심을 끌지 못할 정도로 존재감이 낮다는 건 썩 기분 좋은 일은 아니었다.

"네. 적어도 두 번은 목숨을 건졌네요."

박 주임은 싱긋 웃으며 말했다.

"두 번이요?"

"한 번은 공간수, 한 번은 우리."

마치 당연한 것 아니냐는 듯 말하는 박 주임을 보자 울컥 화가 치밀었다. 그럼에도 따지듯 묻지 못한 건 물론 박 주임 뒤에 선 요원들 때문이었다. 그 삐융삐융 레이저총을 내게 겨누고 있었으니까.

"잠깐, 잠깐만요! 지금 그 말씀은 절 죽이려 했는데 마음을 돌리셨다는 건가요?"

"네. 그쪽의 쓸모를 찾았거든요."

박 주임은 경쾌하게 대답했다.

"쓸모라면……."

"공간수들은 예민해요. 그리고 아무리 신경을 써도 가

끔 탈출하죠. 그러면 이런 비극이 생긴답니다. 김 경비원은 아주 뛰어난 퇴직 요원이었지만 결국 늑대 인간 정도도 해결하지 못했어요. 혼자 맞서 싸우는 건 결국 승산이 없다는 뜻이죠. 이런 점에서 봤을 때 공간수가 무시할 정도의 낮은 존재감을 가진 그쪽이야말로 괴리공간 경비원에 제격이라 할 수 있겠죠. 적어도 경비원이 자꾸 죽어 나가는 건 막을 수 있을 테니까."

머릿속이 복잡했다. 내가 쓸모 있다는 건 대단히 다행스러운 일이었고 덕분에 목숨까지 건진다는 것 역시 환영할 만한 일이었지만, 내 인생이 어째 이상한 방향으로 흐른다는 찜찜함을 지울 수가 없었다. 괴리공간은 다 뭐고 공간수는 또 뭐란 말인가?

고뇌에 찬 내 표정을 읽은 듯 박 주임이 덧붙였다.

"지금은 모든 게 혼란스러울 거예요. 괴리공간, 공간수 그리고 우리의 존재까지 아는 게 하나도 없을 테니까. 그런 건 제가 찬찬히 하나씩 설명해 드릴 테니 일단 결정하세요. 이곳의 경비원이 될 건가요, 아니면……."

"아니면?"

"뭐, 이 세상에서 사라지는 거죠, 완전히."

너무도 무서운 말을 너무나 담담하게 해서 오히려 더 현실감 있게 다가왔다. 박 주임은 충분히 그러고도 남을 사람이었다. 한두 번 그래 본 것도 아닐 거라고, 나는 조심스레 짐작했다. 그렇다는 건 내게 선택권이 없다는 뜻이기도 했다. 빌어먹을.

"하겠습니다! 경비원이건 뭐건 시키는 것들 다 하겠습니다!"

나는 진심을 담아 말했다. 박 주임은 만족한다는 듯 미소를 짓더니 담배 연기를 후 내뿜었다.

"좋아요. 그럼 지금부터 그쪽이 A-42 구역의 괴리공간 경비원이 되는 겁니다. 제가 임명하는 거니 문제는 없을 겁니다. 참! 이름이 뭐라고 했죠? 그새 까먹었네요. 호호."

"최재수입니다."

"네. 최재수 씨. 경비원이 된 걸 축하하고, 특별한 능력을 타고난 것 역시 축하해요."

나는 박 주임이 내미는 손을 잡았다. 우리의 악수는 길지 않았다.

"저…… 궁금한 게 진짜 많은데요……."

내 말이 끝나기도 전에 박 주임이 손을 들어서 막았다. 그러고는 짧게 한마디를 했다.

"지금은 시간이 없으니 제일 궁금한 거 딱 하나만 물어봐요."

제일 궁금한 건 역시 그거였다. 나는 조심스레 물었다.

"4대 보험이 되는 정직원인가요?"

"아뇨. 단기 계약직이에요. 물론 근무 성적에 따라 정직원이 될 수도 있죠."

박 주임은 그 말과 담배 연기를 남긴 채 다시 검은색 차에 올랐다. 그사이 다른 요원들은 주위를 깨끗하게 청소해 놓았다. 차가 아파트를 빠져나가기 전, 뒷좌석 창문을 열고 박 주임이 외쳤다.

"내일도 평소처럼 출근해요. 그때 만나서 다 이야기해 줄 테니까!"

그리하여 나는 괴리공간의 경비원이 되었다. 엄마 나 취직했어, 라고 말할 수도 없는 상황이라는 건 알고 있었다. 기뻐해야 할지 아니면 난감해해야 할지 모른 채 터덜터덜 집으로 향하는 동안 여러 생각이 머릿속을 스치고 지나갔다. 앞으로 어떤 일이 펼쳐질지 감도 오지 않았다.

나중에야 알게 된 사실이지만 그날 늑대 인간이 들고 있던 머리통의 주인은 유튜버였다. 몰래 폐아파트 단지에 들어와서 영상을 찍던 중에 참변을 당했는데, 그에 관한 뉴스는 어디에도 나오지 않았다. 물론 김 씨 아저씨의 죽음이나 늑대 인간의 출몰에 대한 뉴스도 마찬가지였다.

박 주임이 속한 조직은 언론을 통제할 정도의 힘을 지니고 있었다. 그리고 한 사람의 존재를 완전히 지울 정도의 힘도…….

아무래도 잘못 엮인 것 같다고 생각하며 그 밤 내내 잠을 설쳤다. 할 수 없이 핸드폰을 들고 '괴리공간'에 대해 검색했다. 아무런 정보도, 비슷한 검색어조차 나오지 않았다. 실망한 마음에 핸드폰을 내려놓은 그 순간, 거짓말처럼 전화가 걸려 왔다. 새벽 3시에 내게 전화할 사람은 아무도 없었다. 나는 숨을 죽이고 핸드폰을 바라보았다. 전화는 곧 끊어졌지만 나는 다시 핸드폰을 들 생각도 못하고 이불 속으로 파고들었다.

2

"저기 저, 우리 동네 산비탈 아래 폐아파트 단지 알지? 귀신 나온다는 소문 도는 곳 말이야! 거기 척 보기에도 흉흉하잖아. 근데, 그 소문이 진짜래. 내가 그 아파트 지을 때 일했던 인부를 만난 적이 있거든. 그 사람이 말해주는데 원래 거기가 무덤이 즐비했대. 연고 없는 무덤들. 그걸 싹 밀어 버리고 아파트 터를 만들었는데, 공사하는 내내 이상한 일이 계속 일어났다는 거지. 공사 자재를 다 정리해서 방수포까지 덮어 놓고 퇴근했는데 다음 날 와 보면 그것들이 전부 폭격이라도 맞은 것처럼 널브러져 있더라는 거야! 그뿐이면 괜찮지. 더 섬뜩한 일은 자꾸 사고가 나서 사람들이 다치고 그랬다는 거야. 누군 팔이 잘리고, 누군 떨어져서 머리가 깨지고……. 그래도 다들 쉬쉬하면서 공사를 계속했는데 결정적인 사건이 터진 거지. 야간작업을 하던 누군가가 귀신을 봤다고 며칠 동안 헛소리를 하더니 결국 자살한 거야. 공사장에서 말이야! 어떻게 자살한 줄 알아? 아파트 20층 난간에서 목을 맸다는 거지. 처음 발견한 인부 말로는 혀가 거의 발끝까지 축 늘어져 있더래! 그 뒤로 공사장에선 낮이고 밤이고 스읍, 스읍 하는 소리가 들렸대. 그게 무슨 소린지 알아? 자살한 인부가 혀를 질질 끌면서 돌아다니는 소리였던 거야. 그러다 보니 결국 공사를 중지했고, 건설사 대표까지 병에 걸리고, 아무튼 끔찍한 일이 많았나 봐. 지금도 거긴 귀신이 잔뜩 돌아다닌대. 특히 그 자살한 인부가 스읍, 스읍 혀를 끌면서 폐아파트 단지 구석구석을 다닌다는 거야. 그러니까 거기 갈 생각은 꿈에도 하지 마. 알았지?"

나는 한바탕 이야기를 쏟아 내고는 박 주임 눈치를 살폈다. 그는 안경을 만지작거렸다. 그건 곧 잔소리가 시작된다는 의미였다. 아니나 다를까…….

"너무 전형적이지 않아요? 자살한 인부 이야기는 이미 한 번 나오기도 했고, 거기다가 혀를 질질 끌고 다닌다는 건 무서운 게 아니라 좀 황당한데."

"지난번에 디테일을 살려 보라고 하셔서요."

"그게 혀를 잡아 빼라는 뜻은 아니거든요. 디테일을 살린다는 건 최대한 그럴듯해 보이도록 만든다는 거죠. 밑도 끝도 없이 과장하는 게 아니라. 혀는 명치 근처까지만 내려왔다고 해요. 알겠어요?"

귀신의 혀 길이에 민감하게 구는 박 주임을 이해할 수 없었지만 나는 일단 고개를 끄덕였다. 윗사람이 까라면 까는 게 직장 생활 아니던가. 특히나 위계질서가 확실한 공무원 사회에서는 더욱 당연한 일이겠지. 박 주임이 공무원이라는 건 순전히 내 짐작이었다. 국정원이나 뭐 그런 곳이겠지. 그렇다는 건 나 역시 공무원이고 국정원 소속이라는 건데 어딜 가서도 이 이야기를 할 수 없다는 게 문제였다. 세상 사람들이 보기에 나는 그냥 경비원이었다. 그것도 오래전에 공사가 중단된 폐아파트 단지를 지키는 경비원. 엄마는 경비원도 괜찮으니 돈만 벌면 된다고 했지만 내 진짜 임무가 뭔지 안다면 아마 놀라서 펄쩍 뛸 것이다.

"그럼 오늘은 다른 일정이 있어서 이만 가 볼게요."

박 주임은 그렇게 말하며 일어났다. 다른 일정이 있다고는 하지만 외근 나온 김에 일찍 퇴근하려는 거겠지. 나도 그 정도 눈치는 있다. 잔소리꾼 상사와 좁디좁은 경비실에 같이 앉아 있는 건 나 역시 불편했기에 얼른 대답했다.

"알겠습니다. 그럼 혀는 명치쯤 내려오는 걸로 해서 각 커뮤니티에 올리도록 하겠습니다."

"좋아요. 수고하세요."

서둘러 경비실에서 나가는 박 주임을 보며 그 역시 퇴근을 갈망하는 한낱 직장인일 뿐이라는 사실을 새삼 깨달았다. 나는 궁금했다. 한없이 평범해 보이는 박 주임이 어떻게 이 중책을 맡게 된 건지. 박 주임은 괴리공간과 공간수에 대해서는 지겹도록 여러 번 설명해 주었지만 그 외의 것들에는 철저히 입을 다물었다. 나는 박 주임의 이름이 뭔지도 몰랐다. 그저 4개월 전부터 지금까지 주임님이라고 부를 뿐이었다. 실수로 주인님이라 부른 적은 없어 그나마 다행이었다.

나는 몇 날 며칠 고심해서 지어낸 괴담을 수정해 인터넷에 올렸다. 혀 길이를 줄이고 스읏, 스읏 소리를 뺐다. 이로써 우리 동네 폐아파트 단지에는 괴담이 하나 늘었다. 이런 유치하고 소극적인 방법으로 사람들의 접근을 막는다는 발상 자체가 이해하기 힘들었지만 아무려나 나는 시키는 대로 할 뿐이었다. 언젠가 한 번 박 주임에게 묻기는 했다.

“이러지 말고 여기에 군사 시설 같은 걸 만들어 버리면 되지 않을까요? 그럼 민간인이 몰래 들어오는 일은 없을 텐데.”

“그건 복잡한 사정이 있어 어려워요. 괴리공간을 관리하는 건 어디까지나 우리 회사가 주체적으로 해야 하니까.”

그러니까 이런 걸 가지고도 윗선은 주도권 싸움을 벌이고 있는 거라고, 나는 알아들었다. 그 윗선이라는 게 정확히 어디까지인지는 모르겠지만 한 가지는 확실했다. 내가 제일 말단이라는 사실.

말단인 나는 한 마리 성실한 일개미처럼 정해진 시간에 순찰을 했다. 아파트 곳곳에는 CCTV가 설치되어 있고 무인 경비 시스템도 다 갖춰져 있지만 방심할 수는 없다. 1동부터 13동까지 일일이 둘러보고 점검해야 한다. 혹시 누군가가 괴리공간 안으로 들어가지 않는지, 아니면 괴리공간 안에서 무언가가 튀어나오지는 않는지.

자, 이제는 괴리공간에 관해 설명해야 할 것 같다. 나도 아는바, 요즘 독자는 답답한 전개를 싫어한다. 괴리공간은 뭐고 공간수는 또 뭔지 이쯤에서 그 실체를 밝혀야 흥미를 가지고 다음 이야기도 읽겠지. 게다가 앞으로 튀어나올 이야기는 괴리공간을 이해하지 못하면 흔해 빠진 도시 괴담이나 아니면 작가 지망생의 망상 정도로 보일 여지가 다분하기에 꼭 짚고 넘어가야 한다. 뭐, 내가 이렇게 이야기하고 강조해 봐야 괴리공간을 끝내 믿지 않는 사람도 있겠지. 아무튼 나는 애초 목적대로 내가 아는 선에서 다 기록할 것이다.

괴리공간은 '이 세계'와 '이세계(異世界)' 사이에 펼쳐진 공간이다. 즉, 서로 다른 두 개의 세계에 걸쳐 있는 곳이자 그 자체로 불가해한 특성을 지닌 공간이기도 하다.

무슨 말이냐고? 실은 나도 잘 모른다. 내게 설명해 준 박 주임 역시 완벽히 이해하는 것 같지는 않았다. 그랬기에 나는 괴리공간을 내 식대로 해석했다. 거기는 이를테면 다른 차원으로 가는 플랫폼인 것이다. 흔히 그런 말을 하지 않는가. 우리가 사는 곳은 삼차원인데, 이차원은 물론이고 사차원의 세계도 존재한다고. 괴리공간은 바로 그 차원과 차원을 연결하는 곳이 아닐까, 하는 게 내 가설이다. 뼛속까지 문과인 내가 차원에 대해 가설이니 정의니 이런 말을 하는 것 자체가 우습지만 어쨌든 모든 이의 상상을 자극한다는 점에서 괴리공간은 신비한 곳이 틀림없다.

박 주임의 말에 따르면 괴리공간을 통과하면 이세계, 즉 다른 차원에 발을 들여놓을 수 있다. 살아서 넘어가는 게 가능하다면 말이다. 당신이 괴리공간에 들어가게 되면 높은 확률로 공간수가 반갑게 맞이해 줄 것이고, 그렇다면 더욱 높은 확률로 당신을 갈기갈기 찢어발길 것이다.

공간수는 괴리공간 안을 떠도는 미지의 생물체다. 이것들을 생물이라 불러도 좋을지는 확신하기 어렵다. 어떤 것들은 그야말로 괴물처럼 생겼지만 또 어떤 것들은 로봇으로 보이기도 하니까. 심지어 아주 작고 귀여운 고양이 형태가 있는가 하면 인간과 같이 이족 보행을 하는 놈들도 있다. 박 주임이 '회사'라고 부르는 곳은 형태와 능력에 따라 이 공간수들을 복잡한 분류 기호로 나눠 놓았다. 물론 아직 발견되지 않은 공간수가 훨씬 더 많지만.

박 주임은 공간수에 관해 설명하며 이렇게 말했다.

"직접 본 가장 특이한 공간수는 캐비닛 형태였어요. 서랍이 한 번 열릴 때마다 총알이며 폭탄 같은 게 튀어나와 꽤 고전했죠."

나는 박 주임에게 물었다.

"주임님은 저 안에 들어가 본 적이 있으세요?"

"회사의 허락 없이는 그 누구도 괴리공간에 들어갈 수 없어요. 특히 경비원은 더욱더."

내 질문에 대한 직접적인 대답은 아니었지만 나는 더 묻지 않았다. 내가 알아야 할 건 몇 가지면 충분했다. A-42 구역이라 부르는 이곳에 괴리공간이 생겼다는 것, 그래서 일부러 폐아파트 단지를 만들어 누군가의 접근을 막고 있다는 것 그리고 내가 경비원으로 일하게 되었다는 것. 물론 박 주임이 가르쳐 주지 않아도 어림짐작으로 알 만한 것도 있었다. 그중에 하나가 '백룸'이었다. 미국에서 제법 화제가 됐던 그 괴담도 결국 괴리공간의 다른 이름이 아닐까 싶었다. 내 짐작이 사실이라면 전 세계 어디나 그 나라만의 이름으로 불리는 괴리공간이 존재할 가능성이 컸다. 나는 그곳들을 지키는 경비원에게도 변변한 무기 하나 주어지지 않는지가 궁금했다. 내 의문에 박 주임은 이렇게 답했다.

"무기는 정직원에게만 지급해요."

"무기가 있었다면 김 씨 아저씨가 그렇게……."

"그건 상당히 이례적인 사건이었어요. 재수 씨가 잘 관리한다면 불청객이 괴리공간의 문을 여는 일 같은 건 다시 생기지 않을 겁니다."

비극적인 일이 발생해도 결국 경비원, 그러니까 내 책임이라는 소리였다. 그러니 열심히 순찰을 할 수밖에.

13동까지 다 훑고 경비실로 돌아오자 어느덧 퇴근할 시간이 되었다. 나는 야간 경비 시스템을 켠 뒤 가방을 챙겨 밖으로 나갔다. 어둑해진 하늘에 별이 몇 점 떠 있었다. 어릴 때는 종종 밤하늘을 올려다보곤 했다. 나는 반짝이는 별이 좋았다. 그러다가 내가 별인 줄 알았던 것들이 실은 인공위성이라는 사실을 알고 나서는 흥미를 잃었다. 진짜 별은 인공위성만큼 반짝이지 않았다. 내 인생 역시 찬란하지 않으리라는 막연한 절망을 품게 된 것도 그때쯤부터였다. 그 시절에도 나는 늘 혼자였다.

퇴근하고 막 나오는데 중학생 무리가 어슬렁거리며 나타났다. 호기심이 여드름만큼이나 왕성하게 돋아난 녀석들은 아파트를 보며 자기들끼리 수군거리고 있었다. 아무래도 들어가 볼까 말까 하는 눈치였다. 나는 그런 녀석들을 향해 한마디를 했다.

"여기 들어가면 안 된다."

아이들은 일제히 고개를 돌려 나를 보고는 흠칫 놀랐다. 쭉 옆에 서 있었는데 그제야 날 발견한 모양이었다. 뭐, 한두 번 겪는 일도 아니었다.

"누, 누구세요?"

"여기 진짜 귀신 있어요?"

"아니면 괴물 있어요?"

아이들의 질문이 쏟아졌다. 나는 뭐라고 할까 고민하다가 가장 일반적이고 상식적인 대답을 했다.

"아직 공사 중인 곳이라 위험해. 거기다가 이 아파트 주인이 무단 침입하는 사람은 전부 다 신고해서 경찰한테 잡아가라고 했대."

아이들은 멀뚱히 나를 바라보았다. 그중에서 제일 키가 크고 여드름도 제일 왕성하게 돋아난 녀석이 피식 웃으며 말했다.

"우린 촉법이라 안 잡혀가요."

빌어먹을 여드름쟁이들.

나는 애써 화를 참으며 다음 단계로 넘어갔다. 일반적이고 상식적인 대답이 먹히지 않는 경우에 꺼내 드는 카드.

"실은 말이야……. 여기서 아파트 공사를 하다가 건물이 무너진 거야. 그때 일하던 사람 열 명이 깔려서 싹 다 죽은 거지. 그렇게 죽은 사람이 귀신이 돼서 이 아파트 단지를 떠돌고 있대. 그런데 그걸로 끝이 아니야. 그 귀신들은 빙의할 인간의 몸을 찾고 있다는 거야. 특히 어리고 튼튼한 아이들 몸을……."

최대한 목소리를 깔고 말끝은 살짝 흐려 준다. 아이들이 마른침을 삼키며 집중하는 게 느껴진다. 역시 처음부터 이런 쪽으로 갔어야 했다. 비상식적이고 자극적인 쪽.

"그, 그런데 아저씨는 어떻게 그렇게 잘 알아요?"

촉법 운운하던 그 아이가 다시 물었다. 중학교 1학년

아이의 얼굴에는 이제 호기심보다 두려움의 빛이 더 뚜렷하게 떠올라 있었다.

"나? 내가 누군지 궁금해? 그럼 가까이 와 봐."

아이를 향해 손짓했다. 그러자 녀석은 주춤거리며 뒤로 물러났다. 다른 아이들도 마찬가지였다. 나는 쐐기를 박아야겠다 싶었다.

"아니면…… 내가 간다!"

소리를 꽥 지르며 달려들자 아이들은 비명과 함께 도망치기 시작했다. 이제 저 촉법소년 무리는 소문을 흘리며 다닐 테고 그러면 당분간 저 또래 녀석들이 얼씬거리는 일은 없겠지. 이로써 오늘도 나는 누군가를 구했다. 아무도 알아주지 않지만 그래도 상관없다. 아니, 박 주임에게는 보고해야겠지. 그래야 인사 고과에 반영될 테니까.

3

오늘도 무사히 하루가 지나갔다. 무사히, 이 세상을 지켜 냈다. 나는 자축하는 의미로 치킨을 사 들고 집으로 향했다. 양념 반 프라이드 반. 치킨이 내뿜는 은은한 온기와 고소한 냄새에 마음이 다 평화로워질 지경이었다. 하지만 집구석은 무사하지도 평화롭지도 못했다. 엘리베이터에서 내리자마자 누나와 조카가 싸우는 소리가 들렸다. 문을 열고 들어가니 역시나, 둘은 말싸움을 벌이고 있었다.

"엄마가 말할 때는 이어폰 좀 빼!"

"이어폰 아니거든!"

"헤드폰! 이어폰이건 헤드폰이건 뭔 상관이야?"

"헤드폰 아니고 에어팟 맥스야!"

"이놈의 새끼가 자기 아빠가 사 준 거라고 애지중지하기는! 그 꼴 보기 싫어서라도 내가 그거 갖다 버리고 만다."

"이거 건드리기만 해 봐! 난 그럼 집 나갈 거야!"

"뭐? 이 썩을 놈의 새끼가!"

이혼한 누나가 우리 집에 들어와 살기 시작한 보름 전부터, 이놈의 집구석은 바람 잘 날이 없다.

누나와 나는 딱 열 살 차이가 났다. 업어 키웠다고 할 것까진 없지만 일하느라 늘 바빴던 부모님을 대신해 누나가 나를 많이 돌봤던 건 사실이었다. 늦둥이 동생이 한없이 귀여울 만도 하건만 누나는 번번이 주먹을 휘둘렀다. 초등학교 들어가면서부터 일찍이 왈패의 기질을 내뿜었던 누나 탓에 내 유년 시절은 참으로 험난했다. 그래도 누나는 누나였다. 내가 친구에게 맞고 오면 그 애를 곤죽으로 만들어 놓는 것도 누나였고, 아무도 나와 놀아 주지 않을 때 굳이 시간을 내 여기저기 데리고 다닌 것도 누나였다. 물론 답답하다며 머리를 쥐어박기는 했지만. 어른이 되어서도 누나는 가끔 용돈을 찔러주며 딱 그만큼의 잔소리를 늘어놓았다. 내가 누나 손에서 놓여난 건, 아니 누나가 나라는 짐을 덜어낸 건 누나의 결혼 이후부터였다. 누나는 대학을 졸업하자마자 들어간 회사의 대리에게 반해 열렬한 사랑을 나눈 끝에 후딱 결혼해 버렸다. 아버지가 막 돌아가시고 난 뒤이기도 했다. 그때 나는 어렴풋이 짐작했다. 누나는 지긋지긋한 집구석을 벗어나고 싶어 결혼을 서두른 거라고.

그랬던 누나가 이러저러한 사정으로 개의 새끼(그렇다. 시부모님도 개라는 뜻이었다)인 남편과 이혼했다. 결혼 15년 만에 이혼을 결정한 건 놀라운 일이었지만 한편으로는 지극히 누나다운 일이기도 했다. 그렇다고 우리 집(엄연히 따지자면 엄마 집이지만)에 얹혀살려 할 줄은 몰랐다. 엄마와 나는 지난 몇 년간 적절한 무시와 방관 그리고 한 줌의 관심으로 서로의 영역을 잘 유지한 채 평화로운 삶을 살고 있었다. 거기에 당분간이라는 단서를 달긴 했지만 누나와 조카가 끼어든 것이다. 방 두 개짜리 임대 아파트에 네 식구가 사는 게 말이 되는가! 그것만으로도 최악인데 누나가 달고 온 조카가 중2라는 사실은 그야말로 대재앙이었다.

김경우. 조카 놈의 이름이다. 제법 잘생긴 얼굴에는 이제 막 여드름이 올라오기 시작했는데 반항심은 이미 하늘을 찌를 태세다. 샤워할 때를 제외하곤 자나 깨나 '에어팟 맥스'를 끼고 있고 표정은 늘 치통을 앓는 사람처럼 찡그리고 있다. 말투는 또 어떤가? 누가 래퍼가 꿈이 아니랄까 봐 알아듣기 힘든 말을 중얼중얼 늘어놓는다. 그래도 라임은 맞추는 걸 보니 완전히 재능이 없는 건 아닌 것도 같은데……. 중요한 건 그게 아니라 이놈이 싸가지를 아주 밥 말아 먹었다는 데 있다.

자기 엄마한테 반항하는 것까진 이해해도 외할머니와 나에게도 예의 없이 구는 건 도저히 용서할 수 없다. 그런

데도 이놈은 내가 참다못해 한마디를 하면 세상 한심한 사람 보는 표정으로 내게 이렇게 대꾸하곤 했다.

"외삼촌. 내 일 신경 쓰기 전에 빨리 취직이나 해요."

내가! 국정원 요원이랑 커피도 마시고! 괴물이랑 맞짱도 뜨고! 응? 다 했는데…… 라고 말할 수는 없는 일이라 나는 끓어오르는 화를 참을 뿐이다.

"오늘은 또 왜 저래?"

나는 엄마에게 물었다. 엄마는 둘이서 소리를 지르건 말건 TV만 보고 있었다. 젊고 잘생긴 트로트 가수의 노래를 따라 흥얼거리며.

"학교 안 가고 어디 놀러 갔다 왔나 보더라."

"학교에서 무슨 일 있는 건 아니고?"

학기 중간에 전학을 갔으니 아직 친구도 없을 터였다. 나는 걱정되는 마음에 내 방을 쳐다보았다. 굳게 닫힌 방문 너머에서 누나의 잔소리가 이어지고 있었다. 그렇다. 두 사람의 군식구가 추가된 뒤로 우리는 방을 공유할 수밖에 없었다. 나와 경우가 한 방을, 나머지 방 하나에는 엄마와 누나가 지내는 식으로.

"난들 아니? 신경 쓰지 말고 어서 씻기나 해."

누나가 짐 가방 하나 달랑 들고 집으로 찾아왔을 때 세상이 무너진 듯 통곡하던 것과는 달리 엄마는 이제 두 사람을 철저히 무시하는 쪽으로 가닥을 잡은 듯했다. 그건 엄마의 오랜 전략이기도 했다. 아버지가 빚만 잔뜩 남기고 돌아가셨을 때도 엄마는 딱 사흘간 슬퍼했다. 장례식 동안만. 그 후에는 처음부터 아버지란 존재가 우리 집에 없었던 것처럼 행동했다. 엄마는 그런 식으로 냉정과 무시의 외투를 두르고 슬픔을 견뎌 왔다. 그게 엄마의 인생이었다.

세수하고 발을 닦고 나와 보니 상황은 정리되어 있었다. 그것만이 아니었다. 엄마와 누나 그리고 경우까지 식탁에 둘러앉아 내가 사 온 치킨을 먹는 중이었다. 누나는 날 보더니 한마디를 했다.

"야. 넌 집에 식구가 몇인데 달랑 한 마리만 튀겨 오면 어떡하니?"

식구라…….

누나의 잔소리를 들으니 입맛이 싹 가셨다. 나는 코딱지만 한 거실을 가로질러 내 방으로 향했다.

"넌 안 먹냐?"

엄마가 물었다.

"됐어요. 나 저녁 먹어서 한 마리만 사 온 거야."

치킨을 뒤로 하고 방에 들어가자니 발길이 떨어지지 않았지만 4인용 식탁에 오순도순 모여 앉아 같이 먹고 싶지는 않았다.

"근데 너 아르바이트한다는 그 폐아파트는 괜찮은 거니?"

엄마의 뜬금없는 질문에 나는 방문 앞에서 뒤를 돌아보았다. 그러고는 되물었다.

"괜찮은 거냐니, 그게 무슨 말이야?"

"아니……. 뉴스에 다른 동네 건물 이야기가 나오더라고. 그 뭐냐, 부실 공사 때문에 무너졌대. 거기도 오래 내버려 두었던 건물인가 보던데 갑자기 그랬다고 하더라고. 철근인가 뭔가가 튀어 나가서 전신주를 쓰러트리고, 사람도 막 죽었다고 하더라. 거긴 그럴 걱정 없는 거야? 그 폐아파트 생각해 보면 공사 중단하고 그렇게 오래 버티고 서 있는 게 오히려 이상하잖아. 네가 거기 경비 아르바이트 한다는 것도 맘에 걸리는데 그런 뉴스까지 보니까……."

"걱정하지 마. 우리 동네 폐아파트는 겉보기에 살벌해도 꽤 튼튼하거든."

나는 그 말을 남기고 방으로 들어갔다. 엄마. 말이 폐아파트지, 거긴 요새야, 요새. 난 그 요새를 지키는 거고.

방에 들어가자마자 노트북을 꺼냈다. 괴리공간 경비원이 된 후에는 시간이 날 때마다 소설을 끄적거렸다. 더 이상 취업을 준비할 필요가 없었기에 이 기회에 평소 꿈이었던 소설이라도 써 보자 싶었다. 물론 남에게는 비밀이었다. 말할 만한 남이라 봐야 가족이나 박 주임이 전부였지만. 아무튼 소설을 쓴다고 해서 멋진 작가가 되리라는 기대를 품지는 않았다. 나는 괴리공간과 재수 없게 엮였고 죽거나 승진하지 않는 이상은 지금의 자리에 내내 머무르리라는 걸 충분히 알 수 있었다. 퇴사는 엄두도 못 낼 일이었다. 그랬다가는 늑대 인간처럼 통구이가 될 테니까.

국어국문학과를 나오긴 했지만 소설 쓰는 걸 배우진 않았다. 내가 배운 대부분은 정확하고 올바른 것들에 관한 가르침이었다. 정확한 맞춤법, 올바른 문법 같은 것들. 소설을 쓰는 데에는 정확하고 올바른 것들 외에도 필요한 게 많았다. 이를테면 적절한 거짓말이나 독자를 속이는 법, 혹은 시시껄렁한 농담 사이에 복선을 숨겨 두는 방법들. 그런 건 죄다 온라인 소설 창작 수업을 통해 배웠다. 내가 모르던 걸 하나씩 깨달아 가는 과정은 제법 재미있었지만 소설 진도는 영 나가지 않았다. 나는 넉 달째 한 작품만 붙잡고 있었다.

내가 노트북을 열고 지금껏 쓴 소설을 읽고 있을 때 경우가 슬그머니 들어왔다. 나는 서둘러 화면에 인터넷 창을 띄웠다. 경우는 나를 한 번 쳐다보지도 않고 곧바로 침대에 앉았다. 그러고는 나라는 존재는 싹 무시한 채 예의 그 '에어팟 맥스'를 끼고 누군가와 통화를 했다.

"야! 이 동네 졸라 구려. 아무것도 없다니까."

맞는 말이었다. 서울에서도 변두리인 이 동네에는 그 흔한 영화관 하나 없었다. 경우의 통화는 계속 이어졌다.

"너네랑 다닐 때가 좋았는데. 여기 애들은 다 찐따라 힙합도 모르고 랩도 못해. 스웩이 없다니까. 너 그거 알지? 스웩 없는 너는 우웩. 키키."

그놈의 스웩 타령은. 경우는 알아들을 수 없는 단어를

써가며 한참 더 통화하다가 갑자기 아파트 얘기를 꺼냈다.

"근데 여기 힙한 곳이 딱 한 군데 있어. 저기 동네 위쪽에 만들다 만 아파트 단지가 있거든. 딱 보기에도 뭔가 있다 싶은데 졸라 귀신이 나온다는 거야! 진짜야! 인증? 좋아. 내가 인증샷 찍어서 보내 줄게. 넌 보기만 해도 지릴걸."

어어, 이야기가 어째 이상하게 흘러갔다. 경우는 통화를 끝내고선 다시 음악을 듣는 듯 고개를 까닥거리기 시작했다. 나는 가만히 있을 수 없어 조카를 불렀다.

"경우야."

역시, 한 번 불러서는 절대 대답하지 않는다.

"경우야!"

목소리를 조금 높이자 그제야 힐끔 내 쪽을 보았다. 나는 에어팟 맥스를 벗으라고 손짓했지만 경우는 어깨만 으쓱할 뿐이었다.

"말해요. 들려요."

그렇지. 들린다면야 문제없지.

"거긴 위험해. 절대 가면 안 돼."

"어디요?"

"네가 말한 그 아파트."

"뭐야? 내가 통화하는 거 듣고 있었어요?"

"그렇게 큰소리로 통화하면 안 듣고 싶어도 들려. 너랑 난 내 방에 같이 있으니까."

사춘기 소년을 상대할 때는 차분하고 이성적이어야 한다. 누나처럼 꽥꽥 소리만 질러대면 오히려 더 큰 반발과…….

“와! 외삼촌 완전 꼰대다!”

“뭐?”

“맞잖아요! 내가 통화한 거 듣고 잔소리나 하고.”

“그게 아니고 나는 그냥 폐아파트 단지 거기가 위험하니까…….”

“진짜 개 실망!”

“뭐 인마?”

나도 모르게 버럭 소리를 질렀다. 내 인내심이 바닥을 드러내기까지는 단 몇 초면 충분했다. 역시 사춘기의 힘은 무시무시했다.

“엄마도 외삼촌도 다 똑같아! 잔소리, 잔소리, 그게 다 말로 때리는 회초리! 그럼 난 꿀 먹은 벙어리!”

경우는 한바탕 분노의 랩을 쏟아 내더니 거실로 나가 버렸다. 저절로 한숨이 나왔다. 사실, 녀석 마음을 이해 못 하는 것도 아니다. 사춘기 시절에는 나도 그랬으니까. 엄마와 아버지는 늘 싸우기에 바빴고(대부분 아버지가 문제를 일으켰다) 챙겨 준다고는 하지만 누나와 나 사이에는 분명 보이지 않는 벽이 존재했다. 내가 한창 여드름에 신경 쓸 때 누나는 돈을 벌고 있었으니까. 게다가 난 집 밖에만 나가면 투명 인간 신세였다. 그 모든 게 합쳐져

나 역시 매일 분노와 저주의 말을 중얼거리곤 했다. 이따위 세상 싹 다 망해 버렸으면 좋겠다고.

경우가 나간 후 문을 열고 들어온 사람은 누나였다. 어느덧 중년의 대열에 합류한 누나는 투실투실 살도 찐 데다가 머리에 새치도 가득했다.

"야! 너라도 좀 잘해 줘."

누나는 퉁명스럽게 한마디를 했다.

"뭐가?"

"뭐긴 뭐야, 경우 말이지. 걔가 그래도 널 꽤 좋아해."

"누나나 잘해 줘! 애랑 맨날 싸우고 그게 뭐야?"

"너도 부모 돼 봐라. 그게 되는지. 내 배 아파서 낳은 새낀데도 도무지 뭔 생각하는지 알 수가 없다. 어휴. 속 터져서……."

"알았어. 나도 잘할 테니까 누나도 욱하는 성격 좀 죽여."

"그건 모계 유전이라는 거 알잖아. 못 고쳐."

무척 설득력 있는 말이라 나는 반박을 못 했다. 누나는 한마디를 더 남기고 내 방에서 나갔다.

"나한텐 경우뿐이야."

딱히 별일 없는 나날이 계속됐다. 지루하고, 지겹고, 반복적인 날들. 그 사이 이 세계는 평화로웠다. 나는 노트북을 챙겨 들고 정해진 시간에 맞춰 폐아파트 단지 경비실로 향했다. 제일 먼저 하는 건 밤사이 이상이 없었는지 확인하는 일이었다. CCTV도 돌려 보고 담장이나 출입구 쪽은 직접 살피기도 했다. 다음은 괴리공간 통로 주변을 둘러보며 점검한다. 괴리공간은 일주일 단위로 그 위치가 바뀐다. 1동 104호에 통로가 열렸다가 한 주가 지나면 4동 909호로 옮겨 가는 식이었다. 딱히 규칙성은 없다고, 박 주임은 말했다. 나는 물었다.

"그럼 다음 괴리공간이 어디일지는 어떻게 아는 거죠?"

"괴리공간 주위에는 독특한 파장이 흘러요. 그걸 탐지해서 알아내는 거죠."

그러니까 이런 거였다. 겉으로는 세우다 만 건물 같아 보이지만 그 안에는 첨단 장비가 잔뜩 설치되어 있다. CCTV와 경비 시스템은 기본이고 파동을 감지할 수 있는 센서까지. 그 외에도 내가 알지 못하는 각종 기술력이 투입된 곳이 지금의 폐아파트 단지였다. 하나는 확실했다. 그 모든 것들 중에서 내가 가장 아날로그라는 사실. 나는 박 주임에게 또 물었다.

"제가 하는 일이 의미가 있긴 한 겁니까? 그러니까 굳이 경비원을 둘 필요가 있는가 싶어서요."

"윗선은 아주 보수적이거든요. 아무리 최신형 기기를 가져다 놔도 결국 사람이 직접 점검하는 게 가장 안전하다고 생각하죠. 물론 저도 동의하고."

그들의 구시대적 사고방식 덕분에 내 자리가 존재하는 것이었다. 아무튼 나는 제법 성실하게 일했다. 순찰 시간을 어기지도 않았고 구역을 빼먹는 법도 없었다. 물론 그 외 나머지 시간에는 소설 쓰기를 계속했다. 그쪽, 그러니까 소설 쓰기는 역시 지지부진했다. 작법서 같은 걸 읽어봐도 그럴싸한 이야기만 늘어놓을 뿐 그러니까 대체 소설을 어떻게 쓰는 건지에 대해서는 아무도 말하지 않았다. 그에 반해 경비원 일은 매뉴얼대로 움직이면 되니 상대적으로 쉬웠다. 가끔은 내가 얼마나 중요한 일을 하는지 잊을 때도 있었다.

박 주임은 꼭 그런 순간에 불쑥 나타났다.

"이상 없어요?"

그는 경비실 문을 열고 들어오자마자 그 질문부터 던진다. 그러면 나 역시 평소와 같은 대답을 한다.

"평화롭습니다."

박 주임이 매일 찾아오는 건 아니었다. 이틀에 한 번이나 아니면 사흘에 한 번 올 때도 있었다. 내가 짐작하기로 박 주임은 이곳, 그러니까 A-42 구역 말고도 몇 개의 괴리공간을 더 관리하는 듯했다. 전국에 괴리공간이 얼마나 많은지 알 수는 없었지만 아주 적은 수는 아니라는 게 내 생각이었다. 어딘가의 버려진 공장이나 창고, 혹은 공사장에 버젓이 경비원이 돌아다닌다면 일단 의심하고 볼 일이었다. 어쨌거나 나는 내가 맡은 구역, A-42 폐아파트 단지만 잘 관리하면 되었다. 그 외에는 상관할 필요도 없고 그럴 힘도 없었다.

그날도 박 주임은 불시에 찾아왔다. 그렇다고 해서 내가 박 주임의 방문을 완전히 모르는 건 아니었다. CCTV로 신원을 확인하는 것도 나였고, 그의 차가 입구를 통과하도록 문을 열어 주는 것 역시 나였기 때문이다. 참으로 아날로그적인 방식이었다. 물론, 문을 여는 건 버튼 하나로 해결할 수 있었지만.

"이상 없어요?"

평소처럼 그렇게 묻는 박 주임은 그러나 평소와 달리 꽤 피곤해 보였다. 그래서일까? 나는 다른 말을 하고 말았다.

"피곤해 보이시네요."

"잠을 좀 못 잤거든요."

박 주임은 그렇게 말하며 의자에 털썩 앉았다. 그러고 보니 눈 밑에 다크서클이 광범위하게 자리를 잡고 있었다. 혹시 다른 구역에서 사건이라도 터졌던 걸까? 나는 그런 생각에 조심스레 물었다.

"안 좋은 일이라도 생겼습니까?"

"딸이 놀다가 새벽에 기어들어 왔거든요. 그것도 무단결석을 하고."

"아……."

뜻밖의 말에 나는 대답할 말을 찾지 못했다. 때로는 공간수가 빠져나와 인간을 도륙하고 돌아다니는 것보다 가족 문제가 더 심각하게 다가올 때가 있다. 박 주임은 사촌기 딸을 둔 엄마이기도 했다. 일전에 지나가는 말로 중학교 2학년 딸 때문에 주름만 는다고 말했던 게 기억났다. 박 주임은 누나와 나이가 비슷해 보이기도 했다.

"피곤한 일이에요. 가족으로 산다는 건."

박 주임은 혼잣말처럼 중얼거렸다.

"저도 사춘기 조카 녀석이랑 같이 사는데 말을 너무 안 들어서……."

"맞아요! 딱 그거야. 애초에 말 들을 생각이 없다니까."

"조카는 에어팟 맥스만 쓰고 살아요. 음악 크게 틀어 놓고."

"우리 딸은 망할 놈의 핸드폰."

"하하. 비슷한 점이 많네요."

"그래도 우리 딸은 공부는 잘해요."

너무 단호하게 말하는 바람에 나는 멍하니 박 주임을 보았다. 우리 조카도 공부 잘한다고 맞받아치고 싶었지만 아쉽게도 그럴 수 없었다. 걔는 중하위권에서 맴돌았으니까. 그래서 나는 실없는 한마디를 던졌다.

"다행이네요. 하하."

"이제 일 이야기 하죠."

박 주임은 그제야 평소와 같은 표정이 되었다. 적당한 거리감을 유지하는 딱딱하고 무심한 표정.

"아! 네. 오늘도 이상은 없었습니다. 거미 한 마리가 3동 입구 쪽 CCTV에 거미줄을 쳐 놨는데 그것만 제거하면 됩니다. 그리고……."

"일단 이거 받아요."

박 주임이 내 말을 끊으며 내민 건 검정 비닐봉지였다. 무심코 받아서 안을 확인해 보니 박카스 한 박스가 들어 있었다.

"이걸 왜 갑자기?"

의아했다. 박 주임은 여태 그 흔한 커피 한잔 사 준 적이 없었다.

"힘내시라고. 그리고 부탁할 것, 아니 제안할 것도 있어서."

박 주임은 그렇게 말하며 슬쩍 내 눈치를 보았다. 아무래도 꽤 거창하고 골치 아픈 제안일 것 같았다.

"제안이라면……."

"괴리공간에 한 번 들어갔다 오는 건 어때요?"

"네? 어디라고요?"

박 주임이 너무 아무렇지 않게 말해서 내가 잘못 들었나 싶었다.

"괴리공간."

나는 박 주임이 농담이라도 하는 건가 싶어 가만히 바라보았다. 괴리공간을 동네 편의점 다녀오는 것 같이 말하다니, 평소의 박 주임답지 않았다. 하지만 농담이 아니었다. 그의 표정은 진지하다 못해 약간 무섭기까지 했다. 어쩔 수 없이 내가 물었다.

"공간수가 돌아다니고 자칫 길을 잃으면 다른 세계로 넘어가 절대 빠져나올 수 없는 그 괴리공간 말씀하시는 거죠?"

"윗선에서 계속 회의적인 반응을 보이고 있어요. 그들은 괴리공간 내부에 들어가 본 적도 없고 공간수를 본 적 역시 없죠. 그래서 의심해요. 우리는 윗선을 설득할 방법은 증거 자료뿐이라는 결론을 내렸어요."

"어떤 증거 자료요?"

"동영상, 사진 뭐 이런 것들."

"그러니까 저보고 괴리공간에 들어가서 그걸 찍어 오라는 거죠?"

"네."

"싫습니다. 아니, 전 못해요."

나는 단칼에 거절했다. 그러고는 목숨이 왔다 갔다 하는 위험한 일을 계약직 직원에게 시키는 건 엄연히 노동 착취에 해당하며 나아가 직장 내 괴롭힘이라고 외치려 할 때 박 주임이 먼저 입을 열었다.

"정직원이 될 거예요."

"하겠습니다."

나도 모르게 그 말이 튀어나왔다.

"4대 보험에도 가입이 될 거고……."

"언제 들어가면 됩니까?"

"음……. 꽤 적극적이군요."

그럴 수밖에. 정직원이라는 미끼를 어떻게 안 문단 말인가. 짧은 순간이었지만 나는 최대한 머리를 굴렸다. 내가 공간수의 흥미를 끌지 못한다는 건 증명된 사실이다. 그렇다면 박 주임 말처럼 잠깐 들어갔다가 사진이건 동영상이건 빨리 찍고 나오면 될 일이었다. 정직원이 될 수만 있다면 그 정도야 감수해야지.

"제 한 몸 희생해서 이 나라, 아니 전 세계의 평화를 지킬 수만 있다면……"

"그렇게 거창한 각오까진 필요 없어요."

"그러니까, 언제 들어가면 됩니까?"

박 주임은 대답 없이 한동안 나를 바라보았다. 나도 박 주임을 쳐다보았다. 우리가 서로를 그렇게 오래 마주 본 건 거의 처음이었다. 그는 내게 묻고 싶은 게 많은 듯했다. 반대로 나는 별로 물을 게 없었다. 원래 갑과 을의 관계가 그렇지 않은가. 질문이 많은 쪽이 갑, 질문이 적은 쪽이 을. 질문을 한다는 건 곧 그만큼의 힘이 있다는 뜻이니까. 박 주임은 수많은 질문 중 하나를 던졌다. 아마도 그게 제일 궁금했던 것이겠지.

"재수 씨는 지키고 싶은 게 있습니까?"

나는 순간 멈칫했다. 한 번도 그런 걸 생각해 본 적은 없었다. 그냥 쉽게 가족이라 대답할 수도 있었겠지만 솔직히 말하자면 그건 아니었다. 나는 언제나 내 한 몸 지키기에도 바쁘고 벅찼다. 어릴 때는 내 존재감을 잃지 않기 위해 노력해야 했고, 성인이 되어서는 주류에 들기 위해 발버둥 쳐야 했다. 물론 그 어느 것 하나 성공하지 못했지만.

"저는…… 절 지키고 싶습니다."

솔직하게 대답했다. 취업 준비생이라 쓰고 백수라 읽는 그런 인생이 아닌 4대 보험 가입되는 회사에 정직원으로 입사해 평범하게 살아가는 그런 인생을 지켜 내고 싶었다. 그러기 위해서는 우선 평범이라는 궤도에 올라야 했다.

"알겠어요."

박 주임은 고개를 끄덕이며 말했다. 이번에는 내가 물었다.

"뭘 아시겠다는 건지……."

"재수 씨가 얼마나 절박하고 진심인지 알겠다고요. 그럼 내일 당장 들어갔다 오세요."

"네. 그렇게 할게요."

"우선 이걸 받아요."

박 주임은 그 말과 함께 주머니에서 꼬깃꼬깃 접은 종이 한 장을 꺼내서 내밀었다. 나는 반사적으로 그걸 받아 들었다.

"이게 뭡니까?"

"A-42 괴리공간 내부 지도예요. 거길 헤매고 다닐 일은 없겠지만 그래도 혹시 모르니 가지고 계세요."

초등학생도 태블릿으로 공부하는 세상에 명색이 정부

기관이 종이 지도를 사용하다니……. 너무 구식이라 생각하면서도 한편으로는 이해가 되기도 했다. 아날로그를 워낙 사랑해 경비원을 채용하는 양반들이니 지도도 아무렴 실물이 더 확실하다 믿는 거겠지.

자칫 찢기라도 할까 봐 조심스레 지도를 펼쳤다. 지도는 참 간단했다. 약도라고 부르는 편이 더 어울릴 정도였다. 크게 나눈 구획 사이를 가로지르는 입구와 출구가 표시된 정도였다. 그래도 없는 것보다는 나을 듯싶었다.

"그런데 이 지도는 누가 만든 겁니까?"

나는 박 주임을 향해 물었다.

"그게 중요해요?"

생각 외로 차가운 대답이 돌아왔다.

"아니요. 그냥 궁금해서."

"거기 이번 주 괴리공간 발생 구역이나 적어 둬요. 알죠? 11동 1402호."

"물론이죠."

나는 그렇게 말하며 '1급 기밀', '관계자 외 접촉 금지', '유출 금지' 같은 수상쩍어 보이는 문구 옆에 '11동 1402호'라고 적어 넣었다. 그러고는 지도를 다시 접어 가방에 넣었다. 박 주임이 봉투를 건넨 건 바로 그 순간이었다.

"보너스예요. 뭐, 위험 수당이라 해도 좋고."

봉투는 꽤 두툼했다. 나는 그걸 받아 들고 슬쩍 안을 들여다보았다. 5만 원권 지폐가 가득 들어 있었다. 사력을 다해 참았지만 입술이 양옆으로 길게 찢어지는 건 어쩔 수 없었다. 큰돈을 두고 미소 짓지 않기란 참으로 힘든 일이었다.

"감사합니다."

그리고 진심 어린 감사도…….

"너무 걱정할 필요 없어요. 내일 재수 씨가 들어갈 땐 저도 밖에서 지원할 테니까."

"든든하네요."

박 주임의 말도, 손에 든 돈봉투도 다 든든했다.

"그럼, 수고하고 내일 봐요."

"네. 안녕히 가십시오."

기분이 좋아 그런지 저절로 사근사근한 말투가 나왔다. 박 주임은 손을 한 번 들어 보인 후 경비실 밖으로 나갔다. 나는 의자에 앉아 새삼 돈봉투를 내려다보았다. 그러면서 이 금액에는 위험 수당만이 아니라 입막음도 포함되어 있겠다고 생각했다. 그럴 리야 없겠지만, 혹 괴리 공간 안에서 사고라도 당한다면 최재수라는 존재는 세상에서 영원히 사라지리란 생각도.

"별일이야 있겠어."

그렇게 중얼거리자 조금은 안심이 됐다. 나는 돈봉투도 가방에 넣었다. 오늘은 퇴근길에 치킨을 세 마리 정도 사야지. 아니다. 다들 배 터지게 먹으라고 네 마리를 사야겠다. 아니다. 치킨 정도가 아니라 아예 외식하는 게 좋겠다. 근사한 뷔페에 가서…….

상상만으로도 즐거워 나는 히죽거렸다. 그게 그날의 마지막 웃음이 될 거라고 짐작도 못 한 채.

4

나는 퇴근 후 날 듯이 집으로 향했다. 그야말로 발걸음이 가벼웠다. 무언가 싸한 느낌을 받은 건 문을 열고 막 현관으로 들어섰을 때였다. 집 안에 정적이 흘렀다. 평소라면 TV 소리부터 들렸을 텐데 쥐 죽은 듯 조용했다. 사건이 터졌구나 싶어 얼른 신발을 벗고 거실로 향했다. 아니나 다를까, 엄마와 누나가 대역죄인 같은 표정으로 소파에 앉아 있었다. 그것도 똑같은 박자로 한숨을 푹푹 쉬면서.

"왜 그래? 무슨 일이야?"

내가 놀라서 묻자 엄마가 대답했다.

"누나한테 물어봐라. 에휴."

"누나……."

"오늘 경우 생일인데 깜박했어."

"뭐?"

나도 모르게 목소리가 커졌다. 그러면서 굳게 닫힌 내 방을 쳐다보았다. 안에 틀어박혀 있을 경우 모습이 생생하게 떠올랐다. 여드름 잔뜩 난 사춘기 소년의 생일을 까먹고 그냥 지나간다는 건 있을 수 없는 일이었다. 그러고도 평화를 바란다면 그건 지나친 욕심이었다.

"아니……. 분명히 며칠 전까진 기억하고 있었거든. 근데 하필이면 오늘 정신없이 바빠서……."

"그래서 미역국도 못 끓인 거야?"

"안 먹겠단다. 지금이라도 끓이려고 했는데. 마음 다 상한 거지. 쯧쯧."

엄마는 그 말을 하며 고개를 절레절레 저었다.

"기다려 봐."

나는 일단 방으로 들어갔다. 경우는 이불을 깔고 옆으로 누워 있었다. 예의 그 '에어팟 맥스'를 낀 채로. 등을 돌린 모습을 보니 참 체구가 작았다. 녀석이 아직 중학교 2학년이구나 싶었다. 조용히 경우를 불렀다.

"경우야."

여전히, 한 번으로는 반응이 없었다. 나는 다시 부를까, 아니면 어깨를 흔들어 볼까 망설이다가 안 되겠다 싶어 책상 위에 가방부터 내려놓았다. 그러고는 돈봉투를 꺼내 5만 원권 다섯 장을 빼 들었다. 마치 궁극의 검을 꺼내 드는 용사처럼. 이 정도면 충분하겠다고 생각하며 봉투를 다시 가방에 넣었다. 그런 뒤 경우에게 말했다. 듣고 있는지 아닌지는 모르겠지만.

"다녀올게. 널 위해서."

내가 다시 거실로 나가자 두 사람이 급히 다가왔다.

"어떻게 됐어?"

"이야기 좀 해 봤어?"

엄마와 누나가 차례로 물었다.

"내가 해결할 테니 걱정하지 마."

나는 제법 비장한 표정으로 말했지만 두 사람은 못 믿겠다는 표정이었다. 그래서 돈을 들어 보여 주었다. 누나 눈이 휘둥그레 커졌다. 역시, 돈은 나 같은 인간도 믿음직하게 보이게끔 만든다.

"어, 어디서 났어? 그걸로 뭐 하려고?"

누나가 더듬거리기까지 하며 물었다.

"선물 사 와야지. 경우 발 사이즈가 몇이야?"

내가 묻자 누나가 대답했다.

"260쯤 될걸."

"오케이. 두 사람은 미역국도 끓이고 치킨도 시키고, 그래 피자도 시키고 준비해 줘. 돈은 내가 낼 테니까. 그럼 나, 다녀올게."

그 순간 나는 처음으로 보았다. 누나가 감동과 존경과 신뢰를 한 번에 담아 날 바라보는 모습을. 엄마가 현관문을 열고 나가는 내 뒤에 대고 말했다.

"장하다, 우리 아들!"

나는 무려 택시를 타고 시내 상점가로 향했다. 일전에 경우가 친구와 통화하는 걸 엿들은, 아니 얼핏 들은 적이 있었다. 녀석은, 그 표현을 그대로 빌리자면 '한정판 콜라보 리미티드 에디션 에어맥스'를 가지고 싶어 했다. 그러면서 덧붙였다.

'근데 졸라 비싸. 우리 동네에 있는데 25래. 미친.'

가끔은 미쳐야 하는 순간도 있는 법. 나는 나이키 매장으로 당당히 들어갔다. 경우가 콕 집어 얘기한 그 '한정판 콜라보 리미티드 에디션 에어맥스'는 한눈에 보기에도 영롱한 자태를 뽐내며 전시되어 있었다. 가격 역시 한 점 덜하지도 않고 더하지도 않는 25만 원이었다.

"이 제품 보시게요?"

내가 그 운동화를 물끄러미 내려다보고 있자 점원이 다가와 물었다. 나는 흠칫 놀랐다. 어느 매장이건 무시당하기 일쑤였는데……. 어쩌면 내가 주머니에 넣어 온 5만 원권 다섯 장이 알 수 없는 아우라를 내뿜는 걸지도 모른다고 생각하며 나는 점원에게 물었다.

"260 있습니까?"

"그럼요."

점원은 사근사근하게 웃었고, 나는 만족스러운 표정으로 고개를 끄덕였다. 그래, 뭔가를 여러 번 묻지 않고 살

수 있는 삶. 이런 것이 바로 내가 꿈꾸는 삶 중 하나였다.

워낙 정신없이 나오다 보니 핸드폰을 깜박했다는 사실은 거창한 포장의 신발 상자를 들고 점원의 깍듯한 인사를 받으며 매장에서 나온 직후에 깨달았다. 아마 가방과 함께 책상에 올려 둔 것 같았다. 딱히 연락할 일도 연락받을 일도 없었기에 신경 쓰지는 않았다. 이제는 집으로 돌아가 경우에게 감동을 선사하는 일만 남았다. 어쩌면 녀석은 눈물을 글썽일지도 모른다. 외삼촌이 최고야, 같은 말은 하지 않겠지만 자기 엄마 몰래 엄지 정도는 들어서 보여 줄 수도 있겠지.

나는 집으로 돌아가는 택시 안에서도 어떻게 하면 이 선물을 조금 더 극적으로 줄 수 있을까를 고민했다.

"오다 주웠다."

그런 대사는 너무 흔하고 무뚝뚝했다.

"널 위해 준비했다."

이건 좀 낯간지러웠다.

"생일 축하한다."

역시 담백한 게 제일일 것 같았다. 그러곤 선물을 건넨다. 신발 상자를 여는 경우를 뒤로하고 나는 식탁에 앉는다. 식탁 위에는 이미 미역국과 치킨과 피자가…….

현관문이 활짝 열려 있었다. 퇴근했을 때와는 차원이 다른 얼음장 같은 기운이 집 안에서 스멀스멀 흘러나왔다.

나는 복도를 달려 집으로 들어가는 것과 동시에 외쳤다.

"무슨 일이야?"

"아이고. 재수야!"

누나가 먼저 달려왔고, 다음은 엄마였다. 두 사람 다 눈물범벅이었다. 나는 본능적으로 내 방을 돌아보았다. 방문 역시 열려 있었다. 그리고 방 안에는…… 경우가 없었다.

"어떻게 된 거야? 경우는?"

내가 묻자마자 누나는 눈물을 훔치며 주저앉았고 엄마는 고개를 절레절레 저었다.

"말도 마라. 경우, 집 나갔다. 전화기가 꺼져 있어서 연락도 안 돼!"

"뭐? 두 사람은 뭐 하고 있었는데?"

"나는 화장실에 있고, 네 누나는 방에서 치킨이랑 피자 시키는 사이에……."

나는 신발을 벗고 거실로 들어섰다. 그러고는 방으로 향하면서 물었다.

"쪽지나 뭐 이런 거 남긴 것도 없어?"

"없어. 아이고. 경우야!"

누나는 앉아서 흐느끼기 시작했다. 나는 방으로 들어갔다. 경우가 누워 있던 이불이 텅 비어 있었다. 마치 애벌레가 빠져나간 고치처럼. 그런데…… 없어진 건 경우만이 아니었다. 내 가방 지퍼가 열린 채로 노트북이 삐져나와 있었다.

돈봉투를 다시 넣은 후 분명 지퍼를 닫았는데…….

아차 하는 마음에 가방을 뒤졌다. 없었다. 돈봉투가 통째 사라졌다. 경우는 내가 돈 빼내는 걸 훔쳐본 모양이었다.

“아! 경우 이 자식.”

나도 모르게 그 말이 튀어나왔다. 엄마가 다급하게 물었다.

“왜? 경우가 뭐 가져갔어? 뭐가 없어졌는데?”

“돈…….”

그렇게 말하려다가 싸한 느낌에 다시 가방을 뒤졌다. 지도도 없었다. 박 주임이 건네준 괴리공간 지도. 척 보기에도 수상쩍은 지도에 ‘1급 기밀’, ‘관계자 외 접촉 금지’, ‘유출 금지’ 같은 경고가 적혀 있으니 내가 경우였어도 호기심이 일었을 터. 게다가 거긴 내 글씨로 11동 1402호라고 적어 놓기까지 했다. 나는 멍한 상태에서도 최대한 머리를 쥐어짜 생각했다.

경우는 돈을 훔치려고 가방을 열었을 것이다. 돈봉투를 발견하고 쾌재를 불렀고, 그 길로 가출을 결심했을 거고. 그러다가 이상한 지도까지 찾아냈다. 이 상황에서 나라면, 아니 경우 그 녀석이라면 어떤 행동을 할까? 경우는 내가 폐아파트 단지에서 경비 아르바이트를 한다고 알고 있다. 그런 내 가방에서 나온 지도에 몇 동 몇 호라고까지 적혀 있으니 아무리 성적이 밑바닥인 녀석이라도 거기가 바로 폐아파트라는 건 짐작할 것이다.

그렇다면…….

나는 한정판 콜라보 리미티드 에디션 에어맥스 신발 상자를 내려놓고 다시 현관으로 가 신발을 신었다. 엄마가 물었다.

"너 어디 가?"

"경우 찾아올게."

"어디 있는지 알아?"

누나가 벌떡 일어나며 물었다.

"그냥 경찰에 신고하는 게 빠르지 않니?"

그렇게 말하는 엄마를 향해 내가 말했다.

"경찰에 신고하는 건 절대 안 돼! 알았지? 내가 찾아올 테니까 조금만 기다려."

"어딘지 확실히 알고 가는 거야? 무작정 돌아다닐 거면 우리도 같이 가고!"

누나가 말했다. 늘 든든하고 듬직해 보였던 누나가, 사실은 나보다 한참 작다는 사실을 새삼 느꼈다.

"알아. 어딘지. 그러니까 나한테 맡겨. 경우, 꼭 찾아올게."

"알지? 걔 없으면 나 못 산다는 거."

나는 누나에게 고개를 끄덕여 보인 후 집을 나섰다. 이번에는 핸드폰도 확실히 챙겼다. 그 길로 곧장 내 직장이자 정부의 1급 기밀 장소이며 동시에 괴물이 득실대는 바로 그곳, 폐아파트 단지를 향해 달렸다.

경비실에 도착하자마자 제일 먼저 확인한 건 CCTV였다. 잠긴 정문으로 들어오진 못했을 테니 이른바 개구멍이라 부르는 경비 시스템 사각지대 쪽을 빠르게 훑었다. 있었다. 어둠 속에서도 경우의 흰색 에어팟 맥스는 똑똑히 보였다. 녀석은 담벼락 쪽 개구멍으로 들어온 듯 8동 놀이터 근처에서 서성이더니 어딘가로 걸음을 옮겼다. 나는 11동을 비추는 CCTV도 확인했다. 경우는 거기에도 어김없이 찍혀 있었다. 한 손에 든 흰색 종이는 분명 지도일 것이다. 시간을 확인해 보니 불과 10분 전 영상이었다. 빠르게 따라간다면 쉽게 데리고 나올 수 있을 것 같았다.

나는 좁은 경비실 안을 둘러보았다. 우선 필요한 건 무기였다. 하지만 경비실에는 변변한 물건이 없었다. 나는 손에 잡히는 대로 챙겼다. 곤봉 하나, 전기 충격기 하나 그리고 경광봉 하나까지. 셋 다 그다지 쓸모 있어 보이지는 않았지만 없는 것보다는 낫지 싶었다. 특히 경광봉은 많이 고민했다.

아무튼 나름의 무기를 들고 11동으로 향했다. 혹시나 해서 경우에게 전화도 걸어 봤지만 지금은 전화를 받을 수 없다는 멘트만 흘러나왔다. 핸드폰을 주머니에 넣고 달리기 시작했다. 나는 금세 11동 앞에 도착했다. 14층까지 걸어 올라가야 한다는 게 끔찍했지만 어쩔 수 없었다. 밤하늘을 올려다보며 잠시 숨을 골랐다. 잔뜩 흐린 하늘에 달까지 이상할 정도로 붉어 괴괴한 분위기를 자아냈다.

분명 퇴근할 때는 맑고 아름다운 하늘이었는데…….

손전등으로 어둠을 밝히며 11동 계단을 오르기 시작했다. 인간의 손이 닿지 않는 곳에 가장 먼저 찾아오는 건 먼지다. 이곳도 먼지투성이였다. 경비만 서지 따로 청소하는 이가 없으니 당연한 일이었다. 뽀얗게 내려앉은 먼지에 260짜리 운동화 자국이 선명하게 찍혀 있었다. 다 낡아 빠진 경우의 운동화였다. 녀석은 무슨 생각을 하며 여길 올랐을까? 단지 호기심 때문에 14층 계단을 오르진 않았으리라. 그게 보물 지도 같은 게 아니라는 것쯤은 경우도 알 테니. 어쩌면 경우는 피난처를 찾고 싶었는지도 모른다. 아니면 잠시 숨어서 숨 좀 돌릴 곳이라도. 그런 마음과 호기심이 맞물려 이 계단을 오른 건 아닐까?

한참을 오른 끝에 드디어 14층에 다다랐다. 다리가 뻐근하고 숨이 턱 끝까지 찼지만 나는 곧바로 복도를 가로질렀다. 경우를 불러 보았지만, 대답은 돌아오지 않았다.

나는 1402호 앞에 섰다. 문은 닫혀 있었다. 일전에 박 주임에게 물었던 적이 있었다.

"왜 모든 문을 밖에서 잠그지 않는 거죠? 잠가 버리면 누가 들어갈 걸 걱정할 이유도 없잖아요."

그러자 박 주임은 간단하게 설명했다.

"지금까지의 사례로 봤을 때, 괴리공간으로 통하는 문을 밖에서 잠그면 공간 자체가 사라져요. 우린 괴리공간이 영영 사라지는 건 원치 않거든요."

그러니까 요지는 이거였다. 정부는 괴리공간을 폐쇄해야 할 곳이라 생각하는 게 아니라 활용해야 할 곳이라 여긴다는 것. 나는 그 사실을 눈치채고 다른 질문은 하지 않았다.

문손잡이를 잡았다. 차가웠다. 휑하니 뚫린 복도 안으로 서늘한 바람이 불어 들어왔다. 예의 그 붉은 달빛도 존재감을 드러내는 중이었다. 모든 게 맞물려 분위기가 꽤 으스스했다. 마치 이렇게 말하는 것 같았다.

넌 이제 큰일 났어! 아주 그냥 좆 됐다고!

"나도 알아. 그래도 들어가야 해."

나는 손잡이를 돌렸고, 1402호 안으로 성큼 들어갔다.

5

나는 학생 때도 언어 능력 점수는 좋았다. 책도 많이 읽었고 나름 어휘에도 자신이 있었다. 단지 그 능력을 발휘할 기회를 얻지 못했을 뿐. 그래서 소설을 쓰기 시작했고, 다른 건 몰라도 무언가를 글로 표현하는 건 자신 있다고 생각했는데 괴리공간에 들어서고 나서야 그게 오만이라는 걸 깨달았다.

괴리공간은…… 상상했던 것과 완전히 달랐다. 눈앞에 펼쳐진 광경을 보면서도 나는 믿을 수 없다는, 흔해 빠진 표현 외에 다른 감상을 떠올리지 못했다. 내가 괴리공간을 보며 느끼는 감정에 딱 맞는, 아니 비슷한 단어조차 생각나지 않았다. 그래서 결국 내뱉은 말은 이거였다.

"헐……."

그곳은 실내였다. 아니, 그러니까 그냥 실내가 아니라 아주 넓은, 그야말로 더럽게 넓은 실내 공간이었다. 어느 정도 넓은가 하면 모든 광경이 한눈에 다 담기지 않을 정도였다. 천장은 낮았고 바닥에는 적갈색의 카펫이 깔려 있었다. 오렌지빛이 감도는 조명은 뭔가가 한 꺼풀 감싸기라도 한 듯 침침했다. 그래서일까, 카펫은 물론이고 회색의 시멘트벽까지 색이 바랜 것처럼 보였다. 벽은 여기저기 세워져 구획을 나누었고, 그런 벽에는 어김없이 문이 하나씩 달려 있었다. 구조 자체는 지금도 세상 어딘가 존재할 법한 사무실과 비슷했는데, 복도와 벽이 너무나 넓게 끝도 없이 이어져 있다는 점이 결정적으로 달랐다. 게다가 스산한 분위기를 물씬 풍기고 있었다.

나는 그 공간과 마주하고 얼마 안 있어 곧 답답함과 압박감을 느꼈다. 무뚝뚝하게 선 시멘트벽과 내리누를 듯 낮은 천장, 거기에 아무런 소리도 들리지 않는 적막함이 그런 느낌을 자아내는 데 한몫하는 듯했다.

“어디로 가지?”

일부러 소리 내어 중얼거렸다. 내 목소리는 뻗어 나가지 못하고 적막에 먹혀 버렸다. 흡사 소리를 빨아들이는 무언가가 있는 것만 같았다. 내가 아무리 소리를 질러 봤자 경우 역시 듣지 못할 거란 생각이 들었다. 설령 들을 수 있다 해도 소리를 지르는 건 바보 멍청이나 할 짓이었다. 여기에도 역시 공간수가 득실댈 테니까.

일단은 움직이기로 했다. 가만히 서서는 경우를 찾을 수 없으니. 이 끝도 없는 공간에서 길을 잃지 않으려면 정신을 바짝 차려야 할 것 같았다. 나는 뭐든 혼자 노는 일에 익숙했다. 혼자 그림 그리기, 혼자 글쓰기, 혼자 그네 타기 등 혼자 할 수 있는 건 다 했다. 그중에는 미로 찾기도 있었다. 초등학생 때 엄마가 사 준 미로 찾기 책을 나는 혼자 풀고 또 풀었다. 그때 터득한 방법이 있었다. 어렵고 복잡한 미로일수록 한 방향으로 이동해야 출구에 도달하기 쉽다는 것. 그렇지 않으면 미로 중간에서 길을 잃고 만다. 이 공간 역시 내게는 거대한 미로처럼 보였다. 자칫 잘못하면 내가 길을 잃을 판이었다. 그래서 나는 작전을 짰다.

갈림길이 나오면 무조건 오른쪽으로 이동한다.

이 법칙만 지킨다면 경우를 찾아 되돌아 나올 때도 분명 쉽게 입구를 찾으리라. 그렇게 생각하며 움직였다. 빌어먹을 카펫은 발소리 하나 나지 않을 정도로 푹신했다. 나는 온몸을 옥죄어 오는 적막이 싫었다. 분명 실제로는 아무런 소리도 나지 않을 텐데 고오오, 하는 이명이 들렸다.

“정신 차려. 집중해, 최재수.”

혼자 하는 건 뭐든 익숙했다. 혼잣말도 마찬가지. 나는 비장한 각오로 괴리공간 안을 돌아다녔다. 갈림길은 수도 없이 나왔고, 그때마다 오른쪽을 선택했다. 똑같은 풍경이 반복됐다. 붉은 카펫, 시멘트벽, 나무로 된 문. 붉은

카펫, 시멘트벽, 나무로 된 문. 붉은 카펫, 시멘트벽, 나무로 된 문. 붉은 카펫, 시멘트벽, 나무로 된 문…….

처음에는 갈림길을 돌 때마다 숫자를 셌는데 중간부터 헷갈리기 시작했다. 방향 감각을 잃게 된 것도 딱 그때쯤부터였다. 어지럽고 머리가 아팠다. 그러고 보니 이 공간은 산소도 부족한 듯 숨쉬기가 힘들었다. 무릎을 짚고 잠시 숨을 고른 후 정면을 보았다. 풍경은 달라지지 않았다.

붉은 카펫, 시멘트벽, 나무로 된 문.

붉은 카펫, 시멘트벽, 나무로 된 문.

붉은 카펫, 시멘트벽, 나무로 된 문.

붉은 카펫, 시멘트벽, 나무로 된 문.

"씨……."

욕이 튀어나오려는 걸 억지로 참았다. 미칠 것 같았다. 도저히 견딜 수 없어 돌발 행동을 했다. 벽으로 다가가 문을 벌컥 열었다. 지금까지는 안에서 뭐가 달려 나올지 몰라 참고 있었다. 문을 열고 방으로 들어간 나는 우뚝 멈춰 설 수밖에 없었다. 그 안에는…… 바깥과 같은 풍경이 펼쳐져 있었다.

붉은 카펫, 시멘트벽, 나무로 된 문.

"뭐, 뭐야?"

주춤주춤 물러나 밖으로 나왔다. 그러고는 주위를 둘러보았다. 그것들이 눈에 들어왔다.

붉은 카펫, 시멘트벽, 나무로 된 문.

순간 내가 방으로 들어간 건지, 아니면 다시 나온 건지 헷갈렸다. 아니, 애초에 이곳을 돌아다닌 건 맞는 걸까? 계속 제자리걸음을 했던 건 아닐까? 그런 생각까지 하게 되자 목덜미가 서늘해졌다. 나는 길고 긴 복도를 계속 달려 볼까, 하는 충동과 맞서 싸우며 어쨌든 내가 지나온 방향이라 생각되는 쪽으로 돌아섰다.

그때였다.

저만치 떨어진 카펫 위에서 작고 동그란 뭔가가 반짝이고 있었다. 서둘러 다가갔다. 그게 500원짜리 동전이라는 걸 알아챈 순간 경우를 떠올렸다. 동전이 떨어진 지점은 마침 갈림길이었고 나는 양쪽을 다 살펴보았다. 있었다! 오른쪽 복도 카펫 위에 뭔가가 떨어져 있었다. 이번에는 교통 카드였다. 그것도 학생용.

경우가 남긴 흔적이다!

녀석은 영리하게도 자기가 가진 물건을 일정 간격으로 놓아두며 이동했다. 등산할 때 나뭇가지에 형형색색 리본 같은 걸 묶어 두는 것처럼. 경우는 적어도 나보다는 똑똑했다.

"좋았어."

나는 교통 카드를 챙겨 들고 발걸음을 옮겼다. 얼마 안 가 키링을 발견했다. 역시 경우 물건이었다. 거기서 또 오른쪽으로 돌았다. 이번에는 양말 한 짝이 놓여 있었다. 냄새가 나긴 했지만 어쨌든 그것도 집어서 주머니에 넣었다. 그다음은 당연히 다른 쪽 양말이었다. 그러고 저 멀리 놓인 그 물건을 발견했을 때 나는 나도 모르게 탄성을 내질렀다.

"아!"

그건 에어팟 맥스였다.

달려가서 그걸 주워 들고는 바로 모퉁이를 돌았다. 거기에 녀석이, 경우가 쪼그리고 앉아 있었다.

"경우야!"

내가 부르자 녀석은 고개를 번쩍 들었다. 그야말로 버림받은 떠돌이 강아지 같은 모습으로 경우는 벌떡 일어나 달려왔다. 외삼촌이라고 외치진 않았지만, 입 모양은 이미 그렇게 말하고 있는 듯했다. 내게로 달려오는 녀석을 보고 있으니 괜스레 눈물이 핑 돌았다. 경우도 간신히 눈물을 참는 모양이었다. 나는 경우를 향해 두 팔을 활짝 펼쳤다. 녀석은 내 품으로 들어오는 듯하더니…… 에어팟 맥스를 홱 가져갔다.

"내 에어팟 맥스!"

경우가 중얼거린 건 아무래도 '외삼촌'이 아니라 '에어팟'인 듯했다. 뭐, 그럴 수도 있지. 사춘기 소년과 외삼촌이 부둥켜안는 건 아무래도 그림이 좀 그러니까. 나는 경우를 향해 물었다.

"너 괜찮아? 다치거나 그러진 않았고?"

"여긴 어디예요? 무슨 비밀 실험실이에요? 이 아파트

에 이런 곳이 있단 거 알고 있었어요? 이거 지도 맞죠? 그러면 외삼촌도 여기랑 관련 있어요?"

녀석은 내 질문에 대답하는 대신 랩이라도 하듯 자기가 궁금한 것만 줄줄 물어보았다. 아무래도 다치진 않은 것 같았다. 다행이었다.

"나중에 설명해 줄게. 지금은 여길 나가는 게 먼저야. 그 지도 좀 줘 봐."

내가 그렇게 말했을 때였다.

크아아!

난폭한 포효 소리가 울려 퍼졌다. 그것도 멀지 않은 곳에서.

공간수였다.

경우와 나는 동시에 소리가 들린 쪽으로 고개를 돌렸다. 적막을 깬 그 포효는 메아리가 되어 공간 곳곳으로 퍼져 나갔다. 소름이 쫙 돋았다. 경우가 물었다.

"무, 무슨 소리예요?"

지금껏 공간수와 마주치지 않은 건 내게도, 경우에게도 행운이나 다름없었다. 지금 그 행운이 다했다는 불길한 예감이 든 순간, 저 멀리 보이는 복도 모퉁이를 돌아 거대하고 길쭉한 무언가가 모습을 드러냈다.

악어처럼 네 다리로 걷고 긴 꼬리를 가졌으며 흡사 공룡과 같은 외모를 한 그것은…….

"코모도 도마뱀이다!"

내 말에 경우가 바로 토를 달았다.

"코모도왕도마뱀."

"응?"

"코모도 도마뱀이 아니라 코모도왕도마뱀이라고요!"

"지금 그게 중요해?"

"아니, 틀리게 말하니까 바로 가르쳐 준 거잖아요."

우라질 코모도'왕'도마뱀은 우리가 티격태격하는 사이 긴 혀를 날름거리며 점점 더 다가왔다. 정말로 공룡이라 불러도 손색없는 생김새였다. 나는 놈의 날카로운 눈빛이 경우에게 향하고 있다는 걸 알아챘다. 그렇다. 코모도왕도마뱀 역시 나 같은 건 안중에도 없었다.

"지도 줘. 빨리."

나는 경우에게서 지도를 받아 들고 펼쳤다. 지도에 따르면 우리가 있는 이곳은 첫 번째 구역이었다. 지도에는 다음 구역으로 넘어가는 입구가 그려져 있을 뿐 출구는 아예 보이지도 않았다.

어떻게 하지?

고민에 빠졌다. 이대로 계속 헤맬 수는 없었다. 그러다가는 영영 길을 잃고 지쳐서 죽거나 굶어 죽을 테니까. 결국 답은 하나였다. 다음 구역으로 넘어가는 것.

"외삼촌."

"왜?"

나는 지도에서 눈을 떼지 않은 채 건성으로 대답했다. 한 가지 다행인 건 코모도왕도마뱀이 꽤 느리게 움직인다는 사실이었다. 우리에게 다가오려면 아직 시간이 더 필요해 보였다.

"외삼촌!"

"말해."

"그거 알아요?"

"뭐?"

"코모도왕도마뱀, 사냥할 땐 엄청 빠르게 달린다는 거."

"뭐라고?"

고개를 들고 유사 공룡을 바라보았다. 경우 말대로였다. 놈은 꼬리와 머리를 좌우로 흔들며 빠르게 달려왔다. 쉭쉭, 위협적인 소리를 내면서.

"도망치자!"

나는 경우의 손을 잡았다. 녀석은 그 손을 홱 빼더니 달리기 시작했다. 울화가 치밀었지만 참았다. 지금 화를 내봐야 무슨 소용 있으랴. 게다가 외삼촌 손을 잡지 않았다고 해서 화를 내는 것도 좀 웃긴 일이긴 했다. 바야흐로 중2면 여학생 손을 더 잡고 싶어 할 나이이니까. 단, 여기서 살아 나간다는 전제로.

"그거 알아요?"

열심히 도망치는데 경우 녀석은 또 물었다. 코모도왕도마뱀은 10여 미터 뒤까지 쫓아 왔다. 이대로 계속 달려서는 따돌릴 수 없을 것 같았다.

"또 뭘?"

"쟤들은 시각보다 후각이 훨씬 발달했대요. 그래서 냄새로 먹이를 쫓는다고. 그리고 있잖아요, 독이 있어서 한 번 물리면 사지가 다 썩고……."

"제발 그만 좀 떠들어. 지도 보는데 헷갈리잖아!"

내 말에 경우는 바로 입을 닫았다. 토라진 게 분명했다. 그러거나 말거나 나는 지도에 나온 입구를 향해 달렸다. 녀석은 말없이 따라왔다. 한동안 추격전이 계속됐다. 경우가 점점 힘들어했다. 코모도왕도마뱀은 쉬지 않고 따라왔고, 내가 뒤를 돌아볼 때마다 놈과 우리의 간격이 좁혀지고 있었다. 그래도 나는 비교적 안도했다. 늑대 인간에 비하면 코모도왕도마뱀은 독이 있건 말건 어쨌든 훨씬 약한 공간수였다. 게다가 한 마리뿐이니 저놈만 따돌린다면 무사히 다음 공간으로 이동할 수 있다. 마침 모퉁이 몇 개만 돌면 입구다. 나는 경우에게 말했다.

"다 왔어. 조금 더 힘내. 저놈도 따돌릴 수 있을 거야."

"근데 그거 알아요?"

경우는 한숨을 푹 쉬며 물었다.

"나중에 알면 안 될까?"

나 역시 한숨을 쉬며 대답했다.

"코모도왕도마뱀은 무리 지어 생활해요."

"뭐?"

내가 되물은 것과 마지막 모퉁이를 돈 건 거의 동시였다. 저만치 입구가 보였다. 그리고…… 수십 마리의 코모도왕도마뱀 역시 똑똑히 보였다.

크아아!

놈들은 우리, 아니 정확히는 경우를 발견하자마자 포효했다.

크아아!

뒤에서 쫓아오던 놈이 화답이라도 하듯 그렇게 울부짖었다. 우리는 딱 그 중간에 갇힌 신세가 되었다. 코모도왕도마뱀 떼는 입구를 지키듯 서서는 조금씩 거리를 좁혀왔다. 나는 내가 가져온 무기를 떠올렸다. 곤봉으로 아무리 때린다 한들 놈들은 꿈쩍도 하지 않을 것 같았다. 전기충격기는 딱 한 번 쓸 수 있었다. 경광봉은…… 젠장!

놈들이 우리를 포위한 채 늘어섰다. 모든 코모도왕도마뱀이 경우만 노려보았다. 경우 표정이 일그러졌다.

"우리 죽는 거죠?"

나는 살지도 모르지만, 굳이 지금 그 이야기를 꺼내지는 않을 것이다.

"내 뒤쪽에 서. 그러다가 틈이 보이면 바로 도망쳐."

곤봉을 꺼내 들고 말했다. 용맹한 전사의 한마디처럼 들렸으면 좋았겠지만…… 전혀 아닌 듯했다. 녀석은 원망 섞인 목소리로 중얼거렸다.

"이게 다 엄마 때문이야! 외삼촌 잘못도 있어요. 그 지도를 왜 가방에 넣어 둬서 여기 오게 만들어요!"

적반하장도 유분수지!

순간, 나도 울컥했다. 아무리 철없는 중2 남자애라 해도 지금 순간에 이따위 원망이나 쏟아 내다니.

"야! 이 모든 사달이 다 너 때문에……."

"혼자 멀리 가서 살려고 냉장고에서 음식도 가져왔는데 죽기 전에 그거라도 먹을걸."

녀석은 이제 울먹이며 말했다. 코모도왕도마뱀 놈들은 혀를 날름거리며 점점 더 좁혀 왔다. 싯누런 눈알과 빨간 입에서 눈을 뗄 수 없을 정도로 가까운 거리였다. 여차하면 달려들 게 뻔했다. 나는 곤봉을 고쳐 쥐었다. 놈들은 나를 인식하지 못한다. 늑대 인간이 그랬던 것처럼. 그런데 정말로 그럴까? 갑자기 의구심이 들었다. 내 낮은 존재감이 코모도왕도마뱀에게는 통하지 않는다면? 만약 그렇다면 곤봉으로 때려서 주의를 끌고 도망치겠다는 전략은 실패할 게 분명했다.

내가 어떻게 해야 하나 망설이고 있을 때 경우가 갑자기 백팩을 내렸다. 그러고는 지퍼를 열었다.

"뭐 하는 거야?"

"냄새! 쟤들은 냄새에 민감하니까 이게 통할지도 몰라요."

경우는 그렇게 말하면서 참치와 소시지를 꺼냈다. 그런 뒤 내게 참치를 건넸다. 자기는 소시지 껍질을 벗기기 시작했다.

“저게 무슨 개도 아니고……”

“일단 뭐라도 해 봐야죠!”

경우가 소리치자, 코모도왕도마뱀 역시 일제히 괴성을 내질렀다.

크아아!

나는 그 소리에 놀라 일단 캔 뚜껑을 땄다. 놈들은 이제 혀가 닿을 거리까지 다가왔다. 이제 믿을 건 알량한 참치와 소시지밖에 없었다.

“어떻게 해?”

내가 물었다.

“최대한 멀리 던져요!”

나는 캔을 힘껏 던졌다. 경우도 같은 방향으로 소시지를 던졌다. 참치와 소시지가 허공에서 교차하며 아름다운 포물선을 그린 후 카펫 위에 떨어졌다. 그 순간이었다. 우리를 향해 입을 크게 벌리던 놈들이 동시에 몸을 홱 틀었다. 참치와 소시지가 떨어진 방향으로. 그러고는 우르르 몰려가기 시작했다.

“돼, 됐다.”

나도 모르게 중얼거렸다.

“나이스!”

경우가 외쳤다.

“빨리 저 문으로 들어가자!”

나는 경우에게 입구를 가리킨 후 달렸다. 녀석도 내 뒤를 따라왔다. 코모도왕도마뱀은 자기들끼리 먹이를 두고 다투는지 계속 험하게 울부짖었다. 그사이 우리는 입구에 도착했다. 지도에 표시된 바로 그 문이었다. 그러고 보니 다른 건 모두 갈색 나무문인데, 이건 회색 철문이었다. 경우를 한 번 본 뒤 문손잡이를 잡았다. 녀석이 고개를 끄덕였다.

나는 힘껏 문을 열었다.

6

“와! 졸라…….”

경우는 말을 다 끝내지도 못하고 멍하니 사방을 둘러보았다. 그건 나도 마찬가지였다. 이번 공간은 쇼핑몰이었다. 당연한 말이지만, 내가 본 것 중 가장 규모가 큰 쇼핑몰. 다만 이전 공간과 마찬가지로 아무것도 움직이지 않았다. 마치 시간이 멈춘 것 같았다. 고요했다. 천장은 까마득히 높았고, 끝도 없이 길게 이어진 복도 양옆으로 각종 브랜드의 매장이 자리하고 있었다. 조명은 너무나 밝아 눈이 부실 정도였다.

“여긴 도대체 어딘데 이런 곳만 나와요?”

경우가 물었다. 나는 잠시 고민하다가 대답했다.

“괴리공간이라고 하는데, 일단 이것만 알고 있어. 나머진 여기서 빠져나가면 설명할게."

"빠져나갈 수 있겠죠? 또 코모도왕도마뱀이 나타나는 건 아니겠죠?"

경우의 다음 질문을 듣고서 나는 알려 주어야 할 것이 한 가지 더 있다는 걸 깨달았다.

"방금 본 건 공간수라는 괴물이야. 모든 괴리공간에 다 있어. 물론 모습은 다르겠지만."

"괴물……."

경우는 살짝 겁먹은 표정이었다.

"너무 걱정하지 마. 이 지도만 잘 보고 따라가면 될 테니까."

녀석은 고개를 끄덕인 뒤 내 옆에 붙어 섰다. 나는 지도를 보며 방향을 가늠했다. 아무래도 '생활관'이라는 표지가 달린 곳으로 가야 하지 싶었다. 일단 지도를 따라 천천히 움직였다. 이곳은 이전 공간과는 다른 의미로 기분이 나빴다. 너무나 광대해 보고만 있어도 현기증이 일었고, 이유 없이 심장이 두근거렸다. 보이지 않는 손이 살을 뚫고 들어와 심장을 마구 주무르는 것만 같았다. 심장에서부터 뿜어져 나온 긴장감이 혈관을 타고 온몸을 휘돌았다.

"외삼촌. 이상하게 너무 떨려요."

경우도 비슷한 느낌을 받는 모양이었다. 우리는 둘 다 멍한 상태로 한동안 서 있었다. 움직여야 한다는 건 아는데 엄두가 나지 않았다. 현란한 색상의 간판과 조명과는 달리 매장 내부는 텅 비어 있어 이질감이 들었다. 연극 무대의 뒤편을 훔쳐본다면 이런 느낌일까? 나는 떨리는 심장을 애써 진정시키며 경우에게 말했다.

“움직이자. 언제 또 뭐가 나타날지 모르니까.”

“네.”

우리는 서둘렀다. 이전 공간이 너무나 꽉 막혀 답답했다면, 이 쇼핑몰은 상상도 할 수 없을 정도로 광대해서 정신이 없었다. 게다가 길도 더 복잡했다. 지도를 확인하면서 걷는데도 길을 잘못 들기 일쑤였다. 여긴가 싶으면 아니었고, 저긴가 싶으면 전혀 딴 곳으로 통했다. 그러다가 내가 팻말을 발견했다. 가로수처럼 우뚝 선 철제 팻말에 ‘생활관’이라는 표지판이 붙어 있었다. 반가움에 저절로 목소리가 커졌다.

“저기야! 저쪽으로 가면 돼.”

표지판이 가리키는 쪽으로 움직였다. 얼마 안 가 우리는 다른 풍경과 마주했다. 천장에 닿을 듯 큰 진열장이 끝도 없이 늘어서 있었다. 생활관이라는 건 마트와 비슷한 공간이구나 짐작했다. 다만 그 규모가 천지 차이였다. 세상의 모든 물건을 다 집어넣는다 해도 이 진열장을 전부 채울 수는 없을 것 같았다. 진열장 역시 구역을 이루며 서 있었고, 그것은 여러 갈래의 길을 만들어 냈다. 지도에 의하면 이곳을 지나야 다른 공간 입구가 나왔다.

“마트 같은데…… 물건이 하나도 없어.”

경우가 중얼거렸다. 그 말 그대로 진열장은 모두 비어 있었다. 그게 더 오싹하게 다가왔다. 있어야 할 공간에 있어야 할 것이 없다. 존재할 수 없는 건 버젓이 존재한다. 서로 어그러지고 동떨어져 있다. 그야말로 '괴리'라는 이름이 붙기에 딱 맞는 공간이었다.

우리는 진열장 사이를 계속 왔다 갔다 했다. 이제는 나도 지치고 힘들었다. 워낙에 거대한 공간이라 그런지 그저 보고 걷는 것만으로도 피로가 쌓이는 게 아닌가 싶었다. 또다시 엄청난 크기의 진열장 하나를 막 돌았을 때였다. 경우가 뭔가를 발견하고 손으로 가리켰다.

"저긴 식품관이라고 되어 있어요."

식품관 역시 그 이름에 걸맞은 모습이었다. 각종 음식점 간판이 원을 이루며 늘어서 있고, 가운데에는 테이블과 의자가 가득했다. 그 수 또한 셀 수도 없고, 짐작하기도 어려웠다.

"잠깐 쉬었다 갈까?"

내 물음에 경우는 바로 고개를 끄덕였다. 우리 둘은 가장 가까운 테이블로 가서 의자에 앉았다. 저절로 끙, 하는 소리가 튀어나왔다. 경우는 앉자마자 핸드폰을 꺼내 음악을 재생하더니 손짓으로 박자를 맞췄다. 녀석은 그때까지 줄곧 에어팟 맥스를 쓰고 있었다. 나는 그걸 보며 내 핸드폰도 꺼내 보았다. 그러자 경우가 말했다.

"여긴 폰 안 돼요. 전화도 안 되고, 인터넷도 안 되고. 다

해 봤어요. 노래도 핸드폰에 저장된 거 듣는 중."

당연히 그렇겠지. 여기서 통화가 된다면 그것도 웃기는 일이리라. 나는 핸드폰을 집어넣고 잠시 눈을 감았다. 박 주임을 만나 정직원 이야기를 듣고 돈까지 받아 퇴근한 게 멀고 먼 태곳적 일인 것만 같았다. 그 정도로 아득하고 피곤했다. 귀에 거슬리는 소리가 들린 건 경우에게 그만 일어나자고 말하려 할 때였다.

지이잉.

기계음이었다. 그것도 꽤 큰 소리.

나는 눈을 떴다. 경우 뒤쪽에서 뭔가가 빠르게 다가오고 있었다. 처음에는 눈을 의심했다. 내가 보는 게 뭔가 싶었다. 타원형의 머리, 둥근 몸통 그리고 바퀴가 달린 발……. 그것은 일단 음식점의 서빙 로봇 형태를 띠고 있긴 했다. 문제는 팔이었다. 쟁반을 실어 나르기 좋게 팔 부분이 붙어 있는 보통의 서빙 로봇과 달리 이건 팔이 두 개였다. 게다가 한쪽에는 전기톱이, 한쪽에는 작살이 달려 있었다.

공간수다!

그걸 깨닫자마자 경우를 불렀다.

"경우야! 피해!"

녀석은 랩을 흥얼거리며 건들건들 리듬을 타기 바빴다. 로봇이 작살 달린 팔을 들어 올렸다. 나는 테이블 위로 몸을 날려 경우를 붙잡고 쓰러졌다.

퍽!

방금 경우가 앉아 있던 의자에 작살이 날아와 박혔다. 녀석은 그제야 눈을 동그랗게 뜨고 주위를 두리번거렸다. 나는 경우의 에어팟 맥스를 벗겼다.

"저, 저건 뭐예요?"

경우가 더듬거리며 물었다.

"공간수야. 도망쳐야 해!"

우리는 달리기 시작했다. 서빙 로봇, 아니 킬링 로봇이 쫓아오며 기계음을 쏟아냈다.

"음식을 준비했습니다. 잠시만 기다리십시오. 음식을 준비했습니다. 잠시만……."

놈이 준비했다는 음식이 경우인 건 확실해 보였다.

로봇은 코모도왕도마뱀보다 훨씬 빨랐다. 게다가 기계 주제에 아주 민첩했다. 우리가 테이블 사이를 가로지르며 도망치는 족족 로봇은 한 발, 아니 한 바퀴 빨리 움직여 앞을 가로막았다. 그러곤 그 빌어먹을 대사를 읊어댔다.

"음식을 준비했습니다. 잠시만 기다리십시오. 음식을 준비했습니다. 잠시만……."

그다음은 공격이었다. 거리가 떨어졌다 싶으면 작살을 날리고, 조금이라도 가까워지면 전기톱으로 모든 걸 썰어댔다. 경우와 나는 피하기에 바빴다. 눈앞에서 의자 몇 개에 구멍이 뚫리고 테이블이 반으로 잘리는 걸 보고 있자니 정신이 하나도 없었다. 놈은 무서워할 틈도 주지 않았다. 게다가, 예상했듯 집요하게 경우만 노렸다. 나는 역시 안중에도 없는 모양이었다.

우리는 테이블을 빙 돌아 다시 생활관으로 향했다.

지이잉!

뒤쪽에서 놈이 맹렬한 기세로 달려왔다. 진열장의 매끈한 표면에 로봇의 모습이 비쳤다. 작살을 들고 경우를 겨냥하고 있었다.

"엎드려!"

우리가 동시에 엎드린 순간, 작살이 머리 위를 스치고 지나갔다. 뾰족한 작살은 진열대에 박혔다. 그러고는 그대로 빠지지 않았다. 지이잉. 로봇이 굉음을 내며 작살을 잡아당기기 시작했다. 작살과 로봇 팔 사이에 연결된 줄이 팽팽하게 당겨졌다. 나는 경우를 붙들고 서둘러 일어났다. 지금이 기회였다.

"달려!"

경우는 이번엔 말 잘 듣는 사냥개처럼 달려 나갔다. 나는 돌아서서 곤봉을 든 채 로봇에게 다가갔다. 놈은 아마 첨단 센서 같은 걸 장착했겠지만 그것도 내 하찮은 존재감 앞에서는 무용지물이었다. 로봇은 나를 인지하지 못하고 작살 빼는 작업에만 몰두했다. 일단 숨을 한 번 고른 후 힘껏 곤봉을 휘둘렀다.

퍽!

꽤 큰 소리가 났지만, 그리고 내 팔이 저릿할 정도였지만 로봇은 끄떡도 안 했다. 다시 한번 공격할까? 잠깐 고민했지만 소용없겠다고 판단했다. 곤봉이 버티지 못할 것 같았다. 나는 저만치 도망쳐 진열대 뒤에서 고개만 내밀고 있는 경우를 향해 달려갔다.

"외삼촌. 어떻게 해요?"

경우가 나를 보자마자 물었다. 얼굴에는 땀이 범벅이었다. 나도 그리 다르지 않은 몰골이리라.

"경우야. 너…… 나 믿어?"

내가 물었다.

"갑자기 그게 뭔 소리예요?"

"저 공간수는 아마 직접 사냥한 재료로 즉석요리를 해 주려는 모양이야."

"그거 웃기려고 하는 말이에요?"

경우는 어이없다는 표정으로 날 올려다보았다. 웃기려고 한 말이 맞았기에 머쓱했다.

"야! 영화 보면 이런 상황에서 농담도 하고 그러는 거야!"

"그건 영화고!"

"아무튼, 나 믿어?"

"뭘 어쩌려고요?"

"그럼 내가 시키는 대로 해. 그래야 살아!"

아니, 아마 살 수 있을 거야, 라고 말하는 게 더 정확하겠지만 일단은 녀석의 어깨를 꽉 잡고 확신의 눈빛을 보냈다.

“뭐, 뭔데요?”

경우는 로봇에게서 눈을 떼지 못했다. 나도 잠깐 고개를 돌렸다. 로봇은 작살을 빼는 대신 한쪽 팔에 달린 전기톱으로 줄을 자르고 있었다. 지이잉, 소리가 더 크게 울려 퍼졌다.

“네가 저 공간수 주의를 끌어 줘. 놈은 너만 노리니까.”

“어? 뭐야? 그 사이에 외삼촌 도망치려고요?”

“그게 아니라…….”

“나 무섭단 말이야! 죽기 싫다고요!”

“그러니까 날 한 번 믿어 봐! 나, 너 버리고 절대 어디 안 가. 알았어?”

내가 버럭 소리 지른 순간, 로봇의 외침이 다시 들렸다.

“음식을 준비했습니다. 잠시만 기다리십시오. 음식을 준비했습니다. 잠시만…….”

놈은 드디어 작살과 연결된 줄을 자르고 전기톱 소리를 요란하게 내며 달려오고 있었다. 로봇은 어쩐 일인지 화가 난 듯 보였다. 눈 부위가 빨간색으로 번쩍였다.

“아, 알았어요. 외삼촌 한 번 믿어 볼게요.”

경우가 말했다. 녀석은 울먹이고 있었다. 그러면서 떨었다. 나는 경우의 어깨를 잡은 손에 힘을 줬다.

“좋아. 그럼, 작전 시작하자!”

나는 그렇게 말한 후 돌아서서 진열장 옆에 숨었다. 경우는 오히려 진열장에서 나가 로봇 앞에 섰다. 부들부들 떠는 게 보였다. 로봇은 더욱 가까워졌다. 전기톱 돌아가는 소리와 기계음이 합쳐진 굉음이 귀를 찢을 듯 울렸다. 아까 로봇을 곤봉으로 때릴 때 보았다. 놈의 머리통 뒤쪽에 충전 단자가 자리하고 있었다. 내 목표는 바로 거기였다.

"으악!"

경우가 비명을 질렀다. 그러면서도 용케 그 자리에 서 있었다.

지이잉!

로봇이 경우 바로 앞까지 달려왔다. 전기톱 달린 팔을 치켜들었다. 그 순간 내가 달려 나갔다. 나는 주머니에서 전기 충격기를 빼 들었다. 그러고는 로봇의 충전 단자에 가져다 대고 스위치를 힘껏 눌렀다.

지지직!

전기가 로봇을 때린 순간, 퍽! 폭발음과 함께 나 역시 뒤로 나가떨어졌다.

"윽!"

뒤통수부터 부딪치며 떨어졌지만 아픔을 느낄 새도 없었다. 나는 벌떡 일어나 로봇을 쳐다보았다. 놈의 머리와 몸통에서 스파크가 일었다. 충전 단자 쪽에서는 연기가 새어 나왔다. 로봇이 전기톱을 마구 휘두르며 제자리에서 빙글빙글 돌았다. 경우는 주춤주춤 뒤로 물러났다.

"음식을 준비했습니다. 잠시만 기다리십시오. 음식을

준비했습니다. 잠시만……"

로봇의 음성이 점점 더 기괴하게 변했다. 그러더니 뒤로 휙 돌아 바로 그 전기톱을 번쩍 들고 질주했다. 진열장 방향으로.

지이잉!

"됐다!"

경우가 소리쳤다. 로봇은 거대한 진열장에 그대로 부딪히더니 쿵, 하고 쓰러졌다. 지이잉, 지이잉, 소리는 계속 들렸지만 그것으로 끝이었다. 놈은 혼자 일어나지 못했다. 계속 허공에 전기톱을 휘두를 뿐이었다.

그걸 확인한 나는 경우에게 달려갔다. 경우 역시 내게 달려왔다.

"괜찮지? 너, 괜찮은 거……"

"외삼촌 작전이 통했어요!"

녀석은 내 말이 끝나기도 전에 기쁨에 찬 목소리로 외치며 오른손을 번쩍 치켜들었다. 처음엔 그게 무슨 의미인지 몰랐지만 곧 알아챘다. 나도 오른손을 들었다.

짝!

우리는 하이 파이브를 했다.

"그러니까 그게 외삼촌 능력이란 거죠?"

경우가 물었다. 내가 어떻게 작전이 통할 수 있었는지에 대한 설명을 막 끝낸 뒤였다. 지극히 희박한 확률로 낮은 존재감을 타고나는 사람이 있다, 그런 사람은 공간수가 인식하지 못한다, 물론 그런 이유로 어릴 때부터 철저히 없는 사람 취급을 당했다, 왕따랑은 다른 의미로 무시당하며 살았다…… 같은, 어쩐지 좀 서글픈 이야기를 들려주었다. 그러고 돌아온 대답이 바로 그것이었다.

"외삼촌 슈퍼파워가 그거죠?"

녀석은 다시 한번 물었다. 나는 애매하게 고개를 끄덕였다. 낮고 하찮은 존재감, 그래서 인간이건 공간수건 싹 다 나를 무시하는 걸 슈퍼파워라고 할 수 있을까? 그런 원초적인 의문이 들었지만 기분 나쁘지는 않았다. 그렇다고 마냥 좋아할 순 없었다.

"뭐…… 슈퍼파워 같은 거창한 건 아니고……."

"암튼 그거 덕분에 로봇을 물리쳤잖아요!"

"그, 그렇기는 하지."

경우는 반짝이는 눈으로 나를 바라보았다. 그러고 보니 로봇은 이제 완전히 작동을 멈춘 상태였다. 전기 충격기라는 아이템 하나를 잃었지만, 그거 하나와 공간수 하나라면 나쁜 교환은 아니다.

"오! 외삼촌 좀 친다!"

경우 녀석은 그렇게 말하며 실실 웃었다.

"친다는 게 무슨 뜻이야?"

"힙하다고."

아무튼 좋은 의미인 것 같았다.

"믿어 줘서 고맙다."

나는 경우에게 말했다.

"처음 들어 봐요."

녀석이 말했다.

"뭘?"

"어른한테 고맙다는 말 처음 들어 본다고."

"아……."

나는 뭔가 더 말하려다가 그냥 지도를 다시 펼쳤다. 경우도 딴 이야기는 하지 않았다. 잠시 침묵이 흘렀지만 불편한 건 아니었다. 우리는 그렇게 말없이 이동했다. 지도를 따라서.

얼마나 걸었을까, 결국 생활관을 빠져나가게 되었다. 진열장 사이 끝 쪽 벽에 회색 철문이 달려 있었다.

"저거죠?"

경우가 문을 가리키며 물었다.

"맞아. 저길 통과하면 다음 공간으로 가게 돼."

"이런 게 몇 개나 더 있어요?"

나는 지도를 들여다보았다. 지금 우리는 두 번째 구역을 지나는 중이었고 앞으로 세 개가 더 남아 있었다. 녀석에게 손가락 셋을 펴 보였다.

"힘들지?"

"근데 거길 다 통과하면 여기서 빠져나갈 수 있는 건 맞아요?"

경우가 되물었고, 나는 다시 지도를 보았다. 마지막 다섯 번째 구역의 끝에는 분명 '출구'라고 적혀 있었다. 그다지 정교하진 않지만 지도는 확실히 제 역할을 해 주었다. 그러니 아마도 출구 역시 맞을 것이다. 나는 고개를 끄덕였다.

"지금처럼만 하면 돼. 최대한 조심해서 움직이고, 공간수가 나타나면 작전 짜서 무찌르고."

나는 남은 무기가 곤봉과 경광봉뿐이라는 건 굳이 이야기하지 않았다. 만약 늑대 인간 같은 게 나타난다면 어떻게 해야 할지 솔직히 막막했다. 하지만…….

"좋아요! 외삼촌 슈퍼파워만 있으면 다 해결할 수 있을 거야."

해맑게 웃으며 목에 걸린 에어팟 맥스를 만지작거리는 사춘기 소년을 보고 있자니 나도 덩달아 왠지 잘 풀릴 것 같은 기분이 들었다.

우리는 철문으로 향했다. 그러고는 다음 공간으로 들어섰다.

7

예상을 훌쩍 뛰어넘는다는 점에서 각각의 괴리공간은 공통점이 있었다. 이번 공간 역시 마찬가지였다. 사무실과 쇼핑몰 다음이 지하철역이 될 거라곤 상상도 못 했다. 지하철역은 지하철역인데 우리나라는 아닌 것 같았다. 낡고 더럽고 어두침침한, 영화에서나 볼 법한 외국 지하철역이었다. 그중에서도 미국.

또 하나의 공통점은 역시 이번에도 공간 전체가 텅 비어 있다는 사실이었다. 물론 이전 공간 두 곳처럼 끝이 보이지 않을 정도로 넓은 건 아니었지만 귀가 먹먹할 정도의 적막이 흐른다는 건 같았다. 완전히 비어 있기에 오히려 적막으로 채워진 게 아닌가 싶었다. 지하철역은 전체적으로 회색빛이 감돌고 있었다. 그리고 꽤 어두컴컴했다. 나무로 된 벤치도, 매표소와 각종 시설물도 어둠이 잠식하고 있었다. 그래서일까, 더욱 스산한 분위기를 풍겼다.

"내가 손전등을 켤 테니까 넌 지도를 봐 줘."

아무래도 핸드폰 조명보다는 손전등이 밝지 싶었다. 나는 경우에게 지도를 건넸다. 그러고는 손전등으로 주위를 훑었다. 저 멀리 개찰구가 보였다. 그 건너편은 더 어두워 가까이 가지 않는다면 뭐가 있는지 정확히 알 수가 없었다.

"지도 보니까 지하로 내려가는 것 같아요."

경우가 말했다.

"좋아. 잘 따라와."

나는 손전등 불빛으로 앞을 비추며 앞서 걸었다. 경우가 속삭이듯이 물었다.

"여기도 그게 있겠죠? 공간수?"

"그렇겠지."

"코모도왕도마뱀과 로봇, 다음은 뭘까요?"

"그러게나 말이다. 늑대……."

나는 아차 해서 입을 다물었다.

"늑대? 여기랑 늑대는 안 어울리는데."

"그게 아니라 늑대 인간 말이야. 내가 처음 본 공간수가 늑대 인간이었거든."

그냥 솔직하게 말했다. 늑대 인간 공간수는 처치했으니 다시 나올 리가 없을 거라는 생각에. 나는 경우가 겁을 먹을까 봐 재빨리 덧붙였다.

“걱정하지 마. 늑대 인간은…….”

“와! 진짜 대박! 그러면 늑대 인간도 외삼촌이 처치했어요?”

경우의 반짝이는 눈을 외면할 수 없었다. 중2 소년의 기대감을 꺾어서 무엇하리.

“뭐…… 그, 그런 셈이지.”

사실이야 어떻든 그 괴물에게서 살아남은 건 진짜니까. 물론 내 슈퍼파워, 아니 미약한 존재감 덕분에.

“외삼촌은 뭐예요?”

경우가 다시 물었다.

“뭐냐니?”

“정체가 뭐냐고요. 무슨 일을 하기에 이런 곳도 잘 알고 슈퍼파워도 가지고 있고 거기다가 괴물도 다 물리쳐요?”

“일단은 그냥 경비원…….”

“아! 알겠다. 경비원인 척하면서 사실은 특수 요원인 거죠?”

“뭐…… 대충 비슷하다 할 수 있지.”

나는 재빨리 둘러댔다. 경우가 이런 사달만 내지 않았다면, 그래서 내일 임무만 잘 완수했다면 특수 요원까진 아니더라도 적어도 정직원은 됐을 텐데……. 지금은 정직원이 문제가 아니라 당장 잘릴 걱정을 해야 할 판이었다. 내가 괴리공간에 허락 없이 들어왔다는 건 분명 기록에 남을 거니까. 여차하면 더 끔찍한 일이 벌어질지도 모른다. 즉, 괴리공간에서 무사히 탈출한다 해도 다른 문제가 남아 있다는 뜻이다. 내 복잡한 마음을 아는지 모르는지 경우는 흥분한 목소리로 중얼거렸다.

"진짜 스웩 넘친다, 외삼촌. 특수 요원 완전 힙하잖아요!"

이런저런 영양가 없는 이야기를 하는 사이 우리는 개찰구를 지났다. 표가 없는데도 통과할 수 있었다. 지하철역 안쪽은 역시 더 어두워 불빛 없이는 돌아다니기가 힘들어 보였다. 어둠 속에서 뭐가 튀어나올지도 모를 일이고.

"경우야. 내 옆에 딱 붙어 서. 절대 떨어지면 안 돼."

"알겠어요."

우리는 조심스레 움직였다. 미로 같았던 지난 공간과는 달리 그래도 길이 하나뿐이라 다행이었다. 지하 승강장으로 내려갈 때는 계단을 이용했다. 에스컬레이터가 있었지만 작동하지 않았다. 계단은 지하 깊숙이 연결되어 있었다. 우리가 중간쯤 내려갔을 때였다. 갑자기 뒤에서 위이잉, 하는 소리가 들렸다. 경우와 나는 동시에 고개를 돌렸다. 계단과 개찰구 공간 사이를 가로막으며 커다란 스크린이 천장에서부터 내려오고 있었다.

저건 또 뭐야?

예상하지 못한 사태에 나는 멍하니 지켜만 보았다. 옆에서 경우가 속삭였다.

"극장처럼 변했어요."

그랬다. 어두운 조명, 넓고 큰 스크린까지 딱 영화관이었다. 아니나 다를까, 곧 스크린이 밝아진다 싶더니 영상이 흘러나왔다. 우리는 도대체 무슨 일이 벌어지고 있는지 몰라 섣불리 움직이지 못하고 스크린만 올려다보았다. 나는 스크린 자체가 공간수일까 봐 긴장했지만 아니었다. 스크린에는 말 그대로 영화가 흘러나왔다. 그런데…… 공포 영화였다.

청소년으로 보이는 다섯 명의 남녀가 별장에 도착하면서 첫 장면이 시작됐다. 나는 그것만 보고도 공포 영화구나 싶었다. 게다가 낡고 기괴한 분위기의 별장이라니, 이건 뭐 확실했다. 공포 영화에는 척 보기에도 흉흉한 곳에 들어가는 멍청이가 떼로 나오는 법이니까.

다음 장면은 밤이었다. 밖에서 수상한 소리가 들렸다. 그러자 근육질의 백인 남자애가 소파에서 일어나며 말했다.

—내가 보고 올게. 아무것도 아닐 거야.

아니야, 인마! 넌 다시 돌아올 수 없어. 아무것도 아닌 게 아니라고!

답답해서 소리라도 지르고 싶은 뻔한 장면이 지나고 백인 남자애는 밖으로 나갔다. 그 순간 도끼가 날아들어 녀석의 목을 잘라 버렸다. 사방으로 피가 튀었다.

"윽!"

경우가 깜짝 놀랐는지 몸을 움츠렸다. 나는 이미 예상

했기에 아무런 느낌도 없었다. 저런 패턴의 공포 영화는 수도 없이 보았다. 이른바 클리셰 범벅인 영화. 다음은 뇌가 빈 것 같은 여자애 차례겠지.

내 예상은 한 치도 빗나가지 않았다. 금발 머리 여자애는 굳이 죽은 남자애를 찾아보겠다며 밖으로 나갔다가 마체테에 배가 뚫려 죽었다. 이후에는 과묵한 흑인과 잘난 척하는 안경 쓴 아이 차례일 것이다. 나는 아무런 맥락 없이 이런 영화가 상영되는 이유를 몰라 당황했다. 그러다가 더 이상 보지 말고 빨리 입구를 찾는 게 낫겠다고 생각했다.

"경우야. 빨리 내려가자. 보고 있으면 왠지 안 좋은 일이……."

"외삼촌. 저, 저거 보여요?"

나는 다시 스크린 쪽으로 고개를 돌렸다. 드디어 살인마가 등장하는 장면이었다. 놈은 공포 영화 속 여러 살인마를 뒤섞어 놓은 괴상한 차림새였다. 얼굴에는 제이슨의 하키 마스크를 쓰고, 오른손에는 도끼를 들고, 왼손은 프레디 크루거의 그것처럼 칼날로 되어 있었다. 덩치가 무지막지하게 큰 것 역시 눈에 들어왔다. 정비공 옷을 입고 있는 건 아무래도 레더 페이스의 영향을 받은 거겠지?

내가 그렇게 생각하며 경우의 손을 잡아끌 때 녀석은 다시 물었다.

"저, 저거 안 보여요?"

"신경 쓰지 마. 그냥 흔하디흔한 영화 속 살인마니까."

"근데 우릴 향해 다가오고 있잖아요!"

"뭐?"

다시 스크린을 유심히 보았다. 정면을 향해 뚜벅뚜벅 걸어오는 살인마는 분명 우리, 정확히 말하자면 경우를 노려보는 것만 같았다. 게다가…… 놈은 스크린 밖으로 걸어 나왔다! 그러고는 계단에 우뚝 섰다. 젠장, 사다코야 뭐야!

"도망쳐!"

나는 경우에게 외친 후 계단을 달려 내려갔다. 이 공간의 공간수는 바로 저 혼종 살인마였다. 계단을 내달리면서 잠깐 뒤를 돌아보았다. 공포 영화의 법칙에 충실하게도 살인마는 천천히 걸어 내려오는 중이었다. 그런데도 우리 사이의 거리는 벌어지지 않았다. 이것 역시 클리셰라면 클리셰였다.

천천히 걷는 살인마와 달리는 도망자. 그럼에도 결국엔 도망자가 따라잡혀 처참한 최후를 맞이하는 것.

"계속 따라와요!"

경우가 소리쳤다.

"돌아보지 말고 일단 뛰어!"

우리는 계단을 내려가 승강장에 들어섰다. 지하철 한 대가 문이 모두 열린 채 서 있었다.

"어? 여, 여기 근처가 입구라고 돼 있는데……."

경우는 지도를 들여다보며 당황한 표정을 지었다.

"그런데?"

"지하철이 가로막고 있어요."

"미치겠네. 일단 타자!"

지하철에 오르지 않으면 도망갈 곳도 없었다. 경우와 나는 문 열린 지하철 안으로 들어갔다. 그때였다.

"으악!"

경우가 비명을 질렀다. 나도 흠칫 놀라 제자리에 멈춰 섰다. 도대체 어떻게 앞질렀는지는 모르겠지만 하여튼 살인마가 우리 앞에 서 있었다. 손전등 불빛 아래 드러난 놈의 온몸에는 피가 튀어 있었다. 거기다가 가까이서 보니 훨씬 더 컸다. 2미터가 훌쩍 넘을 것 같았다. 작업복이 터질 듯 근육이 빵빵했다.

"경우야. 내려!"

녀석은 내 말이 떨어지기 무섭게 지하철에서 내렸다. 살인마 역시 경우를 쫓아 내리려고 했다. 나는 놈에게 달려가 곤봉으로 등을 후려쳤다. 살인마는 잠시 멈칫하긴 했지만 돌아볼 생각조차 없어 보였다. 이번에는 놈의 허리를 붙잡고 늘어졌다. 어떡해서든 이 괴물을 막아야 했다. 하지만 소용없었다. 나는 질질 끌려갔다. 거기서 끝이 아니었다. 살인마가 경우를 찾느라 몸을 돌리는 순간 나는 바람에 날리는 낙엽처럼 붕 떠서 나가떨어졌다. 동시에 지하철 기둥에 머리를 세게 부딪쳤다.

“아…….”

의식이 아득하게 멀어졌다.

처음 섭렵한 유혈 낭자한 공포 영화 시리즈는 〈13일의 금요일〉이었다. 제이슨이 하키 마스크를 쓰고 온갖 창의적인 방법으로 청춘 남녀를 썰고, 베고, 자르고, 찌르는 그 영화에 나는 열광했다. 다음은 프레디 크루거가 악몽을 선사하는 〈나이트메어〉 시리즈였다. 그런 뒤 〈할로윈〉을 봤고, 〈텍사스 전기톱 연쇄살인사건〉도 시리즈가 나오는 족족 챙겨 보았다. 공포 영화를 보는 건 혼자 즐기기 좋은 또 하나의 취미였다. 나는 이른바 고전이라 불리는 80년대에서 90년대 사이의 미국 공포 영화를 특히 좋아했다. 클리셰로 가득 찬, 그래서 오히려 더 마음 편히 볼 수 있는 그런 영화. 나는 공포 영화를 보며 항상 생각했다.

난 저런 상황에서도 살아남을 거야. 클리셰 반대로만 하면 되니까.

클리셰 반대로만 하면 되니까.

클리셰 반대로만 하면 되니까.

클리셰 반대로만 하면…….

클리셰 반대로만…….

“맞다!”

나는 그렇게 소리치며 정신을 차렸다. 뒤통수가 지독하게 아팠다. 그 고통을 참으며 벌떡 일어났다. 얼마나 정신을 잃고 있었는지 몰라 불안했다. 경우도, 살인마도 보이지 않았다. 그때 비명이 들렸다.

"으악!"

경우였다.

"경우야!"

지하철 밖으로 달려 나갔다. 승강장 제일 끝에 살인마가 버티고 서 있었다. 바로 앞에는 경우가 바닥에 주저앉아 계속 비명을 질러대는 중이었다.

"으악! 살려 줘! 외삼촌, 살려 줘요!"

살인마가 칼을 치켜들었다. 수도 없이 봤던 장면이었다. 놈이 저대로 마체테를 휘두르면 영화 속 등장인물은 팔이고 다리고 목이고 속절없이 잘려 나갔다. 나는 경우를 향해 필사적으로 외쳤다.

"비명 지르지 마!"

"외삼촌!"

"아무 소리 내지 말고 그냥 있어. 무시해!"

"뭐라고요?"

"무시! 무시하라고!"

경우는 내 말을 용케 알아듣고 자기 입을 틀어막았다. 그러자 살인마가 주위를 두리번거리기 시작했다. 나는 다시 소리쳤다.

"그냥 못 본 척해! 나만 봐."

클리셰 반대로만 하면 되니까!

영화 속 살인마는 오직 반응을 보이는 상대만 제거한다. 도망치거나, 비명 지르거나, 살려 달라고 애원하는 사람. 제이슨이 지나가는 '조연 1'을 죽이는 걸 본 적 있나? 프레디가 아무나 붙잡고 괴롭히는가? 레더 페이스가 마주치는 족족 다 죽이던가? 아니다. 절대 아니다. 살인마 놈은 클리셰라는 규칙 안에서 움직여야만 한다.

나는 경우와 눈을 마주친 채 이쪽으로 오라고 손짓했다. 살인마는 엉거주춤 서 있다가 뒤를 돌아보았다. 비록 마스크를 쓰긴 했지만 당황하고 있다는 건 한눈에 알 수 있었다. 뭘 어떻게 해야 하는지 모르는 눈치였다.

"내 말대로 하면 괜찮을 거야. 이리로 와."

경우는 살인마의 눈치를 살피다가 조금씩 움직이기 시작했다. 나는 조마조마한 심정으로 녀석을 지켜보았다. 만약 내 가설이 잘못된 거라면? 살인마가 저렇게 행동하는 건 그저 잠시 착각해서이고 이내 마체테를 휘두른다면? 아니면 칼날 손을 경우의 등에…….

아니야!

나는 고개를 가로저었다. 지금은 내 감을 믿어야 했다.

"조금만 더, 조금만 더 와."

경우는 내 말을 따라 엉금엉금 기어서 살인마 옆을 지났다. 그때였다. 놈이 몸을 돌려 내 쪽을 바라보았다. 순간 움찔했지만 피하지는 않았다. 살인마가 고개를 한 번 갸우뚱하더니 그대로 뚜벅뚜벅 나를 향해 걸어왔다.

설마…… 아니지?

바로 앞까지 다가온 살인마는 그대로 내 옆을 지나쳐 반대편으로 걸어갔다. 무식하게 덩치만 큰 놈이 지나갈 때 진한 피 냄새가 물씬 풍겼다. 그 사이 경우는 발소리를 죽여 내게로 달려왔다.

"외삼촌!"

경우가 내게 매달렸다. 녀석은 덜덜 떨고 있었다. 그러면서도 용케 비명을 참고 내 지시를 따른 것이다.

"잘했어. 이제 입구를 찾아가자."

나는 안도의 한숨과 함께 말했다. 경우가 지도를 펼쳐 보였다. 입구라 표시된 곳은 반대쪽 승강장이었다. 아무래도 선로를 가로질러야 할 것 같았다. 경우의 손을 잡고 선로로 내려갔다. 제법 높아 뛰어내릴 때 쿵, 하는 소리가 났다. 혹시나 해서 살펴보았지만 살인마는 기척도 없었다. 완전히 관심을 잃은 모양이었다. 서 있는 지하철을 지나서 반대쪽 선로로 들어섰다. 이제는 승강장 위로 올라가기만 하면 될 일이었다.

"저기 문이 보여요."

경우 말에 고개를 들어 보니 정말로 회색 철제문이 떡하니 달려 있었다. 그것도 승강장 벽에.

"내가 올려줄 테니까 먼저 올라가."

나는 경우를 안아 올렸다. 비쩍 마르고 체구가 작긴 해도 제법 무거웠다. 다행히 녀석이 금세 승강장으로 올라

갔다. 그러고는 내게 손까지 내미는 여유를 보였다. 나는 씩 웃으며 그 손을 잡았다. 경우 역시 슬쩍 웃었다.

우리는 입구 앞에 섰다. 나는 경우에게 물었다.

"어떻게 내 말을 단번에 들었어? 무시하란 말 그대로 하기 어려웠을 텐데."

"외삼촌 말, 이젠 다 믿기로 했어요. 지금까지 손해 본 거 없잖아요."

녀석의 말을 듣는 순간 웬일인지 뭉클했다. 나는 감상에 젖지 않으려고 애쓰며 괜스레 헛기침을 한 번 했다.

"흠. 자, 다음 공간으로 가자."

내가 그렇게 말했을 때였다.

"좋아요. 이제 다 끝났잖아요."

경우가 웃으며 맞장구쳤다. 그 순간 아차 하는 생각에 주위를 둘러보았다. 다 끝났다고 하는 순간 살인마는 갑자기 튀어나온다. 이것도 클리셰 중 클리셰였다. 내 예감이 맞았다. 어느새 나타난 살인마가 경우 뒤에서 맹렬히 달려오고 있었다.

지금은 왜 달리는 건데!

나는 재빨리 문을 열었다. 그때까지 경우는 아무것도 모른 채 해맑게 웃고 있었다. 그런 녀석을 향해 말했다.

"너 먼저 들어가. 빨리."

"알았어요."

경우가 문 안으로 들어간 것과 살인마가 마체테를 휘

둘러 허공을 벤 건 거의 동시였다. 나는 가만히 서 있다가 놈이 등을 돌린 사이 문으로 들어갔다. 그러고는 당장에 닫아 버렸다.

8

어렸을 때 딱 한 번 놀이공원에 갔던 적이 있었다. 몇 살인지 기억나진 않지만 그땐 엄마도 아빠도 그리고 누나도 다 있었다. 놀이공원은 어린 내 혼을 빼놓기에 충분했다. 엄청나게 많은 사람이 하나같이 행복한 표정으로 그곳을 돌아다니고 있었다. 특히 내 관심을 끌었던 건 거대한 대관람차였다. 그것이 느긋하게 빙글빙글 돌아가는 모습을 보고 있자니 왠지 모르게 마음이 안정됐다. 그 기억이, 오랜 시간이 지났음에도 선명하게 남아 있다.

지금 경우와 내 눈앞에 바로 그 놀이공원이 펼쳐져 있었다. 물론 어린 시절에 갔던 그 놀이공원과는 비교할 수 없을 정도의 규모이긴 하지만. 이곳이 그곳과 결정적으로 다른 건, 그리고 앞선 공간과 또 결정적으로 같은 건

이곳이 비어 있다는 사실이었다. 아무도 없었다. 환하게 웃는 아이도, 풍선을 든 연인도, 솜사탕을 파는 아저씨도, 인형 탈을 뒤집어쓴 캐릭터도…….

놀이공원을 가득 채우고 있는 건 허무와 공허뿐이었다. 작동을 멈춘 셀 수 없이 많은 놀이기구를 보고 있자니 허전한 마음이 드는 한편 오싹하기도 했다. 심지어 하늘의 구름도 딱 멈춘 상태였다. 모든 게 가짜로 만들어진 곳, 여기가 바로 괴리공간이었다.

"누가 이런 걸 다 만들었을까요?"

경우가 조용히 물었다.

"글쎄. 괴리공간에 관해선 아직 모르는 게 더 많아."

"외계인 아닐까요?"

"그럴지도 모르지."

"아니면 멀티버스일지도 몰라요, 여기."

"멀티버스?"

"왜 그거 있잖아요. 여러 개의 우주가 동시에 존재하는데……."

"아! 다중 우주?"

"맞아! 그거요. 여긴 또 다른 지구일 수도 있어요. 그러니까 우리 세계랑 닮았죠."

일리 있는 말이었다. 박 주임도 다른 차원 운운하지 않았던가. 그러고 보니 문득 궁금했다. 나는 경우에게 물었다.

"넌 코모도왕도마뱀도 그렇고, 멀티버스도 그렇고 이

런 걸 어디서 다 안 거야?"

"유튜브."

녀석은 짧게 대답했다. 하긴 나만 해도 종일 유튜브만 들여다볼 때도 있으니까. 나는 주로 영화평이나 탈모 예방법 같은 건강 정보, 그것도 아니면 투자 및 재테크 관련 영상만 봐서 그렇지.

"그럼 또 움직여 볼까?"

나는 지도를 보면서 말했다. 놀이공원은 사방이 탁 트여 좋았다. 공간수가 불쑥 나타나는 일은 없을 것 같았다. 다만 휘황찬란한 공간임에도 불구하고 불편하고 소름 돋는 느낌은 이전 구역보다 훨씬 강했다. 어쩌면 익숙한 곳일수록 그리고 당연히 생동감 넘치게 돌아가야 하는 곳일수록 그것이 무한정으로 텅 비어 있을 때 더 큰 불편함을 느끼는 건지도 모른다. 경우도 비슷하게 이야기했다.

"여기가 더 기분 나빠. 답답하고."

그랬다. 분명 실내가 아니어야 하는데도 마치 꽉 막힌 공간 같았다. 바람이 한 점도 불지 않았다. 그래서 구름이 멈춘 것이겠지만. 시각적으로는 뻥 뚫려 있지만 단지 그뿐, 갇힌 것 같은 기분이 드는 건 다를 바 없었다. 물론 실제로 갇히기도 했고.

"그러니까 빨리 나가야지. 여길 지나면 마지막 공간이 나와."

내 말에 경우는 눈을 반짝이며 물었다.

"그럼 탈출할 수 있어요?"

"그렇지."

'아마도'라는 부사를 붙여야 했지만 생략했다. 대신 녀석에게 힘을 불어넣어 주는 한마디를 더했다.

"집에 가면 엄청난 선물이 기다리고 있을 거야."

"뭔데요?"

경우는 바로 물었다.

"비밀."

그렇게 말하다가 문득 생각났다.

"너 돈은 가지고 있지?"

녀석은 내 눈치를 보더니 고개를 끄덕였다. 그러면서 말했다.

"가방에 봉투째 그대로 있어요."

"다시는 외삼촌 물건에 손대지 마."

"네……."

웬일로 순순히 대답이 돌아왔다. 나는 경우의 어깨를 툭 쳤다.

"화난 거 아니니까 걱정하지 말고. 네 엄마도 외할머니도 다 화 안 낼 거야."

"어떻게 알아요? 엄마는 맨날 화만 내는데."

"그런 게 있어. 평소엔 화내다가도 진짜 어려운 일 있으면 서로 돕고 감싸 주고 하는 게 가족이야."

"흠."

녀석은 복잡한 표정을 한 채 걸었다. 사랑할수록 잔소리한다. 아낄수록 화낸다. 소중할수록 간섭한다. 나도 어른이 된 후에야 알게 되었다. 그러는 게 바로 가족이라는 걸.

"서두르자. 배도 고프잖아."

나는 일부러 더 활기차게 말했다. 경우는 날 힐끔 보더니 조금 웃었다. 그러곤 나와 보조를 맞추며 걸었다. 우리는 회전목마 앞을 지났다. 말은 저마다의 자세로 멈춰 서 있었다. 이번 공간은 의외로 길 찾기가 쉬웠다. 이대로 직진해서 시계탑 옆으로 돌아 들어가면 바로 입구였다. 잘하면 공간수와 마주치지 않고 도착할 수 있을 것 같았다. 주위를 아무리 둘러보아도 이상한 낌새는 없었다.

뭔가가 나타난 건 저만치 선 시계탑을 막 발견했을 때였다. 내가 시계탑을 보고 반가워할 때 경우가 불안한 목소리로 말했다.

"외삼촌. 저건 괜찮겠죠?"

"응?"

경우는 앞쪽을 가리키고 있었다. 내 시선도 그곳으로 향했다. 우리와 몇 미터 정도 떨어진 거리에 작은 인형이 서 있었다. 그렇다. 인형 주제에 서 있다는 게 문제고 마음에 걸렸다.

"저거 되게 유명한 게임 캐릭턴데……."

"그러네."

경우 말을 듣고 보니 나도 알 만한 캐릭터였다. 2등신

비율에 귀여운 외모를 하고서는 놀이공원에 출몰하는 물방울 괴물을 밟아 터트린다. 그때마다 '오홍'이라는 대사를 뱉는데 그게 저 캐릭터의 특징이자 매력이었다. 덕분에 이름이 따로 있는데도 그냥 '오홍이'로 불렸다.

"근데 오홍이가 왜 저러고 서 있을까요?"

그렇게 묻는 경우 목소리가 떨렸다. 녀석이 뭘 걱정하는지 나도 알았다. 지금까지의 경험으로 봤을 때 빌어먹을 이 공간에서 이유 없이 등장하는 건 없었다. 게다가 그 이유란 결국 우리를 죽이는 데 있었다. 즉, 통통한 볼을 말아 올린 채 해맑게 웃는 저 오홍이도 분명히 공간수였다. 그나마…….

"작아서 다행이다, 그치?"

입이 방정이라는 말이 있다. 굳이 안 해도 될 말을 해서 일을 키우는 걸 의미한다. 내 입이 방정이었다. 그런 말을 하지 않았다면 오홍이가 화를 내지도 않았을 테니까. 반달 모양으로 웃던 눈은 사선이 되었고, 딱 귀여울 정도로 통통했던 볼은 복어처럼 부풀어 올랐으며, 양쪽으로 올라가 있던 입꼬리는 반대로 축 처졌다. 고작 세 가지 요소만 바뀌었을 뿐인데도 귀엽던 얼굴이 섬뜩하게 변했다는 사실에 놀라기도 잠시, 나와 경우는 더 놀라운 사실과 마주해야 했다.

"어어……."

그야말로 경우의 '어어'가 딱 맞는 표현이었다. 오홍이가 어어 할 사이에 커지기 시작했으니까.

"경우야. 일단 도망칠 준비를……."

그 한마디를 끝내기도 전에 오홍이는 벌써 성인 남자만큼이나 커졌다. 그 정도로도 충분히 위협적이었지만 오홍이는 멈추지 않았다. 누가 바람을 불어 넣는 게 아닌가 싶을 정도로 몸집이 점점 불어났다. 그것과 비례해 인상도 나빠졌다. 섬뜩한 수준을 넘어 잔뜩 화난 표정이 됐다.

"외삼촌. 쟤 지금 화난 거 맞죠?"

"그냥 화난 정도가 아닌 것 같은데……."

"우리한테 화난 거겠죠?"

"그렇지. 여기 우리밖에 없으니까."

경우와 내가 그 짧은 대화를 나누는 사이에도 오홍이의 성장은 계속됐고 마침내 대관람차만큼이나 거대해졌다. 우리는 할 말을 잃고 오홍이를 올려다보았다. 이제 그것은 더 이상 귀여운 게임 캐릭터가 아니었다. 모든 걸 다 뭉개 버릴 듯 씩씩거리는 공간수일 뿐이었다.

"오홍?"

까마득히 높은 곳에서 그 소리가 쩌렁쩌렁 울려 퍼졌다.

"외삼촌!"

"도망쳐!"

우리는 동시에 외쳤다. 오홍이가 뛰어오른 건 바로 그 때였다. 거대한 물체가 바람을 가를 때나 날 법한 소리가 들렸다. 역시 거대한 물체가 하늘을 가릴 때나 생길 법한 짙은 그림자가 드리웠다. 경우와 나는 본능적으로 위쪽을 향해 고개를 들었다. 오홍이가 무서운 속도로 떨어져 내리고 있었다.

못 피하면 죽는다!

우린 둘 다 같은 생각을 했고, 그랬기에 각자 다른 방향으로 몸을 날렸다. 나는 왼쪽으로, 경우는 오른쪽으로.

쿵!

오홍이는 정확히 우리 사이로 떨어지며 회전목마를 박살 냈다. 귀엽기만 하던 특유의 그 소리는 마치 맹수의 포효처럼 들렸다.

"오홍!"

부서진 목마에서 머리 하나가 튕겨 나와 나를 향해 날아왔다. 바로 앞에 떨어진 그 말 대가리는 절규하듯 입을 벌리고 있었다. 나는 경우를 쳐다보았다. 다행히 녀석도 이상 없었다. 하지만…… 경우를 보는 건 나만이 아니었다. 오홍이 역시 경우 쪽으로 얼굴을 돌린 상태였다. 놈도 다른 공간수와 마찬가지로 경우가 목표였다. 나는 안중에도 없었고.

"경우야! 달려!"

녀석은 내 말이 떨어지기 무섭게 벌떡 일어나 뛰기 시작했다.

"오홍?"

오홍이가 곧장 반응했다. 놈은 아무런 예비 동작도 없

이 점프하더니 경우를 향해 그대로 떨어져 내렸다.

"옆으로 피해!"

경우가 몸을 날린 직후 오홍이가 빙글빙글 돌아가는 찻잔을 부수며 착지했다. 이번에도 아슬아슬하게 피하긴 했지만 행운이 계속될 순 없었다. 경우는 벌써 지친 듯 보였다. 반면 오홍이는 광대한 놀이공원을 다 때려 부수고도 남을 기세였다. 우리, 정확히 말하자면 경우를 처치하기 위해서라면.

"외삼촌!"

경우가 소리쳤다. 그 순간 오홍이는 다시 뛰어올랐다.

"경우야! 지그재그로 달려!"

내가 해 줄 수 있는 건 고작 말로 떠드는 것뿐이었다. 이대로는 안 되겠다 싶었다. 나는 경우를 향해 달렸다. 그 사이 오홍이는 또 점프했다. 거의 수십 미터는 뛰어오른 것 같았다. 이번에는 반드시 터트리고야 말겠다는 듯. 둥근 그림자가 경우를 뒤덮었다. 놀란 경우가 위를 올려다보았다. 그때였다.

"아!"

경우가 뭔가를 밟고 넘어졌다. 오홍이는 낙하를 시작했다. 휭, 하는 소리가 들렸다. 바람이 휘몰아쳤다. 경우는 일어나지 못하고 떨고만 있었다. 내가 몸을 날린 건 오홍이가 떨어져 내리기 직전이었다. 나는 경우의 몸을 잡고 힘껏 굴렀다.

쿵!

땅이 진동했다. 우리는 붕 떠올랐다가 속절없이 떨어졌다.

"오홍!"

목표물을 놓친 오홍이는 분노에 차 울부짖었다. 나는 경우를 부축해 간신히 일어났다.

"너 괜찮아?"

"발목이 너무 아파요."

내 물음에 경우는 울상을 지으며 대답했다. 녀석은 상태가 안 좋아 보였다. 너무 익어 버린 파김치 같았다. 이미 결심을 굳힌 나는 경우를 향해 지도를 내밀며 재빨리 말했다.

"이거 가지고 도망가. 저건 내가 어떻게 해 볼게!"

"외삼촌이 어떻게……."

"방법이 있어. 그러니까 내 말 들어. 먼저 가! 빨리!"

나는 경우를 떠밀었다. 녀석은 마지못해 몇 걸음 걷더니 다시 멈췄다. 그런 경우에게 세상에서 제일 멋진 미소를 지어 보이며 고개를 끄덕여 보였다. 내 똥폼에 정이라도 떨어진 건지 경우는 절뚝거리며 도망치기 시작했다.

"오홍?"

오홍이는 지치지도 않는지 다시 뛰어오를 준비를 했다. 나는 돌아서서 그 밉상 캐릭터를 마주 보았다. 그러거나 말거나 놈은 달려가는 경우만 노려보는 중이었다.

"야! 여기 봐! 여기 보라고!"

내가 아무리 소리쳐 봐야 공간수의 주의를 끌 수 없다는 건 안다. 그래서 꺼내 든 비장의 아이템이 경광봉이었다. 빨갛게 빛나는 경광봉은 놈이 만들어 내는 그늘 안에서 더 존재감을 발휘했다. 마침내 놈이 고개를 돌려 내 쪽을 보았다. 경광봉보다 존재감이 덜하다는 사실에 살짝 자존심이 상했지만, 지금은 그걸 따질 시간이 아니었다. 나는 경우가 멀어지고 있다는 걸 확인한 뒤 경광봉을 흔들기 시작했다. 참! 졸업과 동시에 마트 주차 요원으로 일했다는 걸 말했던가? 나는 경광봉 흔드는 것 하나는 자신 있었다. 고객님. 이쪽으로 모시겠습니다.

나는 경광봉을 현란하게 휘두르며 경우의 반대편으로 달렸다.

"오홍?"

뒤쪽 저 높은 곳에서 그 소리가 들렸다. 오홍이는 말 잘 듣는 고객이었다. 뒤이어 놈이 높이, 아주 높이 점프했다. 나는 그림자가 덮쳐 오는 걸 보며 사력을 다해 몸을 날렸다.

"오홍!"

쿵!

두 가지 소리가 울려 퍼진 것과 동시에 내가 있던 자리가 푹 꺼졌다. 그 옆의 롤러코스터 레일은 도미노처럼 다 쓰러졌다. 폭탄이라도 떨어진 것 같았다. 당연히 나도 날아가 바닥에 나뒹굴었다. 머리, 어깨, 무릎, 발, 안 아픈 곳이 없었다. 그중에서도 옆구리가 제일 아팠다. 떨어질 때 무언가에 세게 부딪친 건지 왼쪽 옆구리를 중심으로 진도 7은 훌쩍 넘을 만한 통증이 온몸으로 퍼져 나갔다.

"으으."

나는 신음을 흘리면서도 억지로 일어났다. 그러곤 다시 경광봉을 흔들었다. 봐! 이걸 봐! 경우 쪽으론 눈도 돌리지 말고 이것만 보라고!

"오홍?"

빌어먹을 오홍이는 더 빌어먹을 오홍 소리를 내며 훨씬 더 빌어먹을 점프를 또 했다. 나는 경광봉을 던져 버리고 숨고 싶은 유혹과 싸워야 했다. 그러면 단번에 오홍이에게서 해방될 텐데……. 그러지 못하는 건 경우가 이곳을 빠져나간 건지 확신할 수 없기 때문이었다. 오홍이는 대관람차 높이에서 놀이공원 전체를 내려다볼 수 있으니 만약 경우가 여전히 달리는 중이라면 대번에 그곳으로 향할 것이다.

"그렇게는 안 되지, 이 뚱보 새끼야!"

어째 내 말을 듣기라도 한 건지 떨어져 내리는 오홍이의 표정이 몇 배는 더 무시무시하게 변한 것 같았다. 나는 이번에도 놈이 착지하기 직전에 움직일 생각이었다. 타이밍만 잘 잡아서 몸을 굴린다면…….

그때였다.

움직여야 한다고 머릿속에서는 외치는데 몸이 말을 듣

지 않았다. 옆구리가 너무 아파 조금도 움직일 수 없었다. 나는 순간 죽음을 직감했다. 죽기 직전에는 시간이 멈춘 것 같고, 과거 기억이 주마등처럼 스쳐 지난다고 하는데 지금이 딱 그랬다. 쓸데없는, 그리고 잊고 싶었던, 잊었다고 생각했던 기억이 주르륵 떠올랐다. 그중 행복한 기억은 몇 개 되지도 않았다. 그게 분했다. 내 삶은 실패의 연속이었고, 때로는 실패할 기회조차 받지 못한 때도 많았다. 나는 이 세상과 미묘하게 괴리된 채 살아왔다. 세상의 기준으로 보기에 나는 없는 존재였다. 그러다가 결국 이 모양 이 꼴로 아예 괴리공간이라 부르는 곳에서 죽게 되었다고 생각하자, 더 분했다. 분했지만…… 딱히 할 수 있는 건 없었다. 언제나 그랬듯이. 경우는 잘 도망쳤겠지? 괴리공간을 빠져나갈 수 있겠지? 엄마와 누나도 나보단 경우가 더 반갑겠지? 소설 완성 못 한 게 아쉽네. 이제 겨우 정직원 되나 했더니만……. 그나저나 저 무식하게 큰 놈한테 깔리면 엄청 아프겠지? 아니면 고통도 못 느낄 정도로 금세 죽으려나?

몇 초도 안 되는 찰나의 순간에 수십, 수백 개의 생각이 머릿속에 떠올랐다. 나는 눈을 감았다. 눈 뜬 채로 죽기는 싫었다. 오홍이는 지구를 두 동강 내려는 혜성처럼 나를 향해 떨어졌다.

피융!

오락실 전자음 같은 소리가 들린 건 마지막을 예감한

내가 영화 주인공처럼 두 팔을 벌리고 고개를 치켜들었을 때였다.

가만, 저 소리는…….

미처 생각을 가다듬기도 전에 훨씬 강력한 또 다른 소리가 울려 퍼졌다.

펑!

그제야 눈을 떴다. 오홍이의 배 부분이 뻥 뚫려 있었고 그곳으로 바람이 새어 나왔다. 오홍이는 구멍 난 풍선처럼 순식간에 작아지면서 또 허공을 뱅글뱅글 돌아 저 멀리 날아가 버렸다. 절규와 같은 한마디를 남기고서.

"오홍!"

"괜찮아요?"

그 소리에 뒤를 돌아보았다. 박 주임이 서 있었다. 장난감 같아 보이는 레이저총을 들고서. 레이저총이, 아니 박 주임이 너무 반가워 눈물이 핑 돌 정도였다. 나는 울음을 꾹 참고서 박 주임에게 물었다.

"어, 어떻게 여길?"

"야근한다고 수당 나오지 않습니다."

박 주임은 농담인지 진담인지 모를 말을 했다.

"저희를 구하러 오신 거예요? 어떻게 알고……."

"괴리공간으로 누가 들어오면 구역 책임자에게 알림이 와요. 그것도 얼마나 시끄럽게 울리는지……."

피곤하고 짜증 섞인 표정을 감추지 않은 채 말하는 박

주임을 보니 오히려 안심됐다. 너무 걱정돼 달려왔다고, 웃으며 말했다면 오히려 소름 돋았으리라.

"아무튼 고맙습니다. 그런데 왜 혼자 오셨어요?"

검은 정장 입은 그 많은 요원은 어디 두고, 라는 말은 하지 않았다. 같이 왔다면 좀 더 빨리 도움을 주었을지도 모르는데, 라는 말 역시.

"알림을 듣고 CCTV를 확인하니 웬 학생이 들어가고 얼마 뒤에 재수 씨가 들어가는 게 찍혔더라고요. 그래서 혼자 올 수밖에 없었어요. 규정대로라면 둘 다 제거 대상이거든요."

박 주임은 '제거 대상'에 유독 힘을 줘서 말했다. 내 마음을 읽었다는 듯이. 그러고 보니 박 주임이 엄청난 배려를 해 준 거였다. 그걸 깨닫자 고마움과 동시에 미안함이 몰려왔다. 박 주임은 작게 한숨을 쉰 뒤 덧붙였다.

"이건 뭐, 대체 휴가 신청도 못 하고. 어휴."

"그러니까 그게 어떻게 된 건가 하면요, 경우라고 조카 녀석이……."

"지금은 사정 설명하고 있을 때가 아니에요. 우선 여길 탈출하고 보죠."

"네. 그래도 그게 있어 든든하네요. 하하."

나는 박 주임의 레이저총을 가리키며 말했다.

"이게 딱 한 발 남았으니까 너무 큰 기대는 하지 말아요. 나도 다른 공간들 통과하면서 레이저 탄을 많이 소모

했거든요."

"아……."

내가 실망감을 감추지 못하자 박 주임이 말했다.

"그래도 이제 딱 한 곳만 더 통과하면 되니까 그 점은 긍정적이네요."

박 주임이 그 말을 했을 때였다. 문득 한 가지 의문이 들었다.

"그런데 지도도 없이 어떻게 여기까지……."

"외삼촌!"

그 순간 경우 목소리가 들렸다. 나는 반사적으로 고개를 돌렸다. 경우가 해맑은 얼굴로 달려와 내게 와락 안겼다. 예상치 못한 등장에 예상치 못한 행동 앞에서 나는 멍하니 서 있었다. 그러다가 곧 녀석을 조심스레 안아 주었다. 경우의 작은 몸집이 내 품 안에 쏙 들어왔다.

"어떻게 된 거야? 왜 먼저 도망 안 갔어?"

나는 이번에야말로 울 준비가 되어 있었다. 기꺼이 눈물 흘릴 준비가……. 녀석이 무슨 말을 꺼낼지 훤히 알 것 같았다. 외삼촌만 두고 갈 순 없잖아요. 외삼촌이 없으면 나 혼자 가 봐야 아무런 의미도 없어요…….

"이럴 때 딱 다시 나타나야 스웩 넘치는 거거든!"

경우는 그야말로 활짝 웃으며 대답했다. 그래, 스웩 중요하지. 암, 그렇고말고. 중학교 2학년 남학생에게 스웩 말고 뭐가 중요하겠는가!

"감동적인 장면은 다 연출된 것 같으니까 이만 움직일까요?"

박 주임이 말했다. 그는 약간 웃음을 참고 있는 표정이었다. 그걸 보니 박 주임이 처음으로 '인간'처럼 느껴졌다.

9

박 주임은 특수 부대 출신이었단다. 그러다가 지금의 '회사'에서 일하게 되었고, 비슷한 경력의 요원이 모여 팀을 꾸리게 되었다. 박 주임은 거기서도 팀장을 맡았고.

이 구역에 괴리공간이 처음 생겼을 때 박 주임 팀이 첫 탐사를 맡았다. 상부의 지시였고, 박 주임과 나머지 팀원 다섯은 정예 요원이라 나름 자신감을 가지고 괴리공간으로 들어갔단다. 각종 화기를 들고. 그랬는데…….

"살아 돌아온 건 나 혼자였어요. 여러 개의 공간을 지나는 동안 차례로 죽은 거죠. 그나마 다른 팀원이 절 위해 희생해 줘서 나만 살아남은 거예요. 그때, 임신 중이었거든요. 숨긴다고 숨겼는데 모두 알고 있었던 거죠."

박 주임은 괴리공간에서 탈출한 후 지금의 지도를 그

렸다. 그러고는 다시는 안에 들어가지 않겠다는 조건을 내걸고 지금의 관리직이 되었다. 그는 모든 사실을 담담하게 얘기해 주었다. 나는 묻지 않을 수 없었다.

"그런데 왜 다시 들어온 겁니까?"

박 주임의 대답은 의외로 간단했다.

"재수 씨가 무슨 일을 당하면 곤란해지는 쪽은 나라서요."

"그게 무슨 뜻이죠?"

"재수 씨의 그 특별한 능력을 윗선에서 주목하고 있어요. 지금까지 무존재감이란 능력으로 공간수의 위협에서 벗어난 사례는 전 세계 어디에도 없었거든요. 비슷한 능력을 지닌 이들을 모아 특수 부대를 꾸려 볼까도 생각하는 마당에 재수 씨가 괴리공간에 들어갔다가 나오지 못하기라도 한다면 이쪽 입장도 곤란해지죠. 물론 경비원 다시 뽑는 것도 골치 아프고. 여러모로 재수 씨가 필요해요."

진담인지 농담인지 모를 박 주임의 말을 듣고 있던 경우가 대번에 끼어들었다.

"우리 외삼촌 능력이 그렇게 대단한 거예요?"

"그럼! 이 정도로 존재감이 희박한 사람은 드물거든."

박 주임은 이번에도 칭찬인지 비꼬는 건지 모를 말을 했다. 아무려나, 나는 다행이다 싶었다. 한 발 남은 레이저총도, 한 번 살아남은 적 있는 박 주임도 다 든든했으니까. 어쨌든 우리 앞에 남아 있는 공간수도 이제 하나뿐일 것이다.

우리는 어느새 다음 공간 입구에 도착했다. 회색 철문이 보였다. 경우가 그 문을 향해 쪼르르 달려갔다. 그러자 박 주임이 외쳤다.

"조심해야 해! 마지막 공간수는 지금까지와는 비교할 수 없을 정도로 강하니까."

그때는 몰랐다. 박 주임이 한 말의 진정한 의미를.

회색 철문을 열자 도심 한복판이 모습을 드러냈다. 제일 먼저 눈에 들어온 건 하늘에 닿을 듯 높게 선 빌딩이었다. 빽빽한 빌딩 숲을 왕복 16차선 도로가 가로지르고 있었다. 당연하게도, 거리에는 사람을 찾아볼 수 없었다. 차도 없었다. 존재하는 거라고는 지평선이 보일 정도로 길게 뻗은 도로와 끝도 없이 서 있는 크고 작은 빌딩 그리고 움직이지 않는 구름뿐이었다. 이상하게도, 분명히 아무도 없는데 시선이 느껴졌다. 빌딩에 달린 수많은 창문이 우리 셋을 내려다보는 것만 같았다. 정수리가 따끔따끔할 정도였다. 어쩌면 저 반짝이는 창문 너머에 셀 수 없을 정도로 많은 사람이 다닥다닥 붙어 서서 우리를 쏘아보고 있는 건 아닌가 할 정도였다. 나만 그렇게 느끼는 건 아니었다.

"누가 있는 것 같아요."

경우는 불안한 눈빛으로 사방을 훑고 있었다. 나는 박

주임에게 물었다.

“괴리공간은 도대체 어떤 곳입니까?”

“나도 잘 몰라요. 위쪽에서 알려 준 정보 정도밖에는.”

“그러니까…… 다른 차원으로 가는 관문이다? 그런데 마냥 그렇다고 생각하기에는 이상한 구석이 너무 많지 않습니까? 여기도 봐요. 거대하고 텅 비었을 뿐이지 현실 세계와 완전히 닮아 있잖아요.”

“그렇기는 하죠.”

박 주임은 순순히 인정했다. 나는 다시 물었다.

“전 주임님의 개인적인 의견이 궁금합니다. 여긴 도대체 뭘까요?”

“재수 씨는 종교가 있어요?”

돌아온 건 그런 질문이었다.

“아뇨. 딱히 뭔가를 믿진 않습니다.”

“나도 그래요. 신이 있다고 생각하진 않죠. 다만 오랜 시간 괴리공간 관리를 해 오며 나름의 가설 하나를 세우긴 했어요.”

“가설이라면?”

“인간은 신이라는 존재가 창조한 게 아니다. 하지만 누군가가 프로그래밍한 건 분명하다.”

“네?”

뚱딴지같은 소리에 나도 모르게 목소리가 커졌다. 나는 뼛속 깊이 문과 쪽이라 프로그램 비슷한 단어만 들어도 작아지지만 그래도 박 주임이 무슨 말을 한 건지 정도는 알아들을 수 있었다. 그리고 그 말이 얼마나 황당한지도…….

"그거 시뮬레이션 가설이죠?"

경우가 불쑥 입을 열었다.

"오! 너도 들어 본 적 있어?"

박 주임이 감탄하며 물었다.

"네, 이 세상이 결국 시뮬레이션이라는 거잖아요. 우리가 살아가고 있다고 생각하는 건 사실 다 가상 현실이고, 결국 인간은 컴퓨터 프로그램의 일부다. 맞죠?"

"넌 그건 또 어디서 주워들은 거야?"

내 물음에 경우는 당연한 거 아니냐는 표정으로 대답했다.

"유튜브!"

"진짜로 저렇게 생각하시는 거예요?"

이번에는 박 주임을 향해 물었다.

"어느 정도는. 그리고 그렇게 생각하면 맞아떨어지는 게 꽤 있죠. 괴리공간이라는 건 일종의 프로그램 에러라고 볼 수 있고, 거기에 발을 들여놓는 인간은 잘못된 코드, 혹은 바이러스라 할 수 있는 거죠."

"그러면 공간수는 백신 같은 역할을 한다?"

"그렇거나 아니면 잘못 프로그래밍한 걸 누군가가 바로잡으려는 노력의 결과물일 수도 있고."

박 주임은 시종일관 덤덤한 표정으로 너무나 충격적인 얘기를 했다. 솔직히 말하자면 나는 조금 화가 났다.

"차라리 외계인이 만든 곳이라거나, 멀티버스 이런 쪽이 그럴싸하게 들리네요. 아니, 그런 쪽이면 더 좋겠어요. 우리가 가상 현실 속에 있다고 생각하면 삶이 너무 허무하잖아요!"

왜 화가 났는지는 나도 잘 모르겠다. 그렇지만 생각할수록 분했다. 꾸역꾸역, 아등바등 살아가는 인간의 삶이 진짜가 아니라고 한다면 생존의 의미를 찾을 수 없다고 생각했다. 우리가 한낱 컴퓨터 속 프로그램의 일부라고 한다면…… 얼마나 서글픈 일인가.

"아니에요, 외삼촌. 이 세상이 시뮬레이션이라 해도 우리는 우리잖아요. 우리가 느끼고 생각하고 행동하는 건 진짜라고요!"

경우의 말에 머리가 띵했다. 그렇구나, 싶었다. 어쩌면 삶이라는 건 살아갈 이유를 찾는 게 목표가 아닐지도 모를 일이었다. 꾸역꾸역, 아등바등 살아가기에 그 이유가 생겨나는 게 아닐까? 그런 거라면 시뮬레이션이라도 상관없었다. 경우의 이야기처럼 우리가 존재한다는 건 진짜니까.

"그, 그것도 유튜브에서 알려 줬어?"

내가 물었다.

"아뇨. 이건 내 생각."

흠. 중2의 정신세계는 도무지 알 길이 없다. 생일을 안 챙겨 주었다고 삐쳐서 여기까지 와 놓고는 어른보다 더 깊은 생각을 하고 있다니.

"자, 이제 고차원적인 대화는 그만. 곧 공간수가 나타날 거예요."

박 주임 목소리에 긴장감이 묻어났다.

"여기 공간수는 어떤 놈입니까?"

마치 그런 질문이 나오길 기다렸다는 듯 굉음이 울렸다. 뭔가가 크게 갈라지는 소리였다. 그것도 땅이 아닌 하늘에서 들렸다.

"외삼촌!"

방금까지 어른스럽던 경우가 내 옆으로 달려와 붙어 섰다. 나는 박 주임의 시선을 따라 하늘을 올려다보았다. 하늘은 그야말로 쪼개지고 있었다. 깨지기 직전의 유리처럼 금이 가더니 이내 파편이 떨어져 내렸다.

"눈 감고 최대한 귀 막아요! 어떤 소리가 들려도 절대 눈 뜨면 안 돼요!"

박 주임이 외쳤다.

그때였다.

갈라진 하늘을 비집고 거대한 얼굴이 불쑥 나타난 것은.

눈을 감고 양손으로 귀를 막았다. 방금 본 얼굴의 잔상이 머릿속에 남아 사라지지 않았다. 그것은 아주 평범하게 생긴 사람 얼굴이었다. 찰나였지만, 하늘을 뒤덮을 듯 큰 얼굴에 눈과 코 그리고 입이 달린 걸 똑똑히 보았다.

저게 도대체 뭐지?

가장 먼저 떠오른 의문은 저 공간수의 정체였다. 지금껏 만난 공간수가 얼마나 특이하고 괴상했는지 잘 알기에 오히려 더 당황스러웠다. 어마어마하게 크긴 했지만 하늘에 나타난 건 분명 사람 얼굴이었고, 그랬기에 박 주임과 나눈 대화가 생각날 수밖에 없었다.

인간은…… 누군가가 프로그래밍한 거다.

만약 저 얼굴이 프로그래머라면? 잘못된 코드를 바로잡기 위해 유심히 들여다보고 있는 거라면? 아니, 경우의 말대로 이 세상 전체가 시뮬레이션이고, 잠깐의 오류로 '진짜' 세상의 누군가를 보게 된 거라면? 우리를 사육하는 주인이 잠시 뚜껑을 열고 얼굴을 들이밀어 살피는 거라면? 애초에 나는 인간도 뭣도 아니었다면? 이런 의문 역시 프로그램의 일부분이라면? 이런 의문이 프로그램의 일부분이라고 자각하는 것 역시 정교한 시뮬레이션 속에서 벌어지는 일이라면?

의문은 꼬리에 꼬리를 물고 이어졌다. 머리가 터질 것 같았다. 차라리 눈을 뜨고 얼굴과 마주하는 게 낫겠다 싶었다. 그러면…… 그렇게 한다면…… 적어도 큰 의문 하나는 풀릴 텐데…….

나는 호기심과 두려움 사이에서 필사적으로 싸웠다. 그러면서 최대한 이성적이고 희망적인 생각을 하려고 애

썼다.

저건 공간수야.

이번에는 좀 다르게 생겼지만, 지금까지 만난 괴물이나 다를 게 없어.

그렇다는 건 레이저총 한 방이면 물리칠 수 있다는 거야!

박 주임이 곧 레이저총을 발사할 거야.

특수 부대 출신에다가 산전수전 다 겪었으며 이미 괴리공간에서 한 번 탈출한 경험이 있는 박 주임은…….

"잘못됐어."

천둥처럼 울린 그 소리에 내 생각은 딱 멈추고 말았다. 그 소리가 너무 커서 하마터면 눈을 뜰 뻔했다. 더 세게 귀를 막았다.

"너는 오류야!"

소용없었다. 소리는 더 크고 똑똑하게 들렸다.

"너는 버그야!"

소리가, 물리적인 힘을 지니기라도 한 것처럼 나를 내리눌렀다. 그야말로 쩌렁쩌렁 울렸다. 그것은 세상의 종말을 고하는 신의 준엄한 외침 같았다. 온몸이 떨렸다. 버티고 서 있기가 힘들어서 나도 모르게 무릎을 꿇었다. 그 자세 그대로 몸을 웅크렸다. 제발 살려 달라고 기도라도 하듯.

"널 바로잡겠다!"

소리는 무자비하게 날아들었다. 한편으로는 너무나 장

엄해 심장이 떨릴 정도였다. 이대로라면 소리에 압사당할 것 같았다.

"잘못했습니다!"

저절로 그런 외침이 터져 나왔다.

"잘못했습니다! 잘못했습니다! 잘못했습니다! 잘못했습니다! 잘못했습니다! 잘못했습니다! 잘못했습니다! 잘못했습니다! 잘못했습니다! 잘못했습니다! 잘못했습니다! 잘못했습니다! 잘못했습니다! 잘못했습니다! 잘못했습니다! 잘못했습니다!"

한 번 입이 열리자 도무지 멈출 수 없었다. 나는 머리를 조아리며 계속 외쳤다. 그때였다. 소리가 명령했다.

"눈을 뜨고 나를 봐."

거역할 수 없는, 아니 거역해서는 안 되는 명령이었다. 나는 고개를 들었다.

"안 돼요, 재수 씨! 눈 뜨면 안 돼요!"

박 주임의 외침은 저 멀리, 아주 먼 곳에서 들리는 것 같았다. 그리고 그것은 하늘에서 울려 퍼지는 소리에 비하면 하찮기 그지없는 말이었다. 무시해도 되는 말.

나는…… 천천히…… 눈을…….

"외삼촌! 눈 뜨면 안 된다고 했잖아요!"

작은 손 두 개가 내 눈을 가로막았다.

"경우? 경우니?"

나는 내 눈을 가린 손을 더듬으며 물었다.

"와! 저 얼굴 완전 구리게 생겼어요. 좀 바보 같아 보이기도 하고."

신기하게도 경우 목소리가 들린 순간부터 나를 내리누르던 압박감이 한결 덜해졌다. 나는 경우를 향해서 물었다.

"넌 괜찮아? 아무렇지 않아?"

경우는 대답 대신 엉뚱한 소리를 했다. 그것도 아주 큰 목소리로.

"내 눈앞에, 하늘 위에, 못생긴 애, 들어봐 얘, 나를 노려보면 어쩔 건데, 산전수전 다 겪은 나는 천하무적!"

랩이었다. 경우는 이 상황에 어울리지 않게 랩을 쏟아내고 있었다. 나는 도저히 궁금증을 참을 수 없어 실눈을 뜨고서는 곁눈질로 경우를 보았다. 녀석은 스웩 넘치는 몸짓으로 리듬을 타고 있었다. 그런 경우의 얼굴에 시선이 머문 순간, 나는 모든 걸 이해했다.

에어팟 맥스!

녀석은 그걸 쓰고 랩을 크게 틀어 놓은 덕분에 소리의 지배를 받지 않는 것 같았다. 소리가 안 들리면 얼굴을 봐도 괜찮은 건가?

"조카는 괜찮아요?"

박 주임도 궁금했는지 소리쳐 물었다.

"네! 에어팟…… 아니, 일단은 괜찮아요!"

나도 소리쳤다.

"그럼 이걸 좀……."

그렇게 외치며 박 주임이 나를 향해 던진 건 레이저총이었다. 나는 아무래도 장난감 같은 그 총을 주워 들고 물었다.

"이걸로 뭘 어떻게 해요?"

"버튼만 누르면 되는데…… 난 지금 못해요! 조카한테 부탁을……."

박 주임도 괴롭기는 마찬가지인 모양이었다. 하긴, 뭘 봐야 겨냥이라도 하지.

"경우야! 경우야!"

나는 녀석의 팔을 흔들었다. 경우가 소리쳤다.

"뭐라고요? 왜요?"

"이걸로!"

나는 레이저총을 들어 보인 후 한 손으로는 하늘을 가리켰다. 그러고는 경우가 입 모양을 알아볼 수 있게 또박또박 말했다.

"저거 쏴!"

"정말? 쏴도 돼요?"

경우는 들뜬 표정으로 물었다. 그 순간 다시 소리가 들렸다.

"하찮은 것들!"

무방비 상태로 경우를 보던 나는 무심코 고개를 돌리고 말았다. 아차 해서 눈을 감으려 했을 때는 이미 늦었다. 하늘을 뒤덮은 그 얼굴과 눈이 딱 마주쳤다. 말 그대로 찰나였지만, 내 정신이 산산이 무너지며 영혼까지 뒤흔들리기에는 충분한 시간이었다. 멍했다. 그러다가 불쑥 슬픔이 차올랐다. 뒤를 이어 분노가 치밀었다. 다음은 자괴감이었다. 마지막은 허무였다. 나는 감정의 롤러코스터를 타고 질주했다. 길고 긴 허무의 터널을 지나고 도착한 목적지에는 한 가지 결론만 준비돼 있었다.

죽음.

내 손으로 나 자신을 삭제해야 한다.

아주 잠깐, 이것이 미쳐 가는 거구나 하는 자각이 들었지만 금세 흩어졌다. 머릿속에서 휘몰아치는 죽음의 광풍이 너무 거셌다.

죽어야 한다.

빨리, 내 손으로, 이 하찮고 허무한 삶을 끝내야 한다.

나는 손을 들어서 내 목을 감쌌다. 그러고는 힘껏 졸랐다. 숨이 막혀 왔지만 멈추지 않았다. 끝을 볼 수 있을 것 같았다. 삭제에 성공한다. 아니, 성공해야만 한다. 오직 그 생각뿐이었다.

눈을 뜨고 얼굴을 올려다보았다. 얼굴은 한없이 자애로운 표정이었다. 아니다. 엄격한 표정이었다. 아니다. 측은해하는 표정이었다. 아니다. 아예 표정이 없었다. 우리가 기어가는 개미를 볼 때 어떤 감정도 드러내지 않는 것처럼.

나는 한 마리 개미가 되어 점점 죽어 갔다. 나는 알 수 있었다. 내 숨통이 끊어지고 나서도 팔의 힘은 빠지지 않으리라는 걸.

피융!

귀 바로 옆에서 울린 그 소리에 나는 멈칫했다. 다음 순간 레이저가 얼굴의 이마 부분을 꿰뚫었다.

“아파!”

얼굴이 외쳤다. 고통에 찬 표정으로. 동시에 나는 제정신을 차렸다. 반쯤 허공에 떠 있던 의식이 몸 안으로 쑥 들어왔다. 목을 조르던 손을 풀면서 기침을 토해 냈다. 경우의 외침이 들렸다.

“됐어요!”

나는 다시 하늘을 올려다보았다. 얼굴이 빨갛게 달아오르더니 순식간에 번쩍이는 빛과 함께 사라져 버렸다.

“경우야!”

경우는 내가 부르는 소리를 듣지도 못한 채 다시 랩을 흥얼거렸다.

“손에 든 건, 레이저 건, 누구건, 한 방이면 끝나거든!”

고맙다, 에어팟 맥스.

잘했다, 경우.

나도 나름 라임을 맞춰 보려 했지만 쉬운 일이 아니었다.

“끝났어요. 이제 끝났어.”

어느새 다가온 박 주임이 그렇게 말하며 손을 내밀었다. 나는 그 손을 잡고 일어났다. 그제야 에어팟 맥스를 벗은 경우가 웃으며 소리쳤다.

"외삼촌! 나 잘했죠?"

"그래, 잘했다! 내 조카!"

나는 녀석의 어깨를 두드려 주었다.

"이제 출구로 향하죠."

박 주임이 지도를 들고 말했다. 경우와 나는 힘차게 고개를 끄덕였다. 출구라니, 얼마나 든든한 단어인가!

10

출구는 흰색 철문이었고, 도심 속 공중화장실 옆에 있었다. 입구는 회색이고 출구는 흰색이라니, 이런 사소한 부분까지 달리 만든 누군가의 꼼꼼함에 소름이 돋기도 했다. 문은 박 주임이 열었다. 먼저 통과한 건 경우였다. 나는 두 번째였다. 문으로 들어선 직후 눈앞이 밝아진다 싶더니 다시 어둠이 찾아왔다. 몇 번 눈을 감았다 떴다. 그제야 초점이 맞으며 주위를 둘러볼 수 있었다. 긴 회백색 복도와 난간이 보였다. 그리고…… 11동 1402호 문이 보였다. 아무래도 그 문을 열고 나온 것 같았다.

"돌아왔어요!"

경우가 흥분해서 외쳤다.

"그래. 탈출했어."

내 말에 경우가 미심쩍은 표정으로 물었다.

"근데 여기 진짜겠죠? 또 다른 공간은 아니겠죠?"

"진짜야. 진짜 우리 세상."

박 주임이 어느새 우리 뒤에 서 있었다. 그도 미소 짓고 있었다. 상쾌한 밤바람이 불어왔다. 인공적인 바람이 아니었다. 그제야 확신하게 되었다. 괴리공간에서 탈출했다는 것을. 그리고 그걸 깨닫는 순간 퍼뜩 정신을 차렸다. 현실로 돌아온 만큼 이제는 현실의 문제를 해결해야 했다.

"죄송합니다. 너도 빨리 죄송하다고 사과드려!"

나는 허리를 숙이면서 경우의 옆구리를 쿡 찔렀다.

"죄송해요."

경우가 눈치 빠르게 반응했다. 박 주임은 말없이 우리를 보았다. 고민하는 기색이 역력했다. 나는 재빨리 덧붙였다.

"아시다시피 제 조카가 중2라서……. 이게 변명이 안 된다는 걸 알지만, 먼저 잘못한 건 접니다. 제가 지도 관리를 소홀히 했거든요. 어떠한 벌도 달게 받을 테니 경우는 제발……."

"제거하지 말아 달라는 거죠?"

박 주임은 거침없이 물었다. 원칙대로라면 나와 경우 모두 제거 대상이었다. 어쨌든 무단으로 괴리공간에 들어갔으니까. 나는 박 주임의 눈치를 보며 말했다.

"네. 저는 괜찮지만 조카만은……."

"오늘 일은 비밀로 할게요."

"네?"

나는 박 주임이 한 말을 믿을 수 없어 멍한 표정으로 되물었다. 당연히, 농담 같지는 않았다. 그는 제법 진지한 표정이었다.

"비밀로 하는 게 좋을 듯해요. 이 사실이 상부에 알려지면 꽤 골치 아플 테니까. 재수 씨는 물론이고 저도. 보고서도 써야 하고, 회사에 불려 가 잔소리도 들어야 하고, 괜히 험한 꼴도 봐야 하고……."

험한 꼴이 뭐냐고 물으려다가 참았다.

"감사합니다! 비밀로 해 주신다면야 정말 좋죠."

나는 진심을 담아 말했다. 그러고는 또 경우 옆구리를 찔렀다. 녀석은 자동으로 반응했다.

"감사합니다! 감사합니다!"

"그런데 문제가 하나 있어요."

박 주임 말에 뜨끔했다.

"무, 무슨 문제죠?"

"저 우라질 곳에 또 들어가야 한다는 거죠. 재수 씨가. 가서 증거 영상과 사진을 찍어 와야 한다는 거, 잊지 않았죠?"

"아……."

욕이 튀어나올 것 같아 다음 말은 억지로 삼켰다. 공간수가 날 본 척도 하지 않는다는 걸 똑똑히 확인했다고는 하지만, 그래도 다시 저 빌어먹을 장소에 들어가고 싶지는 않았다. 이번에 마주친 마지막 공간수처럼 내 존재를 몰라도 광역 공격을 하는 놈이 또 있을지 모르니까. 나는 난감한 표정으로 박 주임을 보았다. 그도 별다른 수가 없는 듯 고개를 저었다.

그때였다.

"저기 안에서 만난 괴물들 사진하고 영상 말하는 거죠?"

경우가 자기 핸드폰을 만지작거리며 물었다.

"응."

나는 힘없이 대답했다. 그러자 경우는 나와 박 주임에게 핸드폰을 들어 보이며 말했다.

"제가 틈틈이 영상을 찍었어요. 보세요."

과연, 요즘 애들답게 경우는 영상을 아주 잘 찍었다. 옹이구멍 같은 눈을 가지신 높은 분들이 봐도 단번에 이해할 정도로 괴리공간 내부는 물론이고 공간수 모습까지 선명하게 찍어 놓았다.

"이, 이 정도면 될까요?"

내 물음에 박 주임은 바로 대답했다.

"훌륭해요! 솔직히 재수 씨가 이보다 더 잘 찍는다는 보장도 없잖아요."

박 주임은 역시 냉철하고 분석적이었다. 사람을 잘 알았다, 아주.

"그러면 제가 이 영상을 보내 드릴게요."

나는 박 주임이 혹시라도 딴소리를 할까 봐 재빨리 말

했다.

"그래요. 그렇게 하세요. 우선은 이제 집으로 갑시다. 나도 그렇고, 두 사람도 쉬어야죠."

박 주임은 더없이 반가운 소리를 했다.

"알겠습니다! 경우야 가자."

나는 경우의 어깨를 감싸고 박 주임에게 꾸벅 인사를 한 후 발걸음을 서둘렀다. 그런 나를 향해 박 주임이 다시 말했다.

"재수 씨. 조카도 입단속 잘 시키세요."

아무렴요. 여부가 있겠습니까!

"비밀을 안 지키면 어떻게 돼요?"

경우가 속삭이듯 물었다. 나는 솔직하게 대답했다. 사춘기 소년에게는 그편이 더 확실한 효과를 발휘할 것 같았기에.

"너랑 난 조각조각 썰려서 시멘트가 든 드럼통에 담긴 다음 인천 앞바다에 버려질 거야. 무슨 말인지 알겠어?"

경우는 고개를 끄덕였다. 하얗게 질린 얼굴로.

괴리공간 안에서 몇 시간은 헤맨 것 같은데 실제로는 30분도 지나지 않았다. 나는 경우를 데리고 집으로 향했다. 우리가 문을 열고 들어가자 소파에 앉아 있던 누나와 엄마가 벌떡 일어났다. 누나는 당장에 달려와 경우를 꼭 안아 주었다. 천만다행으로 내가 염려했던 오글거리고 닭살 돋는 상황은 발생하지 않았다. 경우와 누나가 서로 미안하다고 말하며 펑펑 울고, 엄마도 덩달아서 눈물을 훌쩍이는 그런 상황…….

"배고프지? 치킨이랑 피자 먹자."

엄마는 그렇게 말했을 뿐이었다. 나와 경우는 실제로 엄청나게 배가 고팠기에 서둘러 식탁에 앉았다. 네 식구가 4인용 식탁에 다 같이 둘러앉아 뭔가를 먹은 건 그때가 처음이었고, 또 마지막이었다.

그날 이후 평범하고 지루하며 별 볼 일 없는 하루가 또 여러 번 지나갔다. 나는 여전히 폐아파트 경비실로 출퇴근했다. 경우는 누나와 계속 티격태격했다. 박 주임은 아무 일도 없었다는 듯 불쑥 찾아왔다가 또 휙 돌아갔다. 다만 몇 가지 바뀐 건 있었다.

우선 나는 정직원이 되었다. 4대 보험은 물론이고 연금보험도 회사가 내주었다. 박 주임이 약속을 지켜 준 덕분이었다. 그럼에도 여전히 내 직책은 경비 책임자였다. 물론, 일반 경비원에서 경비 책임자가 되었으니 승진했다고 볼 수도 있지만 하는 일은 똑같았다.

또 하나 바뀐 건…… 경우가 나를 존경 어린 시선으로 보기 시작했다는 사실이었다. 엄마와 누나가 젊은 나이에 한다는 일이 아파트, 그것도 폐아파트 경비냐며 타박해도 경우는 꼭 편을 들어 주었다. 그게 부담스럽기는 해도 그리 싫지는 않았다. 경우는, 내가 사 준 나이키 운동화를 잘 신고 다녔다. 길고 긴 이름을 가진 그 운동화 말이다.

그렇게 조금은 어색하고 조금은 기분 좋은 나날이 계속되던 끝에 내가 이 기록물을 남기게 된 결정적인 일이 생겼다.

며칠 전이었다. 불쑥 찾아온 박 주임이 불쑥 말을 꺼냈다. 예의 그 박카스 상자를 내밀면서. 그걸 볼 때부터 불안감이 스멀스멀 피어올랐다. 아니나 다를까…….

"미안하지만, 재수 씨가 중요한 일 하나를 해 줘야 할 것 같아요. 이번에 정부 차원에서 괴리공간 탐사대를 꾸리는데 그곳을 잘 아는 가이드가 필요합니다. 그 역할, 재수 씨가 해 줄 수 있죠?"

빌어먹을. 나는 그 부탁, 아니 명령을 들을 수밖에 없었다. 물론 최소한의 저항은 했다.

"대가는 뭡니까?"

"연봉 인상."

박 주임은 그런 질문이 나올 줄 알았다는 듯 막힘없이 대답했다.

"제가 선택할 수 있는 게 아니죠?"

나는 마지막으로 물었다.

"솔직히 말하자면 그래요. 이제 재수 씨의 존재를 회사는 물론이고 정부에서도 주목하기 시작했어요. 신기하지 않아요? 존재감 없는 걸로 존재감을 과시하게 됐다니…….”

“하겠습니다. 들어갔다 올게요. 언제 갑니까?”

“이번 주 토요일 저녁. 그때 탐사대가 이곳으로 올 거예요. 그럼, 잘 부탁해요.”

박 주임은 그 말을 남기고 사라졌다. 박카스 상자를 남겨 둔 채. 그리고 두툼한 돈봉투도. 나는 물론 그 두 가지를 잘 챙겼다. 그리고 또 하나, 나는 의외의 물건을 선물받았다. 아니, 지원받았다. 그건 바로 정직원에게만 주어지는 특수 아이템이었다. 박 주임이 다른 상자 하나를 더 내밀기에 뭔가 했는데 그는 이렇게 말해 주었다.

“정직원 전용 특수 아이템이에요. 단, 살상 능력은 없어요. 그건 정규직 전환 후 3개월의 수습 기간을 마쳐야 주어지거든요. 다만 재수 씨에게 꽤 도움이 될 거예요.”

이번에는 현금보다 이쪽, 그러니까 비밀 무기에 더 관심이 갔다. 나는 부푼 마음으로 상자를 열었다. 그 짧은 순간 영화에서 봤던 온갖 비밀 무기가 내 머릿속을 스쳐 지나갔다. 살상은 아니라고 했으니 마취총 같은 걸까? 아니면 눈부신 섬광을 내뿜어 공간수의 시야를 차단하는 걸까? 그것도 아니라면…….

상자 속에 든 건 매미 모양 배지였다.

그렇다.

여름이면 맴맴 하고 우는 바로 그 매미.

“이게 뭔가요?”

나는 황당하다는 표정을 굳이 감추지 않고 박 주임에게 물었다. 그는 어깨를 으쓱하며 대답했다.

"그건…… 일종의 연락 도구이자, 응원 도구예요."

"이게요?"

"네. 재수 씨는 워낙 존재감이 없으니 다른 요원과 떨어졌을 때 위기를 맞을지도 모르잖아요. 그런 순간에 그 배지를 누르면 초음파가 발생해 자신의 위치를 알릴 수 있어요. 또 하나, 배 부위를 빠르게 두 번 누르면 우렁찬 매미 소리가 울려 퍼지는데 그 안에 깃든 음파가 타인의 용기와 투쟁심을 고취하는 효과가 있어요. 그러니 열심히 응원할 수 있는 거죠. 멋지죠?"

결국 난 길잡이와 응원단장 역할인 셈이다. 뭐, 그렇다고 아이템이 없는 것보다는 나았지만…… 굳이 이렇게 정교한 매미 모양을 구현할 필요가 있었을까에 대한 의문은 내내 머릿속을 떠나지 않았다.

이 글을 마무리하는 지금, 어느덧 해가 저물고 있다. 오늘이 바로 토요일이다. 앞서도 말했다시피 혹시라도 내게 무슨 일이 생길 때를 대비해 나는 이 긴 글을 썼다. 누군가는 진실을 알아야 하니까.

그러면 나는 이제 다녀오겠다. 앞으로 또 어떤 빌어먹을 일이 벌어질지 모르겠지만 나는 끄떡없을 것이다. 내게는 남다른 힘이 있으니까.

티끌처럼 미약한 존재감.

그게 내 슈퍼파워다.

참! 그러고 보니 몇 분 전 경우가 내게 메시지를 보내왔다. 자기가 처음으로 작사 작곡 랩까지 한 곡을 들어 보라며.

그 곡의 제목은 〈슈퍼파워〉였다. 정확히 말하자면 바로 이 제목.

〈슈퍼파워 (ft. 외삼촌)〉

뭉클하지 않았다면 거짓말이었다. 그랬기에 더 의욕이 샘솟았다. 나는 살아서 돌아올 것이다. 그래서 이 글의 속편을 쓸 것이다. 그 안에는 더 무시무시하고 손에 땀을 쥐게 하며 정신을 쏙 빼놓는 이야기가 담기겠지.

그리고…… 그 작품의 주인공 역시 내가 될 것이다.

Missing

전혜진

낡은 소파에 가방을 내려놓으며 선재는 한껏 숨을 깊게 들이마셨다. 건조하도록 삭막한 병원의 소독약 냄새가 묻은 공기로 폐를 가득 채울 수 있도록.

선재는 그 청결하다 못해 메말라 버린 듯한 냄새가 좋았다. 수요일 오후, 사람이 거의 없다시피 한 병원의 삭막한 공기에서는 생활감이라는 것도 한없이 희석되는 것만 같았다. 비현실적으로 자신을 차분하게 만들어 주는 그 공간에서, 선재는 수선한 흔적이 여기저기 남아 있는 소파에 등을 기댄 채 시계의 초침이 빙 돌아가는 것을 멍한 얼굴로 올려다보고 있었다.

이곳 병원에서만이, 제대로 숨을 쉴 수 있을 것 같다.

그 안식이 정말로 짧다는 것만이 문제일 뿐.

"김선재 님 들어가세요."

간호사가 선재의 이름을 불렀다. 선재는 천천히 몸을 일으켰다. 사람이 없으니 망정이지. 뒤에 대기하는 환자가 있다면 젊은 사람이 왜 저러느냐, 어디 중병이라도 걸린 게 아니냐는 지청구를 들어도 어쩔 수 없을 만큼 느릿느릿한 움직임이었다. 선재는 원장실 문을 열고 들어가 동그란 의자에 털썩 주저앉았다. 나이가 지긋한 의사 선생은 안경을 올리며 석 달 만에 보는 단골 환자의 안부를 물었다.

"잘 지냈어요?"

"예."

대답하면서도 선재의 눈은 습관적으로 의사의 책상 위를 훑었다. 늘 놓여 있는 청진기와 혈압계, 컴퓨터 모니터와 키보드, 어수선하게 놓여 있는 메모지와 필기도구들 사이에, 이 계절에는 있을 리 없는 매미 사체 같은 것이 눈에 띄었다.

"잠 못 자는 건?"

"여전하죠, 뭐. 두통도 그렇고. 아, 요즘은 편두통이 좀 심해진 것 같아요."

의사는 구석의 진료 침대를 가리킨다. 선재는 패딩을 벗으려다 머뭇거렸다. 안에는 테이저가 매달린 홀스터가 걸려 있었다.

"……외근 다녀오는 길이라서요."

"이것 봐, 병원 이거 잠깐 올 시간도 따로 못 내고. 이러니 사람이 맨날 아프지."

홀스터의 버클을 풀고 눕자, 의사가 혈압을 재 준다. 청진기를 가슴에 대 보고, 복부 여기저기를 손끝으로 눌러 보기도 한다.

"두통은 약 먹어도 효과가 없어요? 큰 병원 가서 좀 찍어 보면 좋겠는데."

"작년에 직장에서 검진할 때 찍어 봤었어요. 근데 별건 없었고. 맨날은 아닌데 가끔, 머리를 뭐로 콱 맞은 것처럼 아프고 눈앞이 번쩍번쩍하고 그래요."

"운전 중에도?"

"운전 중이거나 일하다가 큰 문제가 생긴 적은 없는데……. 신경은 쓰이죠. 아주 한순간이지만 그럴 때 터지면 큰일 나는 거니까. 뭐, 스트레스 때문인가 싶지만."

늘 하던 대화였다. 학생 때부터 도무지 나아지지 않는 증상. 약을 먹어도 증상은 나아지지 않았고, 병원을 옮겨 볼까, 고민도 해 보았지만 좀처럼 엄두가 나지 않았다. 선재는 무기력하게 고개를 끄덕이며 의사가 키보드를 두드리는 모습을 바라보았다. 매미가 자꾸 의사의 손에 치이는 게 눈에 거슬렸다.

"근데 저건 뭐예요?"

"응? 어떤 거?"

"매미요. 겨울에 웬 매미인가 했어요."

"우리 병원 꼬마 손님이 주고 갔지. 귀엽죠."

의사는 선재에게 매미를 내밀었다. 크기가 어른 엄지 손가락만 한 것이 얼핏 보기에는 진짜 매미처럼 보였지만, 막상 받아 들어 보니 잘 만든 장난감이었다. 할인점에서 흔히 볼 수 있는, 열쇠고리가 달린 곤충 장난감이었지만 표면이 반질반질하고 보기보다 묵직한 것이 유리로 만들어진 것 같았다. 신기해서 이리저리 만져 보다가 몸통을 꾹 누르자 꽥액하는 소리와 함께 매미의 눈에서 환한 빛이 뿜어져 나왔다.

"……LED 플래시래요. 요즘 애들은 이런 걸 갖고 노나 봐. 마음에 들면 가져요."

"예? 하지만 받으셨다면서……."

"아이고, 내가 동네 아이들에게 받은 거 다 쌓아 놓았으면……. 귀엽잖아요. 가져가요. 내가 주는 거다 하고."

"……감사합니다."

"매미는 7년을 땅속에서 버틴다잖아. 잘 버티다 보면 좋은 날도 오겠지……. 어디까지 이야기했나. 눈앞이 번쩍번쩍하고, 머리 아프고. 또 다른 건 없고?"

"아, 그렇지……. 요즘 자꾸 가까운 기억이 가물가물해요."

"으음."

"아주 옛날 일이 바로 엊그제 일처럼 확 떠올라서 소름 끼칠 때도 있고. 뭐라고 해야 하나. 과거랑 현재가 좀 뒤섞이는 것 같은 그런 느낌이에요. 불편할 정도는 아닌데."

"늘 하는 말이지만 스트레스 많이 받아서 그런 건데, 요새 들어 더 심해지나 보네."

"내 몸이 내 몸 같지도 않고."

"신체화 장애라고 하죠. 어떡하나, 김선재 씨."

의사는 등을 펴고, 선재를 돌아보며 딱하다는 듯 혀를 찼다.

"우리 선재 씨 차트가 이만큼이야. 우리 병원에 20년 넘게 다녔으니……. 처음에는 교복 입고 와서 내가 얼마나 놀랐는지."

"그때는 여기 병원 환자들도 되게 많았잖아요. 선생님도 산부인과 진료를 같이 보셨고."

"어휴, 그게 언제 적 이야기야."

"전에도 누가 그러시더라고요. 요즘은 있는 산부인과도 다 닫아서 병원 한 번 가려면 불편한데. 옛날에는 여기 병원에서 산부인과도 하지 않았느냐고."

"산부인과는 아니고 그냥 부인과였지. 애 엄마들이 애들 데리고 오는 김에 자기 아픈 것도 보고 가라고 그렇게 했으니까. 어쨌든 참, 교복 입은 요만한 애가 혼자 와서 접수를 하는데, 그때 깜짝 놀랐었지."

"……그랬죠."

"정말 20년 넘게 다녔구나, 선재 씨도."

의사는 선재의 얼굴을 빤히 들여다보았다. 그 얼굴에서 20년 전 보았던 앳된 고등학생의 얼굴을 찾아내기라도 하려는 듯이. 선재는 의사의 책장 쪽으로 눈을 돌리다가, 책 무더기 사이에서 지난번에 왔을 때는 보지 못했던 액자를 발견했다. 의사가 한복을 곱게 차려입고, 젊은 부부, 어린 아기와 함께 돌상 앞에서 찍은 가족사진이었다. 의사는 선재의 부모와 비슷한 연배였고 선재에게도 학교에 다니는 조카가 있으니, 그가 할머니로서 손주의 돌잔치에 참석하는 것은 당연하고 자연스러운 일이다. 하지만 그 순간 선재의 마음속에 기묘한 슬픔이 밀려 들어왔다. 그것은 언젠가 자신이 이 의사와 마지막으로 만나는 순간이 오고 말 것이며, 그 순간이 왔을 때 자신은 그것이 이 의사와의 마지막 만남이라는 것을 결코 알지 못하리라는, 확신에 가까운 예감이었다.

"……저는 계속 이 병원 다닐 거예요."

"음?"

"골골하긴 해도, 선생님이 돌봐 주신 덕에 큰 병 앓지 않고 그냥저냥 잘 사니까. 선생님도 가급적 오래 이 동네에서 의사 하시면 좋겠다고요."

"그러면야 좋지만, 사람 일이 어디 뜻대로 되나."

뭔가 더 말하고 싶었지만, 선재는 어금니를 지그시 깨물며 입을 다물었다. 이곳에서 수면제며 가벼운 신경 안정제 따위를 처방받아 먹고 있다고는 해도, 여기는 정신과가 아니라 예전에 부인과 진료도 겸해서 보았던 작고 평범한 내과일 뿐이다. 정신과도 아닌 내과에서, 잠이 안 온다, 어디가 아프다 하는 이야기도 아니고, 구질구질한 이야기까지 털어놓고 싶진 않았다.

"선재 씨 열심히 사는 거 다 알아. 훌륭한 경찰관이고.

그래도 말이야, 사람이 마음먹는 것만으로 다 되질 않아요. 약은 잘 먹고 있는 거죠? 바쁘다고 잊어버리고, 빼먹고 하는 거 아니죠?"

"아니에요. 잘 먹어요."

"끼니 거르지 말고, 약 잘 챙겨 먹고. 쉬는 날에는 딴 것 하지 말고 잠을 더 자고. 옛말에 인생을 바꾸려면 세 가지를 바꾸랬어요. 사는 곳을 바꾸거나, 만나는 사람을 바꾸거나, 아니면 시간을 다르게 써 보거나. 그런데 뭐, 지금 김선재 씨는 셋 중 하나도 마음대로 할 수가 없으니."

옛말, 이라지만 사실은 일본 경제학자 오마에 겐이치가 했던 말일 것이다. 어디서 그런 걸 가르치기라도 하는 건지, 한동안 높은 사람들이 훈시하실 때 유행하듯 따라붙던 말이다 보니 누가 한 말인지 궁금해서 한 번 찾아본 적도 있었다. 의사도 그 무렵에 그 말을 많이 보고 들었는지, 한동안은 선재가 무슨 말만 해도 늘 후렴구처럼 이 말을 덧붙이곤 했다. 선재는 건성건성 고개를 끄덕이다가 웃으며 대꾸했다.

"전에도 선생님이랑 똑같은 이야기를 했던 것 같은데요."

"환자 상태가 더 나아지긴커녕 점점 안 좋아지고 있으니, 의사도 했던 말 또 하고, 했던 말 또 하고 하지."

의사는 말을 하다 말고 딱하다는 듯 선재를 바라보았다.

"……당분간 좀 어떻게 쉴 수가 없지요?"

"예."

“어떡하나. 죽음이라는 게, 스트레스를 안 받을 수가 없는데.”

“나름……, 그래도 사람 죽는 일에는 어지간히 익숙해진 줄 알았는데요.”

“김선재 씨, 사람 죽는 일에 익숙할 것 같은 경찰도, 소방관도, 다들 태연한 척하지만 사실은 충격받아. 무뎌지는 척하는 거지. 하물며 자기 일이면 안 받을 수가 없어.”

“……그런가요.”

“의사들도 다 그래. 모르는 사람이 죽어도 충격받고, 아는 사람이면 그 열 배쯤은 힘든 거야. 친구, 그런 사람뿐이 아니라 그냥 오래 얼굴 봤던 환자가 떠나도 한동안 충격받고 그런다. 키우던 고양이가 세상을 떠나도 우울증 때문에 몇 달은 고생하는 게 보통이에요.”

“예…….”

“왜 센 척할 필요 없는 일에 센 척을 해요, 별로 세지도 않은 사람이.”

의사가 안경을 벗어 닦으며 선재를 보았다. 찡그린 눈동자는 선재를 해묵은 환자가 아닌 오랫동안 알고 지낸 딱한 어린아이를 보듯 바라보았다. 선재는 고개를 돌렸다. 그렇게 안쓰럽다는 듯, 딱하다는 듯한 시선을 받으면 자신이 더 초라하게 위축되는 것 같았다. 그런 느낌에 진저리가 났다. 그때 의사가 다시 안경을 쓰며 목소리를 가다듬었다.

“정신과 전문의가 있는 좋은 병원에 다니면 좋을 텐데, 여긴 명색이 광역시인데도 가까이에 쓸 만한 정신과 하나 없으니.”

“여기서 주시는 약으로도 버티는 정도는 되니까 괜찮아요.”

“정말 괜찮으면 매번 이렇게 얼굴빛이 안 좋을까. 정 안 되면 상담이라도 받아 봐요. 왜, 경찰들은 직장에서 상담 지원되는 거 있으니까.”

“생각해 볼게요.”

“정말로. 간섭이라고 생각하지 말고. 그게 그냥 고해소 가서 떠들라는 게 아니에요. 약만 먹는 것보다 인지 치료를 같이 하면 좀 더 낫다는 거지. 다음에 오기 전에는, 한 번 다녀와요. 응?”

선재는 대답하지 않았다. 진료는 끝났다. 자리에서 일어나 간호사에게 병원비를 수납하고 약 처방을 받았다. 간호사가 근처의 상담소 팸플릿을 처방전과 함께 건네주었다. 선재는 그 팸플릿을 약국 입구의 쓰레기통에 처박았다.

상담이라니, 말도 안 되는 이야기다.

광역시라고 해 보았자 빛 좋은 개살구 같은 곳이었다. 인근 지역을 합치는 과정에서 광역시에 포함되었을 뿐, 실제로는 지방 소도시에 가까운 이곳에서는 수도권과는 달리 별별 것이 다 흠이 되었다. 신경 정신과나 상담소에 드나드는 것도, 젊은 여자가 산부인과에 다니는 것도 전부 가십거리가 되곤 했다. 생리를 몇 달씩 거르거나 3주 넘게 피가 쏟아져도, 결혼 안 한 여자들은 누가 보고 애먼 소문이라도 낼까 봐 산부인과에 가는 것을 꺼렸다.

높다란 아파트 단지가 들어서면 뭐 해, 그 안에 들어가서 살 사람들은 하나도 변하지 않았는데. 현실은 지긋지긋했다. 사실은 매 순간 매초 죽고 싶을 만큼 힘든데도, 너 힘들겠다고 말해 주는 곳은 여기 병원밖에는 없었다. 선재는 처방받은 신경 안정제를 가방에 쑤셔 넣고 패딩 주머니에 손을 넣었다. 손가락 끝에 아까 의사가 웃으며 쥐여 주던 매미 장난감이 닿았다. 버릴까 하다가 그냥 다시 집어넣었다.

매미는 7년을 땅속에서 버틴다고 했지. 지금은 초겨울이다. 정신적으로 취약한 사람에게는 특히 힘든 계절이 시작된다. 봄이 올 때까지는 의사 말대로 어떻게든 버텨 봐야 했다.

그다지 춥지는 않지만, 때때로 눈발이 조금 날리다 마는 초겨울이었다.

선재는 병원을 나서 집을 향해 걷다가, 문득 걸음을 멈추고 길옆의 공사장 가림막을 올려다보았다. 꽤 유명한 건설사의 로고가 그려진 가림막은 비바람에 낡아 군데군데 벗겨져 있었다. 그 가림막 너머로 몇 년 전, 이 도시를 한눈에 내려다볼 정도로 높게 지어 올리다가 완공 직전에 사고가 생겨 재개발을 중단한 아파트 단지가 보였다.

야옹.

어디선가 고양이 울음소리가 들렸다. 선재는 주위를 두리번거렸다. 온몸이 새카맣고 발만 하얀 고양이 한 마리가, 가림막 틈새로 난 개구멍 근처에서 꼬리를 흔들며 앉아 있었다. 선재가 알은체를 하자, 고양이는 다시 가림막 안으로 뛰어 들어갔다가, 선재가 따라오고 있는지를 확인하려는 듯 다시 밖을 내다보았다.

"미안, 지금 너랑 놀 만한 상황은 아니야."

선재는 이번 주 들어 거의 처음으로 웃었다. 그리고 주머니 깊숙이 손을 찔러넣은 채 매미 장난감을 만지작거리며, 가림막 너머로 보이는 짓다 만 아파트들을 올려다보았다.

구질구질한 과거 같던 낡은 아파트 단지를 밀어 버리고, 열심히 지어 올려서 이 동네의 랜드마크나, 뭐 그런 게 되려고 했었을 텐데. 도색되지 않은 콘크리트 위로 삐죽삐죽 철근이 올라가다 만, 그 쓸쓸하고 황량한 모습이 어쩐지 자신의 모습 같아서, 선재는 짓다 만 아파트 단지의 가림막을 따라 천천히 한 바퀴를 돌았다.

◇◇◇◇◇

알람이 울리기 전이었지만 선재는 습관적으로 눈을 떴다.

아버지가 돌아가신 지도 달로는 벌써 두 달이 된다.

일곱 날을 일곱 번 지나, 금요일인 오늘은 아버지의 사십구재를 치르는 날이다. 직장에는 미리 휴가를 신청해 놓았고 음식 같은 것도 예약해 놓았지만 느긋하게 빈둥거릴 틈은 없었다. 절에 다 맡긴다고 해도, 가족들도 챙겨야 할 것들이 있었으니까.

하지만 정작, 자타공인 상주요 아버지의 아들인 김우재는 도착은 고사하고 연락도 없었다.

"김우재 이 망할 인간이……."

사실 남매간이라고는 해도, 김우재와는 말조차 거의 섞지 않는 사이였다. 아버지가 중환자실에 들어가시고, 임종을 맞고 상을 치르는 그 일련의 과정을 거치면서도, 다른 일들은 지우개로 벅벅 지워 버린 듯 거의 기억나지 않았지만 그 생각만은 몇 번인가 했던 것 같다. 이제 아버지 돌아가시고 나면 김우재와 얼굴 볼 일도 거의 없을 거라고. 원래 사이가 돈독한 형제들도 부모님 돌아가시면 자연스레 거리가 멀어진다는데, 하물며 원래부터 거의 연락도 하지 않던 형제들이야. 그래도 어젯밤에는 굳이 안 하던 연락을 했다. 사십구재고 탈상 날이어서, 아침 일찍부터 준비해야 하니 늦지 말라고, 웬만하면 전날 퇴근하자마자 출발하라고 메시지도 보내 놓았는데. 어젯밤 늦게까지 기다리고 있었는데도 우재는 오지 않았다. 이 망할 인간이. 사십구재 날에도 지각을 할 셈인지. 선재는 혹시나 하고 손을 뻗어 핸드폰을 집어 들었다. 가면 간다, 오면 온다, 도착했다는 연락 하나 없었다.

"저건 게으르다 게으르다 못해 이젠 아버지 탈상하는 날도 이 모양이고……"

선재는 잠시 그대로 침대에 누운 채 한숨을 쉬다가 천천히 몸을 일으켰다.

돌아가실 때까지 고생하며 아버지를 모신 사람도, 아버지의 생활비와 병원비를 댔던 사람도 선재였지만, 상주 자리까지 주어지지는 않았다. 그것은 어디까지나 오빠인 우재의 몫이었다. 이 지역에서는 지금도 상주는 으레 아들이 맡는 것이고, 아들이 없으면 사위, 그도 없으면 조카나 어디 먼 친척 중에서라도 남자를 빌려다가 상주로 세워야 망자의 낯이 선다고들 했다. 서울에서야 아들이 없으면 딸이 상주를 맡기도 하고 아들과 사위가 있어도 생전에 가까이서 모신 딸이 공동 상주가 되기도 한다지만, 이 지역에서는 상상도 할 수 없는 일이었다. 어머니가 돌아가셨을 때, 목이 빠지게 우재를 기다리다 '요즘은 그렇게도 한다는데' 하고 넌지시 말하던 선재에게 아버지는 역정을 내며 말했다. 그런 일은 절대 있을 수 없다. 네 어머니는 물론이고 내가 죽은 뒤에도 절대 안 된다. 세상이 바뀌어도 예의라는 게 있다. 여자에겐 여자의 주제가 있고 장남에겐 장남의 도리라는 것이 있는데 어디 네 오빠를 두고 주제넘게 상주 자리를 넘보느냐. 죽은 부모를 두고두고 망신 주고 싶으면 마음대로 해라. 아버지의 단호함에 선재는 결국 입을 다물 수밖에 없었다.

하지만 아버지가 그렇게 오매불망 기다리던 아들, 김우재는 아버지가 중환자실에 들어가신 이후로 코빼기도 비추지 않았다. 차라리 다행인 걸까. 의식이 없어서 아들이 찾아오지도 않은 줄은 끝까지 모르셨으니. 선재는 침대에 드러누운 채 천장을 올려다보며 쓴웃음을 지었다.

"……저런 새끼를 아들이라고."

평생 그렇게 아들, 아들 하셨는데. 정작 그 아들은 두 분이 늘 선재에게만 강조하던 아들의 도리라는 것을 어디다 쓰레기 분리배출하듯이 갖다 버리고 단물만 쏙 빼먹으려 드는 건지. 이쯤 되면 아들을 잘못 가르치신 게 아니었는지. 그렇게 아들이라고 떠받들려 살았으면 적어도 장례식이며 사십구재에는 재깍재깍 달려와야 하는 게 그 잘난 도리가 아닌가 싶기도 했지만, 우재는 그런 성실한 이야기 속 아들들과는 질적으로 다른 사람이었다. 아침 일찍 절에 간다고, 전날 미리 와 있으라고 그렇게 말했는데, 대체 어떻게 된 건지. 오다가 무슨 사고라도 난 건 아닌지. 아니면 지난번 어머니 사십구재 때처럼 그냥 아침에 바로 절로 오면 만사가 다 해결되는 줄 아는 건지.

김선재의 인생에 있어 오빠인 김우재는 인생의 걸림돌이면 걸림돌이지 도움이 될 일은 결코 없을, 요만큼도 쓸모없는 사람이었다. 그래도 친오빠인데 너무 모질게 말하는 게 아닐까, 예전에는 그렇게 스스로 반성할 때도 있었지만, 나이가 들면 들수록 그런 반성을 할 필요가 없다는 사실만 확인하게 되곤 했다. 어머니가 돌아가셨을 때도, 사실 우재에게는 아무 기대도 하지 않았다. 선재는 그저 상을 당한 사람 앞에 쏟아지는 온갖 서류들을 묵묵히 읽고 처리하고 어지간한 것들은 알아서 결정했다. 그리고 그 노력의 대가로 선재는 손가락 하나 까딱 안 하고 슬퍼하는 척만 하던 아버지와 김우재에게 온갖 생트집을 잡히며, 이건 마음에 안 든다, 저건 너무 비싸지 않으냐, 왜 이런 것을 상주와 의논하지 않고 혼자 결정해 버리느냐며 욕을 먹어야 했다. 올케인 희경은 야무진 사람이었고 회사에서 경리 일을 하며 상조 관련 업무들도 맡아 한 가락이 있어 장례 절차에 관해서도 어느 정도 알고 있었다. 그러나 선재가 쩔쩔매는 것을 본 희경이 뭐라도 도울 게 없느냐며 선재에게 다가가면 우재가 냅다 호통부터 쳐 대는 바람에, 손발을 맞춰 일하는 것은 고사하고 가장 기본적인 의논조차도 제대로 할 수가 없었다.

사람들은 제멋대로 구는 상주를 보고도 어머니가 돌아가신 슬픔 때문에 그런 것이라고, 선재보고 이해하라고 말했다. 선재 역시 어머니를 잃었다는 사실은 아무도 아랑곳하지 않았다. 그리고 이번에도 마찬가지겠지. 아는 건 쥐뿔도 없고 집 밖에서는 비굴하게 머리를 숙일 줄도 알면서, 가족이라는 울타리 안에만 들어오면 그저 자기가 소리만 질러도 다들 찍소리도 내지 못하고 굽실거릴 거라고 생각하는 그 멍청이는, 제시간 맞춰 오는 것 하나 제대로 하지 못하고서도 자기가 뭘 잘못했느냐는 듯 당당할 것이다.

"……."

선재가 한숨을 쉬며 씻으려고 방에서 나오는데, 거실에 TV가 켜져 있었다.

무음 상태로 켜 놓은 TV 화면에는 이른 아침부터 뒤숭숭해 보이는 장면이 재생되고 있었다. 바닥에는 구질구질해 보이는 적갈색 카펫이 깔려 있고 중간중간 회색의 시멘트벽이나 기둥이 세워져 있는 공간인데, 조명까지 낡았는지 전체적으로 침침하고 빛바랜 듯이 보였다. 마치 손으로 카메라를 들고 찍은 것처럼 화면이 이리저리 움직였지만, 화면에 잡히는 풍경은 카펫과 시멘트벽뿐이었다. 마치 공사만 마쳐 놓고 가구는 하나도 안 들어온 건물 같은데 화면을 볼수록 기분이 나빠졌다.

"……꼭 옛날 화면 보호기 같네."

선재는 오싹한 기분을 떨쳐 버리려 굳이 소리 내어 중얼거렸다. 2000년대 초반까지 윈도에 깔려 있던 '미로 찾기'라는 화면 보호기가 꼭 이렇게 생겼던 기억이 났다. 누군가 화면 보호기를 중단할 때까지 똑같이 생긴 벽돌벽이 끝도 없이 나타나는 화면 보호기였다. 모르긴 몰라도 누군가 그런 콘셉트로 카메라를 일부러 흔들어 가면서 호러 영화 비슷한 거라도 찍은 모양이었다. 아주 예전에 나온 〈블레어 위치〉라는, 대학생들이 마녀가 나오는 숲에서 실종되고 나중에 필름만 발견되었다는 콘셉트의 영화 같은 것 말이다.

TV를 누가 켰는지는 바로 답이 나왔다. 낡은 소파 위에 어린아이 하나 그리고 그 옆의 바닥에 어른 하나, 그렇게 두 사람이 누워 있었다. 올케인 희경과 조카인 승빈이었다.

"아, 뭐야. 벨이라도 좀 누르고 들어올 것이지."

아니다, 희경은 선재의 잠을 깨울까 봐 조용히 들어왔을 거다. 원래 그런 사람이니까. 선재를 깨워서 손님용 이불을 꺼내달라는 말도 못 하고, 패딩을 바닥에 깔고 아이를 눕혔겠지. 아버지가 쓰던 안방 문은 반쯤 열려 있었다. 그 안에서 요란하게 코 고는 소리가 나는 것이 우재가 침대를 차지하고 누운 모양이었다. 깔끔하고 예민한 성품의 희경이 돌아가신 시아버지가 생전에 쓰시던 침대에 누울 리 없으니, 이럴 때는 손님용 이불을 꺼내서 죽 펼치고 제 가족들과 함께 바닥에서 자도 됐을 텐데. 우재는 결코 제 처자식을 위해 자신이 좀 불편한 것을 감수하는 법이 없는 인간이었다. 선재는 바닥에 누워 있는 두 사람을 내려다보다, 우선 안방으로 들어가 베개를 꺼냈다. 잠든 우재에게서 술 냄새가 훅 끼쳐 올라오는 것이, 새벽에야 도착한 이유는 안 봐도 뻔했다. 늘 술을 달고 사는 인간이 또 술을 처먹고 밤늦게 집에 기어들어 갔을 것이고, 술에 취한 남편과 초등학생 아들을 차에 태우고 여기까지 운전해 온 것도 희경이겠지. 선재는 예전에 우재가 쓰던, 지금은 창고처럼 쓰고 있는 가운뎃방에서 손님용 이불과 1인용 전기장판을 꺼내 희경의 옆에 펼쳤다. 밤새워 운전하고 왔을 사람이 냉골에 아들을 끌어안고 쪼그려 누운 것이 안쓰러웠다. 보일러를 틀어 바닥은 미지근했지만 공기는 차가웠다.

바닥에 전기장판을 깔고, 승빈을 돌돌 굴려다 눕히고, 승빈과 희경에게 이불을 덮었다. 선재가 갈아입을 옷가지와 수건을 꺼내 욕실로 들어가고 얼마 지나지 않아, 아침 6시를 알리는 알람 소리가 어디선가 들려왔다. 희경이 부스럭거리며 일어나는 소리가 얇은 벽 너머에서 들렸다. 뒤이어 우재의 투덜거리는 소리가 들려왔다.

"눈 붙이자마자 깨겠네. 지금이 대체 몇 시야."

"아버님 사십구재잖아. 어서 일어나서 준비해."

"그걸 뭘 벌써 일어나라고."

싱크대 문을 여닫는 소리, 개수대의 물을 트는 소리가 들렸다. 도마 위에서 칼날이 오가는 소리가 다듬이질 소리처럼 또각거렸다.

"너 또 뭐 한다고 일찍 일어나서, 나까지 깨운 거야? 그건 또 뭐야? 이번이 처음도 아니고, 어련히 절에서 알아서 잘해 주건만."

"어머님 때는 제대로 못 했으니까, 아버님 때는 제대로 해야지. 좋아하시던 거 조금만 준비할 거야."

"거, 살아 계실 때나 잘할 것이지. 고기 좀 두툼하게 구워. 목에 때 좀 벗기게."

"사십구재에 누가 고기를 올려. 그것도 절에서 하는 행사에."

희경이 나직하게 중얼거렸다. 우재가 들으라는 듯 욕설을 내뱉는 것 같았지만, 뒤이어 코 고는 소리가 다시 들려온 것을 보면 곧 다시 곯아떨어진 모양이었다. 희경은 곧 싱크대 앞에서 물을 틀며 중얼거렸다. 제대로 들리진 않았지만, 아마도 늘 하던 그 푸념일 것이다. 김씨네 사람들이 뭘 알겠어. 맨날 나만 죽어나지, 하는.

김씨네 사람들이 아니라 김씨네 남자들이 문제겠지, 하고 중얼거리려다 선재는 말을 삼켰다. 시가 사람들과 며느리, 시누이와 올케는 아무리 나란한 저울 위에 올려놓으려 해도 서운할 게 생길 수밖에 없는 관계였다. 거기에 우재 같은 인간이 하나 끼어 있으면 더욱 그렇다.

선재가 알고 있는 김우재는 자기가 '형님, 형님' 하고 쫓아다니는 자기보다 세 보이는 수컷들에게는 껌뻑 죽었지만, 여자들에게는 결코 그렇지 않았다. 그가 여자들에게 하는 일은 언제나 둘 중 하나였다. 발정 나서 아무 데나 들러붙는 수캐처럼 집적거리거나, 아니면 할 줄 아는 게 소리 지르는 것밖에 없는 듯이 윽박지르거나. 자신에게 함부로 거역하지 못할 상대인 게 확실할 경우에 한해서, 일단 손부터 나간 뒤에 소리를 지른다는 옵션도 붙곤 했다. 선재가 어렸을 때도 일상다반사였다.

어렸을 때부터 아버지는, 아버지도 경찰인데 자식도 대를 이어 경찰이 되면 얼마나 폼이 나겠느냐고 늘 말했다. 하지만 정작 선재가 대학교 2학년 때 경찰 공채에 원서를 넣고 단번에 합격했을 때 아버지의 반응은 냉담했다. 집 밖에서는 딸이 대를 이어 경찰이 되었다고, 스무살이 되자마자 혼자 준비해서 학원 한 번 다니지 않고 한번에 딱 붙었다고 그렇게 어깨에 힘을 주고 다녔지만, 집에 돌아와서는 괜한 역정을 내곤 했다. 쓸모없는 계집애, 제 오라비 앞길 막는 계집애라고. 아버지가 원한 것은 '자식'이 경찰이 되는 게 아니라 '아들'이 경찰이 되는 거였다. 아니, 어쩌면 애초에 아버지가 생각하는 '자식'의 범주에 딸은 들어 있지도 않았을 거다. 우재도, 늘 우재의 편인 어머니도 마찬가지였다. 못나디못난 김우재는 고작 동생에게 추월당했다는 이유로 경찰 시험을 포기했고, 그 바람에 선재는 집에서 없는 사람 취급을 받았다. 그리고 얼마 뒤, 우재가 홧김에 부사관에 지원해 군대에 말뚝을 박자 아버지는 요새 군인이면 안정된 직업이라고, 요즘처럼 취직하기 힘든 세상에 자식 농사 대성공했다며 자랑을 하고 다녔다. 아버지에게는 선재의 노력이 보이지 않는 것 같았다. 선재가 대번에 경찰이 된 것이 선재의 노력 때문이 아니라, 그저 무시해도 좋은 행운이나 이변에 불과하다고 생각하는 것 같았다.

아무리 노력해도 인정받지 못하는 것이 억울하긴 했지만 그러려니 했다. 여러 해가 지나도 여전히 우재는 선재를 사람 취급도 하지 않았지만 그것도 상관없었다. 선재의 입장에서도 우재 같은 오빠는 인생에 요만큼도 얽히고 싶지 않은 사람이었으니까. 우재는 선재를 인생의 걸림돌처럼 취급했지만, 그건 선재도 마찬가지였다. 앞으로도 형제라는 이유로 힘을 합쳐 뭐라도 해 볼 일은 결코 없을 것이다.

수년간 그런 상황이 이어지던 중, 우재가 결혼할 사람을 데려가겠다고 연락해 왔다. 선재는 처음으로, 그래도 가족이니 우재와 잘 지내는 척이라도 해야겠다고 생각했다. 그게 누가 되더라도 우재 같은 남자와는 결혼하지 않는 편이 행복할 것 같았지만, 그래도 이왕 결혼하는 거라면 행복하기를, 더불어 우재도 철이 좀 들기를 바라기도 했다. 그리고 며칠 뒤 우재는 새로 바꾼 차에 희경을 태우고 집으로 왔다. 딱 보기에도 예의 바르고 손이 바지런한, 어디로 봐도 우재에게는 과분해 보이는 사람이었지만, 우재는 얘가 나한테 홀딱 반했다며 으스대더니 어머니를 향해 건들거리는 태도로 말했다. 축하드린다고, 손자까지 원 플러스 원이라고. 고개를 숙이는 희경의 얼굴이 붉어졌다. 선재가 보기에 그것은 행복이나 수줍음이 아닌

수치심에 가까웠다. 뭔가 문제가 있는 게 분명했다.

선재는 이 결혼이 진행되지 않는 편이 낫지 않을까 생각했다. 하지만 희경이 제 입으로 일단 임신을 했으니 결혼을 하는 편이 좋을 것 같다고 말했을 때, 선재는 좋든 싫든 희경이 결정한 일이라면 어떻게든 잘해 줘야겠다고 생각했다. 부모님을 모시고 고향에 남은 것은 결국 자신의 선택이니 좋든 싫든 명절에는 우재의 얼굴을 보아야 했다. 명절에밖에 볼 일 없는 사이라 해도 저런 못 믿을 남편과 김우재의 편만 들어 줄 시부모 사이에서 희경 혼자 고생할 게 뻔히 보여 안쓰러웠다. 희경이 속앓이를 할 때 자신만이라도 편을 들어 줘야 할 것 같았다.

그렇게 희경이 결혼하고 맞은 첫 명절, 선재는 희경에게 다가가 먼저 말을 붙였다. 굳이 호들갑을 떨며 친한 척까지 하지 않더라도, 여자들끼리 둘러앉아 적당히 대화를 이어갈 만한 주제란 언제나 있는 법이니까. 선재는 전을 부치며 드라마며 요즘 인기 있는 아이돌 가수 이야기를 하기도 하고, 우재가 어렸을 때 있었던 일 중에 그나마 들려줄 만한 이야기들을 고르고 골라 최대한 미화해서 들려주기도 했다. 임신해서 기름 냄새가 힘들면 먼저 들어가서 쉬라고, 어차피 어느 그릇이 어디 들어가는지 잘 아는 사람이 뒷정리하는 게 편하니 설거지도 내가 하겠다고 말해 주었다. 처음에는 조심스럽게 눈치만 보던 희경도 전 바구니를 다 채울 무렵에는 우재가 입이 짧아서 큰일이라고, 어릴 때 무슨 반찬을 좋아했는지 같은 것들을 묻기 시작했다. 선재에게는 관심 없는 주제였지만, 그래도 결혼하고 처음 맞는 명절에 조금이라도 긴장이 풀린 것 같아 다행이라고 생각했다.

하지만 결과적으로는 헛수고였다.

"넌 왜 저거랑 말을 섞고 있어? 비싼 밥 먹고 할 일이 그렇게 없어?"

이번에도 김우재가 문제였다. 임신한 희경이 일을 하건 말건 상관없이 구석에서 TV나 보며 빈둥거리던 우재는 뭐가 마음에 안 들었는지 희경에게 다가와 대뜸 역정을 냈다.

"여자들끼리 할 일이 없으니까 죽이 맞아서 쓸데없는 소리나 하기는!"

"왜 그래요. 전 부치면서 아가씨랑 이야기 좀 한 것뿐인데……."

"어디 새색시가 결혼하자마자 시누이랑 머리 맞대고 제 남편 욕이나 하고 있어!"

우재는 보는 사람이 다 민망하고 억울할 만큼, 미친 사람처럼 고함을 지르고 희경에게 욕설을 퍼부었다. 희경이 없는 말을 지어 가며 우재를 욕하기라도 한 것처럼. 반쯤 열린 창문 너머로 남의 집 전 부치는 냄새가 구수하게 오가는 추석 전날에, 이 집구석이 얼마나 콩가루 집안인지 사방에 소문내는 줄도 모르고.

어쨌든 그 서슬에 놀란 것인지 희경은 이 집에만 오면 입을 꽉 다물었다. 선재도 희경이 자기 때문에 괜히 부당한 욕을 먹은 것이 미안하고 찜찜해서 말을 거는 것이 점점 더 조심스러워졌다. 처음 그 일이 있었을 때는 희경에게 우재가 평소에도 욕을 하느냐, 혹시 때리는 것은 아니냐고 물어보기도 했다. 하지만 그런 질문을 하면 할수록 희경은 입을 굳게 다물었다. 그런 상황에서 선재가 할 수 있는 일은 거의 없었다. 아들이 너무 귀해서 자꾸 며느리 시집살이를 시키려 드는 어머니를 좋게 좋게 달래서 방으로 들여보내고, 남는 뒷정리를 자신이 하나라도 더 하는 게 고작이었다. 결혼 전에 아이가 생기는 바람에 갑작스럽게 결혼해서 아직 이 집안 분위기에도 익숙해지기 전에 명절을 맞아서는, 명절에 전 부치다가 시누이와 드라마 이야기 몇 마디 했다고 그런 욕을 먹어야 하는 희경의 마음을 달래 줄 방법 같은 건 떠오르지 않았다. 그렇게 몇 년이 흐르다 보니, 그들은 가족인데도 명절에 모여 있으면 서로 말 한마디 안 섞는 사람들이 되어 버렸다. 그다음 해 설 전에 태어난 조카 승빈만이 어른들 눈치는 보지 않고 제 엄마와 할머니와 고모 사이를 왔다 갔다 하며 여기서 한 입, 저기서 한 입, 간식거리를 얻어먹을 뿐이었다.

그래서 그다음은 어땠더라. 아버지 장례식 때는.

그때 머리를 야구 방망이 같은 것으로 얻어맞은 듯한 통증이 스치고 지나갔다. 실제로는 아무 데도 부딪히지 않았고 통증이 계속 이어지는 것도 아니었다. 그저 환통이었지만, 그 여파로 또다시 머리가 지끈거리기 시작했다. 기억에 혼선이 생기는 것 같았다. 얼른 씻고 나가서 약부터 먹어야지. 병원에서는 스트레스를 많이 받아서 그런 거라고 말했다. 사십구재가 지나고 나면, 그리고 김우재가 돌아가면 다시 좀 나아질까. 선재는 숨을 고르며 눈을 감았다. 그래, 희경의 말대로다. 처음부터 끝까지다, 김씨네 사람들이 문제였다.

◇◇◇◇◇

선재가 부모님의 사십구재를 맡긴 절은 선재의 직장인 경찰청에서 도로 하나만 건너면 있는 현대적인 사찰이었다. 집에서도 멀지 않아 초파일에는 베란다에서도 향불 냄새를 맡을 수 있을 정도였다.

선재의 아버지는 현역 경찰이었던 시절부터 정년퇴직할 때까지 이 절에 다녔다. 경찰 중에는 독실하게 종교를 믿는 이들이 꽤 있었다. 직업 특성상 억울하고 참혹하게 죽은 사람도 많이 보고 용의자를 추격하다가 다치거나 순직하는 경우가 많아서 그런 것 같기도 했다. 크리스마스에는 근처 교회에서 경찰서 앞에 크리스마스트리를 만들었고, 부활절에는 성당에서 달걀을 돌렸으며, 부처님 오신 날에는 현관 처마 밑에 연등을 달고 근처 절의 주지 스님이 독경을 하고 돌아가기도 했다. 선재의 아버지는 불심과는 거리가 먼 사람이었지만, 상사가 이 절에 다닌다는 이유 하나만으로 불교 동아리에 들었다. 선재의 어머니가 세상을 떠났을 때도, 그는 별 고민 없이 경찰청 맞은편의 그 절에서 사십구재를 지냈다. 그러면서 어머니뿐만 아니라 나중에 당신이 세상을 떠난 뒤에도 그 절에 모시라고, 남들도 다들 그렇게 한다고 말했다. 선재는 그 절에 경찰관과 그 배우자를 모신 구역이 따로 있다는 것을 알고 있었다. 어쩌면 아버지는 부처님께 귀의하겠다는 게 아니라, 그냥 돌아가신 뒤에도 그 제복 입은 무리 틈에 있고 싶은 것뿐인지도 몰랐다.

선재는 아파트 단지를 나서며 멀리 무선 송신탑이 보이는 방향을 보고 눈살을 찌푸렸다. 오래된 지역이라 아파트 단지들도, 건물들도 야트막해서 제법 떨어져 있는 경찰청의 꼭대기 층과 송신탑이 보일 정도였다. 지긋지긋하지도 않은가. 평생을 그 무리에 끼어 살았고, 은퇴한 뒤에도 경찰청이 보이는 곳에서 살았으면서, 죽은 뒤에도 그 무리들이 득실거리는 절에 위패를 모셔야 안심이 된다니. 신기하다 못해 답답해서 한숨이 다 나왔다. 선재 역시 대학 재학 중에 경찰에 입직해서 벌써 여러 해 형사로서 일하고 있었지만, 죽은 뒤에도 경찰들 사이에 있겠다는 생각은 꿈에도 해 본 적이 없었다.

그런 데다 우재가 등 뒤에서 하는 헛소리까지 듣고 있자니 가슴이 이중 삼중으로 꽉 막히는 것 같았다.

"그냥 걸어가. 멀지도 않은걸."

"차 가져왔잖아. 날도 추운데 왜 차를 두고 걸어가자는 건데."

"야, 이 동네 내가 빤하게 알거든. 가서 주차하는 게 더 개고생이야. 뭘 차로 가, 차로 가긴."

두 손에 짐을 든 희경이 기가 막혀서 입을 딱 벌렸다. 아니나 다를까, 우재의 손에는 아무것도 들려 있지 않았다. 마치 오늘 일에 자신은 책임질 것이 아무것도 없다는 듯, 그저 굿이나 보고 떡이나 먹으면 된다는 듯이.

"당신은 대체, 오늘 아버님 사십구재인데……."

"개고생을 개고생이라고 하는데, 왜. 차로 10분 가서 주차하는 데 10분 넘게 걸릴 거, 그냥 걸어가. 너야말로 시아버지 사십구재인데 정성이 없어요. 좀 걷는 게 대수라고."

사실 그렇게 멀지 않은 것도 맞거니와, 근처에 주차장이 마땅치도 않았다. 그래도 가족들은 절 앞에 데려다 놓고, 200미터쯤 떨어진 공용주차장에 차를 두고 오면 될 일이었다. 하지만 우재는 그런 수고를 순순히 감당할 위인도 아니었고 그런 말이 나온 이상 희경이 차를 몰고 가겠다는 소리도 하기 어려울 게 뻔했다. 선재는 자기 차로 가지 않겠느냐는 말을 하려다가 말았다. 선재가 차를 끌어 데려다준 후 경찰청에 차를 두고 길만 건너오면 가장 간단했지만, 그랬다간 우재가 아침부터 난리를 칠 게 뻔했다. 아버지 뒤이어서 경찰 하고 있다고, 아주 마지막 순간까지 유세 떠는 거냐고.

참자, 오늘이 사십구재고, 아버지 말씀대로 절에다가 제사를 모시면 저 원수를 더 볼 일도 없다. 그렇게 생각하며 집을 나섰지만 말만 호기롭게 하고 짐 하나도 드는 게 없는 우재를 보니 부아가 끓었다. 선재는 재가 끝난 후 태울 종이옷과 종이돈 같은 것을 챙겨 들었다. 영혼이 입을 새 옷이며 저승길 노잣돈이었다. 아침부터 아버님이 좋아하시던 거라며 반찬 몇 가지를 새로 만든 희경은 한 손에는 찬합을 들고 다른 손으로는 승빈을 붙잡느라 정신이 없었다. 아파트 단지를 벗어나는 그 짧은 동안에도 아이는 이리 뛰고, 저리 뛰고, 멈춰 서서 지나가는 고양이를 구경하고, 제 엄마의 눈을 피해 놀이터로 뛰어가려다가 붙잡혔다.

"엄마, 엄마. 여기 아파트 완전 〈신비아파트〉 같아!"

"〈신비아파트〉가 뭘 어쨌는데."

"귀신 나올 것 같다고! 근데 나와도 괜찮아. 내가 다 때려눕힐 거니까. 얍!"

"됐으니까 조용히 좀 따라와. 할아버지 제사 지내러 가는데 무슨 〈신비아파트〉야, 얘는."

별수 없이 선재가 나섰다.

"엄마 말 좀 들어라, 김승빈."

선재가 승빈의 뒤통수에 손을 얹었다. 손을 잡고 갈 만큼 친하진 않지만 갑자기 튀어 나가려 할 때 붙잡을 수 있을 만큼 가까이 붙어 섰다. 그래도 유치원에 다닐 때는 좀 더 귀여웠던 것 같은데, 초등학교에 들어가고 태권도장에도 다니기 시작하면서 애가 감당이 안 되게 부산스러워진 모양이었다.

"나 품띠도 땄으니까 귀신도 잡을 수 있다? I got you, I got you, I got you from the enemy!"

"〈신비아파트〉고 나발이고, 여긴 차들이 빨리 달려서 멋대로 뛰어다니다가 사고 나. 엄마가 걱정하시니까 얌전히 좀 가."

선재의 잔소리 따위 아랑곳하지 않고, 승빈은 옆으로 메고 있던 가방을 사방으로 흔들며 빙글빙글 돌았다. 〈신비아파트〉에 나오는 도깨비 두 마리가 그려진 하늘색 가방이었다. 우재가 혀를 찼다.

"저 가방은 또 뭐야?"

"〈신비아파트〉야! 아빠는 몇 번을 말해도 못 알아들어!"

"그런 가방은 계집애들이나 메고 다니는 거야. 뭘 남자애가 그런 걸 메고 다녀?"

"핸드폰 가방이야, 여보."

희경이 얼른 우재와 승빈 사이를 가로막았다.

"애들은 주머니가 작잖아. 가방 없으면 폰 잃어버린다고."

"할아버지 사십구재 지내러 절에 가는데 핸드폰은 왜 필요해?"

우재가 타박을 했다. 승빈은 아랑곳하지 않고 〈신비아파트〉의 주제가인 듯한 노래를 부르며 걸었다. 가방끈에는 500원짜리 동전만 한 작은 아크릴 열쇠고리 같은 것이 매달려 있었다. 〈신비아파트〉 애니메이션을 어지간히 좋아하는 게 아니었는지, 역시 〈신비아파트〉에 나오는 연두색 꼬마 도깨비가 그려져 있었다.

자주 본 게 아니라 속단하긴 일렀고, 이 근처에서는 학교나 유치원 근처가 아니면 아이들 구경할 일도 거의 없지만, 선재가 보기에도 승빈은 평균보다 더 시끄러운 아이였다. 질문이 많은 것을 보면 영리한 구석도 없진 않지만, 기본적으로 주의가 많이 산만한 것 같은데. 뭔가 문제가 있는 건 아닐까. 아니면 그저 제 아빠를 많이 닮은 걸까.

김우재의 어린 시절에 대해서라면, 선재는 2박3일 동안 쉬지 않고 말할 수도 있었다. 시끄럽고, 산만하고, 목소리 크고. 그저 사내로 태어난 것 하나가 벼슬인 그런 남자. 잠자리를 잡아서는 날개를 찢어 버리고, 개구리를 잡아다가 태질을 해서 터뜨려 버리고, 동네 개나 고양이를 쫓아다니며 못살게 굴던, 잔인하고 이기적인 것이 사내다운 짓인 줄 알던 그런 사내아이. 그런 우재에게 비교하자니 승빈에게는 조금 미안하기도 했다.

"여긴 아파트들이 왜 다 이렇게 납작해? 편의점은 없어? 앗, 저기 구멍가게래. 웃긴다. 어디 구멍이 나서 구멍가게야?"

단지 밖으로 나오자마자 승빈은 이것저것 보이는 대로 손가락으로 가리키며 남부끄러울 정도로 소리쳤다. 역시 병원이나 상담센터에 데려가서 검사라도 받아 보는 게 좋을 것 같았다. 물론 그런 말을 했다간 내 새끼 병신 취급하는 거냐고 욕이나 바가지로 먹겠지만. 그래도 선재는 승빈의 과잉 행동들이 마음에 걸렸다. 어린 시절 내내 김우재 같은 것의 여동생으로 살았다 보니, 어디까지가 정상이고 어디부터가 문제 행동인지 바로 감이 잡히질 않았다.

"나 이제 금방 2학년 되니까, 그러면 형님 된다? 멋지지!"

그때 희경은 걸음을 멈추더니, 잔뜩 치솟은 짜증을 애써 억누르듯 말했다.

"알았으니까 좀 조용히 해! 시끄러워!"

우재가 바로 팔과 어깨에서 우드득 소리를 내며 뒤를 돌아보았다.

"거, 애한테 왜 짜증이야, 짜증은."

"애가 자꾸 나대니까 그러지. 집 앞도 아니고 시골에 와서, 길이라도 잃어버리면 어쩌려고."

"야, 씨. 시골은 무슨. 너 지금 내가 촌사람이라고 무시하냐?"

"그런 게 아니라."

"아들은 좀 씩씩하게 키워도 돼. 하여간 마누라가 쪼잔해서. 야, 너 아버지 사십구재 귀찮으면 귀찮다고 말을 하든가."

희경은 대답하지 않았다. 뭐라고 말을 해도 좋은 소리가 나올 상황이 아니었다. 선재도 마음 같아서는 희경의 편을 들며 우재에게 뭐라고 한 소리 하고 싶었다. 오빠 눈치 보던 시절이야 예전에 지났고 오빠가 덤벼들면 멱살을 잡아다 메다꽂을 자신도 있었다. 하지만 자신은 그렇다 쳐도 우재와 계속 같이 살아야 할 희경이 문제였다. 김우재는 예전에, 시가에 처음 온 데다 임신까지 한 아내가 시누이와 이야기 좀 나누었다고 그렇게 험한 소리를 해대던 인간이다. 어설프게 희경의 편을 들었다가 저 인간이 집에 돌아가서 희경에게 무슨 막말을 하진 않을까, 혹여 폭력이라도 휘두르진 않을까 싶어 걱정되었다.

그냥 경찰 김선재라면 희경을 붙들고 물었을 것이다. 혹시 남편분께서 폭력을 휘두르시는 건 아닙니까. 도움이 필요하다면 무엇이든 말해 주세요. 하지만 그것이 집안일이 된다면, 그리고 희경이 이 결혼 생활을 종결할 마음이 없다면, 데면데면한 올케와 시누이의 관계에서 피해자와 경찰관의 관계로 넘어갈 생각이 없는 거라면, 여기서는 더 할 수 있는 일이 없었다. 그것도 오늘처럼 아버지를 완전히 보내 드리는 날이라면 더욱 그랬다.

"……여긴 재개발한다고 땅만 다 엎어 놓고."

희경이 길을 걷다가 문득 중얼거렸다. 희경은 길 건너, 공사가 중단된 아파트 재개발 현장 쪽을 쳐다보고 있었다. 날도 추운데다 미세먼지로 잔뜩 흐린 하늘 아래 다 짓지도 못한 아파트들이 삐죽삐죽 올라선 것이 유난히 을씨년스러웠다.

“여기 옛날에 왔을 때는 그래도 야트막한 아파트들이 옹기종기 있어서 동네가 좀 정감이 간다고 그랬는데, 이렇게 중단하고 벌써 몇 년째야.”

“원래 재개발이라는 게 말도 많고 탈도 많고 쉽지 않은 거야.”

“거대한 흉가 같잖아. 저런 거 큰 게 하나 잘못되면 인근 상권까지 다 죽는 법인데.”

“죽긴 뭘 죽어, 아주 재수 없는 소리만 골라서 하고 있어.”

우재가 뒤를 돌아보며 윽박질렀다. 선재는 어쩌면 아는 사람이 지나갈 수도 있는 제 고향에서 자기 아버지 사십구재 모시러 가는 길에도 성질을 죽이지 못하는 우재를 빤히 노려보다가, 어쩌면 이게 마지막이겠거니 생각하며 한숨을 쉬었다. 어머니도 돌아가셨고, 이제는 아버지도 안 계신 고향에 우재가 굳이 찾아와서 자신을 만날 일은 앞으로도 어지간하면 없을 것이므로.

“근데 엄마, 이따가 저기 구경 가 보면 안 돼?”

“얘가 저기가 어디라고 가. 공사장에 뭐 볼 게 있다고 가니.”

“그치만 신기한데.”

“안 돼. 저기 귀신 나와.”

귀신이라는 말에 승빈은 오히려 눈을 반짝였다. 〈신비아파트〉를 외치며 버둥대는 승빈을 붙잡아 끌고 가며, 선재는 대체 아이들이란 몇 살이 되어야 분위기 파악이라는 것을 할 수 있게 되는 것일까 생각했다. 우재를 닮았든 아니든, 자기 말로는 곧 초등학교 2학년 형님이 된다는 어린 조카는 선재가 감당하기에는 너무나 시끄럽고 번거로운 존재였다.

◇◇◇◇◇

종이옷과 신발 같은 것을 저승길 노자와 함께 태우고, 대웅전으로 돌아와 절을 올리자 사십구재의 마지막 절차가 끝이 났다. 재를 올리고 나오자 가족들을 위한 점심 공양이 준비되어 있었다. 승빈은 고기가 없다고, 풀만 잔뜩 있다고 투덜거리다가 선재가 밀어 놓은 두부조림에 겨우 젓가락을 댔다. 우재는 식사를 한다기보다는 입에다가 밥을 쓸어 담듯이 했다. 희경은 아들과 남편을 번갈아 쳐다보며 어쩔 줄 몰라 하다가 영 입맛이 없는 표정으로 깨작거렸다.

입맛이 없는 것은 선재도 마찬가지였다. 같이 먹는 사람은 안중에도 없다는 태도로 여기저기 반찬마다 숟가락 젓가락으로 들쑤셔 놓으며 입을 벌리고 게걸스럽게 먹는 꼴을 보고 있으니, 김우재가 손을 댄 반찬은 입에 대기도 싫어졌다.

"아, 조심 좀 해, 우리만 있는 게 아니잖아."

결국 선재는 젓가락을 내려놓으며 한마디 했다. 하지만 우재는 전혀 개의치 않았다. 아니, 일부러 입을 더 크게 벌리고 먹는 것처럼 보이는 것이 사이도 나쁜 동생이 자신에게 지적질까지 하는 꼴이 보기 싫었던 것 같기도 했다. 하지만 절에서 재를 지내고 공양을 한다는 건, 단순히 가족들이 모여서 밥 한 끼 먹는 일이 아니다. 탈상을 맞아 세상 떠난 가족을 추모하는 일이자 돌아가신 분의 극락왕생을 비는 일이었고, 그 일을 맡아 준 스님들과 절에 계신 모든 분께 감사를 표하며 식사를 대접하는 일이기도 했다. 당연히 남들 하는 만큼은 예의를 갖춰야 하는 자리였다.

대체 저 인간은 뭐가 잘못되어서 저 지경인 건지.

밥 먹는 꼴이 볼썽사나운 것은 우재뿐만이 아니었다. 누구 자식 아니랄까 봐, 승빈도 한자리에 얌전히 앉아서 먹질 못하고 자꾸만 엉덩이를 들썩거리며 제 엄마의 왼쪽 오른쪽으로 번갈아 왔다 갔다 하고 있었다. 그러다가 희경의 어깨에 확 매달려 흔들기까지 하는 바람에 희경은 결국 승빈의 손등을 찰싹 때렸다. 그러자 우재가 희경을 노려보았다.

"계모냐? 그런 걸로 애 기를 죽이고 있어."

"지금 절에 와서 할아버지 사십구재 지내고 정리하는 중이잖아. 얌전히 앉아서 먹어야지."

“야, 재 아직 1학년이야. 그리고 남자애가 장난 좀 칠 수도 있지. 우리 아버지도 네가 아버지 사십구재에 금쪽같은 손자한테 야단이나 치고 있는 거 보시면 참 좋아하시겠다.”

“당신은 애를 가르치지는 못하고.”

희경은 중얼거렸다. 희경의 턱과 뺨이 살짝 경련을 일으켰다. 승빈은 그래도 조금은 눈치가 보였는지 희경의 왼쪽에 얌전히 앉았지만, 그뿐이었다. 승빈은 반찬을 깨작거리고 장난을 치다가 자꾸만 제 무릎에 떨어뜨렸고 그때마다 희경은 승빈의 무릎에 떨어진 것들을 닦아 주느라 정신이 없었다. 아니, 사실은 우재 쪽을 쳐다보기도 싫어서 그냥 고개를 숙이고 승빈에게만 집중하고 있는 것일지도 몰랐다.

“근데 고향이라는 게 말이야, 살다 보면 가끔 생각나긴 하지만, 이게 꼭 여기 근거지가 있어야 하고 그런 건 아니잖아?”

그리고 희경을 잔뜩 속상하게 했다는 자각은 전혀 없다는 듯이, 우재는 갑자기 기분 좋은 일이라도 생각난 듯 잔뜩 신이 난 목소리로 말했다. 오늘 아버지의 탈상을 한 상주치고는 너무나 경박한 행동이라는 것을 눈치도 못 챈 모양이었다.

“썩어도 준치라고 그래도 아파트인데 좀 오르지 않았으려나 했는데, 시골이라 그런지 턱도 없더라. 그래도 팔면 1억은 되지 않겠어?"

"뭐라고?"

선재는 밥을 먹다 말고 우재의 얼굴을 빤히 쳐다보았다. 우재도 조금은 선재의 눈치가 보였는지 목소리를 확 낮추며 희경의 귀에 대고 속삭였다.

"어차피 이 촌 동네, 이제 아버지도 안 계시니 올 일도 별로 없을 텐데. 당신이 할 수 있지? 빨리 아파트부터 정리하자고."

"나더러 무슨 정리를……."

"어허, 모르는 척한다. 여기 집 말이야. 주말에 몇 번 왔다 갔다 하면서 짐 버릴 것 다 버리고 정리할 것 정리하고, 좀 그러란 말이야. 팔아서 현금 만져야지."

선재는 그 말을 듣고 숟가락을 딱 내려놓았다. 저게 지금 무슨 소리야. 멀쩡히 사람을 앞에 두고, 남의 집을 의논도 없이 팔아 치울 생각부터 하고 있다니. 아니, 예전부터 그랬다. 선재가 옆에 있어도 이 자리에 없는 사람인 것처럼, 눈에 보이지도 않는다는 듯 안하무인으로 말하곤 했다. 그때 우재가 느물대며 웃었다. 벌써부터 목돈이 주머니에 들어온 사람 같은 태도였다.

"뭐, 내 고향이긴 하지만 다 낡아 쓰러져 가는 동네, 그런 데다 코앞에 그, 아파트 재개발하다가 나가리 된 것도 있잖아. 당신 말마따나 요 근처 상권 다 죽으면 제값 받기도 힘들 테니까."

“그걸 왜 오빠가 신경 쓰는데?”

선재의 말에 잠시 정적이 흘렀다.

“……그 집 고모 거잖아.”

희경은 난처한 표정으로 머뭇거리다가 우재에게 속삭였다.

“뭐?”

“아버님 댁 말이야. 그렇지 않아도 당신이 그 이야기 할 것 같아서 내가 확인해 봤어. 고모 명의로 되어 있더라. 딱 1년 되었어. 작년 겨울에 명의 옮겼더라고.”

“시발, 그게 무슨 개소리야?”

우재는 숟가락을 던지듯 내려놓으며 공양간을 쩌렁쩌렁 울리는 목소리로 소리쳤다. 희경의 얼굴이 새하얗게 질렸고 승빈도 몸을 움츠렸다. 입구에서 밥을 푸던 보살님과 막 공양간으로 들어서던 처사님들의 시선이 이쪽으로 쏠렸다.

“엄연히 아들이, 장남이, 아버지 맏상제가 눈 시퍼렇게 뜨고 살아 있는데, 무슨 권리로!!!”

“잠깐만, 잠깐만. 여기서 이러지 말고 집에 가서 말해.”

“뭘 집에 가서 말해? 뭘? 그게 언제야? 김선재 지난번 승진했을 때? 하, 우리 집 영감탱이 통도 크시지!”

“여보, 그만해. 사람들이 보잖아.”

“보면 뭘 어때? 씨발! 사람이 그까짓 경찰 시험 좀 떨어졌다고, 아주 평생 사람을 좆으로 알아서!”

우재는 남들의 시선 같은 것은 아랑곳하지 않고, 삿대질을 해 가며 고함을 쳤다. 사방팔방으로 씹다 만 밥풀이 튀었다.

"이야, 대단하다. 대단해. 운 좀 좋아서 시험 붙은 것 갖고 아주 평생을 우려먹고 자빠졌네. 이놈의 집구석, 가만 보니 아주 신식이야, 신식. 응? 씨발, 아버지가 나한테 해 준 게 뭐가 있다고 날름 집을 줘? 내 건데! 내가 이 집 아들인데! 하나밖에 없는 장손!"

"……주신 거 아니야, 나한테 파신 거지."

"가진 건 쥐뿔도 없어서 남긴 거라고는 달랑 그 손바닥만 한 아파트 하나밖에 없으면서, 그걸 누굴 줘? 이런 씨발 염병할……."

선재가 설명하려 했지만 우재는 들을 생각도 없다는 듯 자리에서 일어나 쌍욕부터 퍼부었다. 아버지 사십구재 날, 그것도 절에서, 오늘의 상주라는 작자가 돌아가신 아버지를 두고 노망이 났다며 대뜸 욕을 하다니, 패륜도 이만저만이 아니었다. 한 다리 건너면 서로서로 다 아는 이 작은 도시에서 이 소문은 또 얼마나 빨리 퍼질까. 선재는 가슴이 답답해졌다. 희경이 우재를 붙잡으며 말렸다.

"여보, 그만해. 고모가 아버님 곁에서 계속 모셨으니까 그랬겠지. 고모는 결혼도 안 했잖아. 여기서 그러지 말고, 집에 가서 다시 이야기하자."

"뭘 집에 가서 해, 뭘? 너 지금 누구 편들어? 넌 네 남편이 핫바지로 보이냐?"

"애가 보잖아!"

"애도 알아야지. 고모라고 하나 있는 게 경찰인 줄 알았더니 아주 도둑년이라고. 어! 쌍년의 계집애가, 제 할아버지 재산을 다 가로채서 자기 아빠가 개털이 되었는데. 애도 알아야 할 거 아니야!"

선재는 정말 어처구니가 없었다. 그동안 우재는 어머니와 아버지, 두 분이 돌아가실 때까지 생활비는 물론이고 병원비도 제대로 대지 않았다. 그걸 온전히 떠맡고 있던 사람이 선재였다. 저축도, 아버지의 연금도 있었지만, 두 분은 생활비며 병원비를 선재에게 온전히 의지한 채 연금이나 저축 같은 것은 살금살금 우재에게 다 넘겨 놓았다.

"……오빠가 작년에 대출 땡겨서 코인만 안 했어도 아버지가 나한테 그 집을 떠넘기진 않았겠지!"

고향 떠나 살기가 쉽지 않다며, 물가는 치솟는데 월급만 안 오른다며, 애 낳고 키우는 게 보통 일이 아니라며, 얼마 안 되는 현금도, 어머니가 살면서 모아 둔 금붙이도, 딸인 선재의 몫으로는 실반지 하나 남겨두지 않고 우재가 오며 가며 전부 다 챙겨 가는 것을 선재도 모르지 않았다. 두 분 명의로 된 보험의 수익자란에도 '법정 상속자'가 아닌 '김우재' 세 글자가 못 박혀 있었다. 어머니가 돌아가실 때도 봉양한 사람은 선재였지만 사망 보험금을 챙겨간 것은 저 김우재였다.

"그 짓만 안 했어도 아버지가 말년에 그 돈 마련한다고 그렇게 쩔쩔매진 않았을 거야."

너는 혼자니까, 먹고살 만하니까, 여자 혼자 몸이라도 경찰 공무원이니 노후도 나라에서 해결해 줄 테니까, 그런 이유와 핑계를 대며 두 분은 선재에게는 아무것도 남겨 주지 않으려 했다.

평생 모아 놓은 것들을 아들에게 죄다 빨아 먹힌 아버지가 마지막까지 쥐고 있던 것이 장례 비용이 든 통장과 그 아파트였다. 그리고 일이 터졌다.

"아버지가 돈을 구하다 구하다 안 되니까, 나한테 그 집을 팔았어. 뭘 알고나 말을 해야지."

방 세 칸에 거실이 있고 지어진 지 40년이 다 되어 가는 낡은 주공 아파트. 그 아파트마저도 아버지 돌아가시면 오빠에게 줘야 한다고 신신당부를 하던 것이 바로 작년 겨울까지의 일이었다. 그리고 바로 그 무렵, 우재가 큰 사고를 쳤다. 주식이든 가상 화폐든 부동산이든, 남들이 돈 좀 만졌다고 하면 얼른 쫓아가서 뒷북을 치던 우재가 무슨 고급 정보를 입수했다며 별 가치도 없는 가상 화폐에 투자했다가 목돈을 날리고 만 것이다. 그것도 대박 난다는 말만 믿고 회삿돈까지 건드렸다고 했다. 정확한 액수는 듣지 못했지만 1억이 좀 넘는다는 것 같았다. 서울에서야 그 돈으로는 전세도 못 구한다지만, 여기선 아버지 명의의 작은 아파트 한 채 시세는 되었다.

돈을 날린 우재는 대뜸 고향집에 쳐들어왔다. 선재가 집에 없을 때를 골라서 쳐들어와서는 들키면 횡령죄로 잡혀가게 생겼다고, 그 돈 없으면 자긴 진짜로 죽는다고 드러누웠다. 그리고 아들이 곤경에 처한 꼴을 차마 두고 볼 수 없었던 아버지는 선재에게 돈을 좀 구해 보라고 했다. 너는 하나뿐인 오빠가 감옥에 갈지도 모른다는데 어쩌면 그렇게 매정하냐. 돈이라는 건 있다가도 없고 없다가도 있는 것인데. 너는 안정적인 공무원이니까 또 벌면 되지 않느냐, 그러다가 네 오빠가 정말로 처자식 남겨두고 자살이라도 하면 어쩌려고 그러냐고 말하면서. 선재는 코웃음을 쳤다. 자살은 어디 아무나 하나. 자기 자신이 너무나 소중한 인간 김우재는 감히 자살 같은 걸 할 위인도 되지 못했다. 하지만 아버지의 귀에는 그런 말 따위는 들리지도 않았다. 아버지는 전직 경찰로서의 마지막 체면도 잊어버린 듯 집 안을 구석구석 뒤져 선재의 통장이나 현금, 인감 같은 것을 찾으려 했다. 진작에 중요한 것은 회사 서랍에 넣고 잠가 버렸기에 망정이지, 그렇지 않았으면 큰일이 났을지도 모른다.

아무리 뒤져도 돈 비슷한 것도 나오지 않자 아버지는 결국 부동산에 집을 내놓았다. 이런 중요한 문제를, 선재에게는 한 마디 상의도 하지 않았다.

한동네에 오래 살다 보니 자연스레 안면을 튼 단지 앞 부동산 사장이 선재에게 어디 좋은 데로 이사 가느냐고 묻지 않았다면, 선재는 가만히 있다가 거리로 나앉을 뻔했다.

결국 선재가 아버지와 담판을 지었다. 그냥 돈을 드릴 수는 없다. 어차피 오빠 주머니로 들어가서 평생 못 돌려받을 게 뻔하니까. 하지만 그 집을 자신에게 팔겠다면 이야기가 다르다. 시세보다 적지 않게 드리겠다. 선재의 말에 아버지는 억울해서 부들부들 떨었다. 그 돈이 있으면서 없는 척했다고, 사람이 그렇게 야박해서 어디다 쓰느냐며 선재를 몹쓸 사람 취급했다.

"나 죽고 나면 네가 그냥 살면 되는 건데, 뭘 굳이 부동산에 복비 줘 가며 계약서까지 쓰라는 거냐?"

"아버지 돌아가실 때까지 이 집이 남아나야 말이죠. 어머니가 사시던 집을, 어떻게 같이 살고 있는 저한테 의논도 안 하고 팔아 치울 생각부터 해요?"

"내 집 내가 팔겠다는데 네가 무슨 상관이냐. 네 어머니도 반대하지 않았을 거다!"

아버지를 설득하느니 차라리 벽을 보고 이야기하는 게 낫겠다 싶었지만 선재는 물러설 수 없었다. 아예 아버지를 부동산에 끌어다 앉혀 놓고, 부동산 사장님 앞에다 계약서를 펼쳐 놓고 싸웠다.

"대체 이 집을 팔아 버리면, 아버진 그다음엔 어쩔 생각이었어요?"

"……."

"그냥 길바닥에 나앉을 생각이었어요? 집도 절도 없는 노인네가 늘그막에? 집 팔아서 아들 다 보태 주고서?"

"말 같지도 않은 소리를 다 들어 보겠다. 내가 왜 길바닥에 나앉아?"

"그럼 뭘 어쩌려고 했냐고요. 이야기나 좀 들어 봅시다, 예?"

"번듯하게 공무원 하는 딸자식이 있는데, 내가 왜? 네가 공무원 임대 아파트라도 얻으면, 거기 들어가서 살면 될 일 아니냐!"

아버지는 체면도, 염치도, 논리도 다 잊은 듯이 고함쳤다. 선재도 참지 않았다.

"돈이 필요하면 나한테 팔란 말입니다! 아니면 국물도 없어요!"

"그냥 그 돈을 나를 주고, 나 죽은 뒤에도 네가 여기서 살면 된다니까!"

"그 말을 어떻게 믿어요. 좀 전에 아버지가 오빠 돈 필요하다고, 나 몰래 이 집 팔아 치우려고 한 건 기억도 안 나는 모양이죠? 내 앞으로 등기라도 해 놓지 않으면 다음엔 아버지 아들도 똑같은 짓을 할 게 뻔하지 않냐고요!"

결국 아버지는 우재에게 줄 돈을 구하기 위해 그 집을 선재에게 팔았다. 층도 애매하고 새로 수리를 한 것도 아닌 꼬질꼬질하게 낡은 집인데도 올수리된 로열층 가격을 뜯어내서는, 그 돈을 고스란히 우재에게 갖다 바쳤다. 매매 계약서부터 제대로 작성하고, 혹시나 나중에 딴소리가 나올까 봐 매매하게 된 사정을 매매 계약서에 특약으로 넣기까지 했다. 우재가 빚을 얼마를 졌고, 그걸 어떻게 갚으려고 했고, 그 빚을 선재가 갚아 주는 대신 아파트 명의를 넘겼노라고. 그 액수가 이 지역 아파트 한 채 값보다 많다는 것까지도. 아버지는 이건 집안일이다, 동네 망신이지 않으냐, 네 오빠의 치부를 그렇게 드러내는 게 아니다, 오빠를 망신스럽게 하는 건 네게도 망신스러운 일이라며 화를 냈지만, 선재는 듣지 않았다. 문서가 전부가 아니라는 걸 뻔히 알면서도 문서로 세울 수 있는 방비는 할 수 있는 한 다 세워 두었다. 혹시라도 아버지 돌아가신 뒤에 오빠가 이 집을 노리더라도 호락호락하게 빼앗기진 않을 만큼. 아니나 다를까, 아버지 탈상을 하자마자 바로 아버지 집을 팔아먹을 생각부터 하다니. 선재는 자신의 선견지명에 기가 막혀서 눈물이 날 지경이었다. 어쩌면 저렇게, 사람 새끼 같지도 않은 걸 아들이라고.

"……돈 필요할 때는 풀 방구리 쥐 드나들 듯이 뻔질나게 왔으면서, 아버지 편찮으실 땐 한 번 들여다보지도 않더니."

선재는 미친 새끼가 헛소리하고 있다고 욕을 퍼부으려

다가 이를 악물고 참았다. 한 다리 건너면 서로서로 다 아는 이 작은 도시에서 나름 공무원으로서 지켜야 할 사회적 체면이라는 것도 있었고, 남들 앞에서 김우재와 똑같은 인간으로 보이는 것도 싫었다. 선재는 인내심을 한계까지 끌어모으며 으르렁거렸다.

"그렇게 곁에서 모시고 돌봤어도 어머니도, 아버지도. 마지막에 돌아가실 때는 우리 아들, 우리 우재가 아직 안 왔냐, 그 말씀만 하시다 가시던데. 아주 마지막까지 한 번 들여다보지도 않고는."

선재가 빈정거리거나 말거나 우재는 발을 구르며 분통을 터뜨리다 그 자리에 털썩 주저앉았다.

"여보……."

희경이 어깨를 움츠린 채 우재를 불렀다. 승빈은 음식에는 거의 손도 안 댄 채 고개를 까딱거리며 손톱을 물어뜯고 있었다. 우재는 자신의 시선을 피하듯 딴전을 피우는 승빈을 발로 툭툭 차다가 다시 승빈을 잡아 무릎에 앉히며 이를 갈았다.

"말 같지도 않은 소리 하지 말라고 그래."

우재가 이를 갈았다.

"재판을 하든 뭘 하든, 우리 승빈이 생각해서라도 받아내야지. 아무리 그래도 내가 이 집 장손인데."

"여보."

"흥, 공무원이 철밥통이라지만 송사에 잘못 휘말리면

공무원 생활도 힘든 법이야. 법원 몇 번 드나들면 사람이 지레 피가 마르던데, 제가 아무리 용가리 통뼈라도 안 내놓고 배길까."

그때 우재의 핸드폰이 울렸다. 조금 전까지 씩씩거리던 우재의 얼굴에 금세 화색이 돌았다.

"어, 그래. 사십구재 맞아. 이야, 짜식들. 그래, 너희들밖에 없다."

전화를 건 사람은 우재의 친구였다. 고향에서 경찰 시험에 합격해 선재와 마찬가지로 경찰이 된 이들도 있었고 공무원 시험에 붙어 구청에서 일하는 이도 있었다. 하나같이 우재가 고향에 올 때마다 어울려 다니며 술판을 벌이는 놈들이었다. 희경은 우재가 술을 마시러 가는 것에 화를 내야 할지, 아니면 술이라도 마시러 나가면 기분이 좋아질 테니 안심해야 할지 모르겠다는 듯 복잡한 표정으로 그 모습을 바라보다가 조심스럽게 물었다.

"오늘 안 올라갈 거야?"

"내일이 주말인데 뭘 서둘러."

갑자기 표정이 밝아진 우재는 또 무슨 좋은 생각이라도 떠올랐는지 싱글벙글 웃으며 희경에게 속삭였다.

"난 애들 좀 만나고 올 테니, 당신은 일단 집에 돌아가서 그 손바닥만 한 아파트 어떻게 하면 좋을지 짱구 좀 굴려 봐."

"나한테 왜 그래."

"뭐, 너도 명색이 부동산에서 일하면서, 그 정도는 어떻게든 할 수 있겠지."

◇◇◇◇◇

"아, 정말 뭐 저런 게 다 있어."

선재는 절 문을 나서면서야 비로소 씩씩거렸다. 그 집 명의가 누구 앞으로 되었는지는 둘째 치고, 아버지 돌아가시자마자, 그것도 그 집에 뻔히 동생이 살고 있는 걸 알면서 집부터 팔아 치울 생각을 하다니. 대체 어머니와 아버지는, 이렇게까지 자식 농사를 거하게 망하실 수가 있는지, 돌아가신 분들을 붙잡고 따져 묻고 싶었다.

"머리도 나쁜 게 그 와중에 집 팔아먹을 생각은 알차게도 했네. 기도 안 차서."

차마 절 안에서는 체면상 못 할 말들이 입 밖으로 마구 튀어나오려는 것을, 선재는 자기 앞에서 촐랑거리며 걸어가는 어린 조카의 뒤통수를 보며 꾹 참았다. 명색이 경찰인데 초등학생 앞에서 그 아버지 욕을 마구 할 수는 없는 일이었다. 게다가 희경을 보니 마음이 더 답답해졌다. 희경은 고개를 푹 숙이고 어깨를 움츠린 채 앞장서 걸어가고 있었다. 선재보다 나이가 한참 어린데도 10년은 더 나이 들어 보일 만큼 고생한 티가 나는 모습이었다. 짐이라도 나눠 들고 가면 좋을 텐데, 희경은 찬합이며 남은 음식 같은 것을 전부 큰 가방 하나에 쓸어 담고 작은 몸으로 안간힘을 쓰며 혼자 다 들고 있었다.

"그걸 왜 혼자 다 들어요. 잠깐만 기다려 봐, 새언니. 우리 택시 잡아요."

선재는 한 손으로 승빈을 꽉 붙잡은 채 핸드폰을 꺼냈다. 동네가 그렇게 외진 것도 아닌데, 택시가 영 잡히지 않았다. 희경은 택시가 잡히기를 기다리는 대신 그저 소처럼 묵묵히 집을 향해 걸었다.

"자기밖에 모르는 새끼가, 이러니까 차를 좀 가져왔으면 좀 좋아!"

선재가 결국 욕설을 내뱉었다. 사십구재가 이번이 처음도 아니고, 어머니 돌아가셨을 때도 사십구재 끝나고서 그날 음식들 바리바리 챙겨 오느라 손이 모자랐던 것을 뻔히 알면서. 그런 데다 언제 어디로 튀어 나갈지 모르는 똥강아지 같은 승빈까지 있는데. 제 아버지 사십구재 치르자마자 절집 처마 밑에서 몇 푼 안 될 상속 문제로 고래고래 고함치며 욕을 하더니, 이제는 저 많은 짐을 희경에게 떠넘기고 친구들 만난다고 사라져 버려?

"이러는 게 하루 이틀 일도 아니고, 내 팔자려니 해야지……."

희경이 힘없이 중얼거렸다. 처음 인사를 왔을 때의 그 모습이 아직 남아 있었지만, 창백하고 메마른 것이 여간 마음고생이 심한 게 아닌 것 같았다.

희경은 원래 우재가 일하던 회사의 거래처 직원이었다

고 들었다. 홧김에 군대에 말뚝을 박고 부사관으로 근무하던 우재는 승진에서 몇 번이나 미끄러진 뒤 군에서 나왔다. 술 먹고 여기저기 형님 동생 하면서 친한 척하는 것 하나만은 탁월하게 소질이 있어서, 어떻게 아는 사람이 소개해 준 가구 회사에 영업직으로 들어갔을 무렵의 일이었다. 소개팅 생각 없다고 말했는데 우재가 몇 번이나 졸라서 겨우 성사가 되었다고 했다.

그렇게 우재가 희경을 데려왔을 때 희경은 임신 중이었다. 어머니는 얼굴만 예쁘장했지 친정이랄 것도 없고 직장도 별 볼 일 없는 여자애가 아들의 발목을 잡았다며, 시집살이를 단단히 시키겠다고 별렀다. 우재도 마찬가지였다. 처음에는 희경과 결혼한다고 좋다더니만, 좀 지나자 고향 친구들 앞에서 희경에 대해 헛소리를 떠들고 다니기 시작했다. 역시 자기랑 결혼하고 싶어서 임신까지 한 거 아니냐, 자기가 완전히 무서운 여자에게 잘못 걸렸다면서.

그런 말을 하는 놈도 듣고 맞장구치는 놈도 다 제정신은 아니었다. 상식적으로 누가 김우재 따위를 붙잡자고 그런 짓을 할까. 키는 좀 컸지만 생긴 것도 별로였고, 결혼할 여자에 대해 저런 식으로 말하고 다니는 것만 봐도 견적이 나올 일이지만 인간성도 개판이었다. 선재는 웨딩드레스를 입고도 임신한 배를 어떻게든 가려 보려고 쩔쩔매던 희경을 보며 뱃속의 조카가 범죄의 결과물은 아니기를, 어쨌든 아이가 생길 때는 둘이 서로 좋아서 만든 것이기를, 이왕 아이가 생겨서 결혼하는 것이니만큼 저 이기적이고 저만 아는 김우재가, 적어도 제 처자식만은 끔찍이 아끼기를 간절히 바라야 했다.

하지만 결과적으로 그 바람은 소용없는 것이었다.

"이리 줘요. 내가 들게."

선재가 손을 내밀었지만 희경은 고개를 푹 숙인 채 땅바닥만 바라보았다. 평소에도 결혼 생활이 원만해 보이진 않았지만 오늘은 누가 말만 붙여도 눈물이 쏟아질 듯한 얼굴을 하고 있었다. 마음이 쓰이는 것과는 별개로 억지로 붙잡고 짐을 빼앗아 들 만큼 친한 것은 아니었기에, 대신 선재는 슬그머니 제 손아귀에서 빠져나가 엉덩이를 씰룩거리며 여기저기 기웃거리는 저 똥강아지 같은 김승빈을 붙잡았다.

"이리 와, 멋대로 뛰어다니지 말고."

"저기 진짜 귀신 나올 것 같은데. 한번 가 보고 싶은데."

"귀신이 나오는데 거길 왜 가."

대꾸하다가, 선재는 승빈이 쳐다본 쪽을 문득 바라보았다.

재개발되다 만 아파트 단지였다. 선 채로 죽어 가고 있는 듯한 이 도시의 흉물. 하지만 승빈이 보고 있던 것은 가림막 너머로 보이는 그 아파트 단지만이 아니었다.

짓다 만 단지 너머로 펼쳐진 낡은 서민 아파트들, 수십

년 전에 땅장사 하는 사람들이 날림으로 지어 놓고 재개발될 날만 오매불망 기다린다는 빌라들이 그늘진 땅에 불쑥불쑥 돋아난 버섯들처럼 고개를 들고 있었다. 지방이라고는 해도 아주 외진 데도 아니고 그래도 나름 광역시인데. 조선시대 때부터 교통의 요지라고도 했고, 지금도 KTX며 들어와 있을 것은 다 들어와 있는 도시였지만, 거기까지다. 인구는 점점 줄어들고 젊은 사람들은 이곳을 떠나고 있다. 수많은 쇠락의 풍경에 저 아파트 재개발 중단은 마지막 쐐기를 박은 것뿐이었다.

"여긴 진짜 우리 동네하고는 많이 달라. 〈신비아파트〉에 나올 것 같아. 귀신이나 도깨비나."

겨우 초등학생인 아이의 눈에도 이 도시는 죽어 가는 것처럼 보이는 걸까. 나쁜 병이 번지듯이 주변의 상권들이 무너지는 모습이 보였다. 대로변까지 텅텅 빈 가게들이 보여 거리 풍경은 을씨년스러웠다. 그렇다고 해도 엄연히 사람이 사는 곳인데. 선재는 승빈의 눈을 가리며 중얼거렸다.

"그렇게 말하면 못 써."

이 지역 출신이니까, 그래서 그런 상황이 뻔히 보이니까 우재도 더 흉흉해지기 전에 아파트를 처분해야겠다 생각했을 거다. 이미 상권들이 다 죽어 가고 있으니 그 여파가 더 번지기 전에 한시라도 빨리 집을 처분하는 게 낫겠다고. 그 집에 동생이 살고 있다는 사실을 싹 무시했다는 것만 제외하면 나름 합리적인 판단이었을지도 모르겠다.

집으로 돌아가다 말고 희경은 길목에 있는 부동산들을 기웃거리다 공인 중개사가 여자인 듯한 데를 골라 들어갔다. 그냥 이 동네 시세나 좀 알아보게요, 하고 들어가 앉더니 몇 마디 주고받은 후에 가지고 있던 찬합을 열었다.

"이 동네에야 이제 노인네들뿐이지. 여기 옆에 절도 있고 해서 그런지 언니 같은 사람들 자주 온다."

찬합 내용물만 봐도 무슨 음식인지 알아챈 사장은 젓가락과 물컵을 가져다 놓으며 누구 상이었는지, 호상이었는지, 그래서 어디 사셨는지, 사시던 데서 돌아가셨는지, 아니면 병원에서 돌아가신 건지, 그 집에서 얼마나 오래 사셨는지 같은 시시콜콜한 것들을 묻기 시작했다.

"엊그제도 저기 건너편에 어르신 돌아가셨다고 그 자식들이 있던 아파트 팔아서 나누자고 왔는데, 여기 시세야 뻔해요. 서울 사람들 듣기에야 그거 누구 코에 붙이나 하는 돈이지."

"그럼 얼마쯤인지."

"이 정도."

전을 집어 먹으며 이바구를 떨던 중년의 사장은 계산기를 집어 액수를 찍어 보여 주었다. 선재는 자신이 아버지에게 넘긴 액수에 비하면 턱없이 적은 그 액수를 바라보며 마른침을 삼켰다. 뻔히 손해 보는 줄 알았지만 그래도 사들일 수밖에 없었다. 하지만 저 적나라한 액수를 다시 보고 있으니 속에서 신물이 올라왔다. 대체 김우재는, 그 빌어먹을 새끼는 저 돈을 어디다 다 꼬라박고 아버지에게서 마지막 한 푼까지 악착같이 뜯어먹은 거야. 선재가 답답한 마음에 옷깃을 구겨 쥐는데, 희경은 침착하게 고개를 끄덕이며 그 액수를 메모했다. 그러더니 선재도 다 모를 이 동네의 시시콜콜한 이야기들을 짚어 가며 사장에게 묻기 시작했다. 잠시 갸웃거리던 사장이 알 만하다는 듯 고개를 끄덕였다.

"근데 언니는, 좀 이쪽 일 하는 사람 같은데. 그치, 내 말이 맞지?"

"……중개 보조원 일을 좀 해서요."

"고생이네, 애도 아직 어린데."

"애가 어리니까요. 아침에 애 밥 챙겨 먹이고 학교 보내고 할 수 있으니까."

"그게 별거 아닌 것 같아도 일 많은 동네 같으면 여간 고된 게 아니야. 아침에만 한가하지, 주말에도 밤에도 계속 연락받고 나가야 하는 건데. 그래, 남편은 무슨 일 하고?"

"그냥 회사 다니죠, 뭐."

"서울살이가 보통 일이 아닐 텐데, 고생이야 고생. 그래도 각시가 부지런하니 물려받은 게 많질 않아도 복은 받겠다."

"그러면 좋겠는데요."

"젊어서 고생해도 자식이 복 받으면 다 잘 되는 거지."

그런가요, 하고 중얼거리며 희경은 속 모를 표정으로 승빈을 돌아보았다. 승빈은 옆에서 남은 부침개를 뜯어 먹었다. 아까는 음식에는 손도 안 대고 먼 산만 보고 있더니, 밥 먹다 말고 호통이나 치는 우재가 옆에 없어서 그런지 승빈은 제비 새끼처럼 입을 쩍쩍 벌리며 야무지게 먹었다. 이 녀석도 그런 게 애비라서 고생이 많겠지. 선재는 한숨을 쉬며 승빈의 뒤통수만 쓰다듬었다.

"……체하겠다, 천천히 먹어."

◇◇◇◇◇

원래 경리 일을 하던 희경은, 결혼한 뒤에도 그 비슷한 일을 다시 하려고 애를 썼다고 들었다. 하지만 아이 맡길 어린이집을 구하는 것도 보통 일이 아니었고, 갓난아기를 맡길 데는 더욱 드물었다. 겨우 아이가 좀 자라 일을 할 만하게 되었더니, 이번에는 전 세계적으로 전염병이 돌기 시작했다. 몇 군데인가, 집 근처의 사무실에 면접을 보러 가기도 했지만 재택근무니, 격리니, 휴업이니 하며 있던 인력도 감축하는 상황에서 일자리를 얻기란 쉽지 않았다. 경리 일은 포기하고 텔레마케터라도 해 보려 했지만, 하필 일하러 간 텔레마케팅 회사가 입주해 있던 건물에서 전염병 환자들이 나오는 바람에 역시 일을 할 수 없게 되었다. 이만저만한 고생이 아니었지만 희경은 그런 이야기를 제 입으로 하는 성미도 아니었고, 이 집구석이 며느리의 그런 푸념을 들어 주고 그동안 고생했다 위로해 줄 집도 아니었다. 그 이야기를 고향집에 와서 보란 듯이 떠든 것은 바로 저 잘난 김우재였다. 남들은 마누라가 밖에 나가 돈도 척척 벌어 온다는데 집에서 살림이나 하고 자빠져 자면서 아무짝에도 쓸모가 없다고, 고향까지 와서 제 아내를 욕하고 다녔다. 못났다, 못났다 못해 그렇게까지 해야 그 잘난 자존심이 조금이라도 세워진다는 듯이.

졸렬하고 한심한 남편과 달리 희경은 부지런하고 영리한 사람이어서 그런 헛소리에는 개의치 않고 제가 할 수 있는 일을 해 나갔다. 공인 중개사 공부를 하고 집 근처 기획 부동산의 중개 보조원 일을 했다. 우재는 희경이 주말에도 밖으로 싸돌아다닌다고, 여편네가 바람이 난 게 아니냐며 욕을 했지만, 그게 말도 안 되는 일이라는 것은 아까 오다가 들렀던 부동산 사장의 말만 들어 봐도 알 수 있다. 초등학교에 갓 들어간, 아직 손을 타는 어린 아들을 키우면서 일하려면 오후와 주말까지 일한다 해도 아침에는 시간을 낼 수 있는 일자리를 구할 수밖에 없다는 것을.

그리고 경리였고 중개 보조원인 희경은, 집에 돌아오자마자 이 집에 대해 조사하기로 마음먹은 듯했다. 그는 나가서 놀고 싶다, 할아버지네 동네를 구경하고 싶다, 친구들한테 〈신비아파트〉에 나올 것 같은 동네에 다녀왔다고 자랑하고 싶다며 떼를 쓰는 승빈에게 과자 한 봉지와 TV 리모컨을 쥐여 주고, 냉장고에 사십구재를 지내고 남은 음식들을 챙겨 넣었다. 그리고 희경은 냉장고 옆에 꽂아 놓은 밥상을 꺼내 거실 한복판에 펼친 뒤, 잠시 머뭇거리다 안방에 들어갔다.

안방 문갑 안에는 아버지가 남겨 놓은 서류들이 들어 있었다. 통장이며 아버지가 쓰던 공책 그리고 이 집과 관련된 서류들이었다. 희경은 백지 몇 장, 빨강 볼펜과 검정 볼펜, 문갑 바닥에 놓여 있던 전자계산기까지 꺼내 와서는, 서류 무더기를 밥상 옆에 쌓아 놓고 한 장 한 장씩 꼼꼼히 살펴보기 시작했다. 선재는 조용히 일어나 커피믹스를 꺼내고 물을 끓였다. 커피 마실래요? 선재의 물음에도 희경은 대답하지 않았다. 선재가 커피를 홀짝이며 희경을 돌아보니 희경은 공책 앞뒤로 아버지가 끼워 놓은 서류들을 펼쳐 보고 있었다.

맨 뒤에 꽂혀 있던 것은 매매 계약서였다. 매매 계약서 뒤에는 선재의 요청대로 우재의 빚 액수와 그 빚을 선재가 갚아 주는 대신 아파트 명의를 선재에게 넘긴다는 내용이 기재되어 있었다. 희경은 그 서류를 옆으로 빼놓고, 공책을 끝에서부터 넘기며 해당하는 날짜를 찾아보기 시작했다. 매매 계약을 하던 날에서 조금 더 앞쪽으로 넘겨 보자, 꾹꾹 눌러쓴 글씨로 1억 1300만 원이라고 적힌 페이지가 있었다. 이 집의 시세보다 더 큰 돈이었다. 그 위에는 선재 아버지의 필체로 '승빈 아비'라고 적혀 있었다. 선재가 이 집을 매수하기 두 달쯤 전의 날짜였다.

희경은 다시 선재 아버지의 통장을 꺼내 놓고, 그 무렵부터 집을 매매할 때까지의 잔고들을 확인했다. 매매 계약서의 날짜에 정확히 1억 1500만 원이 선재 아버지의 통장으로 넘어갔고, 그다음 날 이른 아침에 아버지는 그 돈을 10원 한 장 빼놓지 않고 김우재에게 이체했다. 희경은 액수들을 죽 적어 보고, 그 옆에 날짜를 적고, 다시 달력으로 날짜를 확인하다가 가슴을 쳤다.

"내가, 내가 겨우 반찬값, 애 학원비 벌어 보자고……. 그렇게 굽신거리면서 일하고 다니는데."

"새언니."

"무슨 인간이 아주 고개만 돌리면 사고를 치고, 또 사고를 치고……. 이게 뭐야, 대체 이게. 한두 푼도 아니고."

희경은 절망적인 표정으로 액수를 다시 들여다보았다. 눈시울이 붉어진 채로 가슴을 치며 한숨을 쉬더니 이윽고 머리를 숙이고 흐느끼기 시작했다. 선재는 뭐라 말을 건네려다가 고개를 돌리고 중얼거렸다.

"김씨네 사람들이 문제지……."

"……."

"결혼한다고 했을 때, 나라도 이 결혼 말렸어야 했는데."

"……."

"……미안해요."

희경은 흐느끼기만 할 뿐, 대답하지 않았다. 무릎에 이마를 대고 웅크린 채 어깨를 떠는 희경을 보니 선재는 가슴이 답답해졌다. 그동안에는 아버지가 어떻게든 해 주겠거니 여기며 생각 없이 무모하게 살았을 텐데. 어쩌면 지금 서둘러 이 집을 팔아 치우려는 것도, 어딘가에 또 빚이 생겨서일지도 모른다. 그러나 이제 김우재에게는 대책이 없고 그 뒷감당은 희경이 하게 될 거다. 그렇다고 선재가 희경이나 승빈이 걱정되어 나섰다가는, 우재는 그 모든 것을 선재에게 떠넘기려 들 수도 있었다.

"이제라도 이혼……하면 안 돼요?"

그리고 선재는 이제 와서 우재에게 손을 내밀 생각이 추호도 없었다. 단 한 번이라도 양보한다면 김우재는 그 모든 것이 자기가 누릴 당연한 권리인 양 선재마저도 털어먹으려 들 위인이었으니까. 저 걸어 다니는 재앙 같은 김우재가 저지르는 일은 어떤 식으로든 우재의 가족들이 떠안게 될 것이다. 상황을 파악하고 흐느끼는 희경이 아무리 안쓰러워도 희경이 우재와 계속 함께 있기를 선택하는 한, 선재는 경찰로서도 시누이로서도 희경에게 손을 내밀어 보호하거나 도움을 줄 수 없었다. 그랬다간 모두가 함께 김우재에게 휘둘리며 마지막 한 방울까지 빨아 먹힐 테니까.

"이러다가 김우재가 더 크게 사고 치면, 그러면 승빈이는 어떡해. 정신 좀 차리고 내 말 좀 들어 봐요. 지금 이러다가……."

만약에 희경이 우재와 이혼이라도 한다면. 그리고 희경이 승빈을 맡는다면야. 오빠야 죽든 살든 상관없지만, 이제 초등학생인 어린 조카가 어렵게 사는 것만은 차마 두고 볼 수는 없다는 명분으로 선재가 두 사람을 돕고 보호해 줄 수 있을지도 모르지만…….

"……승빈이?"

그리고 희경이 고개를 들었다. 희경은 눈물범벅이 된 얼굴로 주변을 두리번거리다가 벼락이라도 맞은 듯한 얼굴로 자리에서 일어났다.

"우리 승빈이 어디 갔어."

"새언니?"

희경은 덜덜 손을 떨며 현관으로 다가갔다. 그리고 무너지듯 주저앉았다. 그제야 선재도 뭔가 문제가 있다는 사실을 깨달았다.

아까 분명히 데리고 들어왔는데. TV 앞에 앉혀 놓고 과자 한 봉지를 들려 주었는데.

승빈의 모습은 보이지 않았다. 아이뿐만 아니라 아이가 입고 왔던 파란 점퍼도, 신고 왔던 게임 캐릭터가 그려진 운동화도 보이지 않았다. 먹다 남은 과자 봉지만이 조금 전까지 승빈이 집에 있었음을 증명할 뿐이었다.

고작 한 시간 동안에. 뻔히 거실에 같이 앉아 있었는데. 아니다, 어른들이 잠시 거실을 떠나 있었던 적이 있었다.

안방의 문갑에서 서류들을 꺼낼 때. 그때 승빈이는 엄마와 고모의 눈을 피해 도망갔던 걸까.

"이 똥강아지 같은 게……."

희경은 엉금엉금 기듯이 현관으로 다가가 가방을 뒤져 핸드폰을 꺼냈다. 그리고 눈물범벅이 된 얼굴로 미친 사람처럼 몇 번이나 승빈에게 반복적으로 전화를 걸었다. 하지만 승빈은 받지 않았다. 전화기가 꺼져 있어 받을 수 없다는 메시지만 되돌아올 뿐이었다. 희경은 반쯤 미친 사람처럼 어쩔 줄 몰라 하다가 우재에게 전화를 걸었다. 우재는 세 번만에야 전화를 받아 대뜸 역정부터 냈다.

—뭐야, 사람이 모처럼 친구들 좀 만나자는데 쓸데없이 전화질이야.

"승빈이가 없어졌어. 승빈이가 없어졌다고!"

—여편네가 애새끼 간수도 제대로 못 해서는……. 야, 끊어. 남자애가 좀 그럴 수도 있지.

"낮부터 술이나 처마시러 나갔으면서 지금 그게 나한테 할 소리야? 승빈이가 없어졌다는데! 지금 그 말을 듣고도 술 생각이 나? 애한테 무슨 위험한 일이라도 생겼으면 어떡하려고!"

희경이 전화에 대고 악을 썼다. 하지만 우재는 그런 희경이 가소롭다는 듯이 실실 웃었다.

—야, 야, 민희경아. 이게 진짜.

"어서 좀 들어와! 와서 우리 승빈이 찾아야 할 것 아냐!"

—너 지금 여기 촌 동네라고 무시하냐?

"뭐?"

—이 동네, 내가 어릴 때 살던 데야. 눈 감고도 뛰어다니던 데라고. 위험하긴 개뿔이 위험해. 끊어!

우재는 전화를 끊었다. 희경은 끊어진 전화를 들여다보며 부들부들 떨었다. 액정 위로 눈물 몇 방울이 뚝뚝 떨어졌다. 그때 선재가 희경을 붙잡았다.

"새언니, 잠깐만. 잠깐만."

눈물이 액정에 닿으며 오작동이 일어났는지 화면이 갑자기 휙휙 넘어갔다. 오전 내내 사십구재 지내고 뒷정리하느라 확인하지 못했던 메신저 화면이 눈에 들어왔다. 좀 전에 들어온 광고 메시지와 희경이 일하는 공인 중개사 사무소에서 보낸 메시지 사이에 승빈의 메시지가 있었다.

엄마 여기 완전 재밌어

그리고 그 메시지와 함께, 초점이 다 날아간 사진 두 장이 붙어 있었다. 희경은 사진을 눌러서 이리저리 확대해 보다가 손을 덜덜 떨기 시작했다.

"어……. 어떡하지."

선재의 머릿속이 바삐 돌아갔다. 어딘가의 개구멍 안쪽에서 새카만 고양이가 빼꼼 하고 밖을 내다보고 있었다. 여기가 어디였지. 구석구석 머릿속에 넣어 둔 이 마을의 풍경들이 머릿속을 가득 채웠다. 어른들은 이렇게 애가 타는데, 이 철딱서니 없는 조카 녀석은 남의 속도 모르고 눈 오는 날 강아지처럼 좋아서 뛰어다닐 거라고 생각하니 부아가 끓었다.

"이 똥강아지가, 엄마 걱정을 이렇게 시켜 놓고서 아주 신났구먼."

"어떡해, 이것만 갖고 경찰에 신고가…… 되나? 안 받아주면 어떡하지……."

"새언니, 진정. 잠깐만 있어 봐."

"어떡해……."

희경은 울음을 터뜨렸다. 어떻게 해야 할지 몰라 순간적으로 정신이 나간 듯, 거의 통곡에 가까운 울음이었다. 엉엉 소리 내어 우는 희경을 달래려다 선재는 희경의 어깨 너머로 승빈이 보낸 사진을 다시 들여다보았다. 여기가 어디인지 안다. 온몸이 새카맣고 발만 하얀 고양이가 개구멍 밖으로 빼꼼 하고 고개를 내미는 그 풍경을 선재는 알고 있었다.

"나 여기 어딘지 알아."

선재가 중얼거렸다. 그 순간 머릿속을 찌르는 듯한 통증이 느껴졌다. 선재는 눈을 깜빡거렸다. 다행히 통증은 곧 사라졌지만 오늘만 벌써 두 번째였다. 아무래도 번거로운 일들이 좀 처리되면 큰 병원에 가 봐야 할 것 같았다. 김우재가 재산이 어쩌고 하기 시작한 이상 그게 언제가 될지는 모르겠지만.

"애 아빠는 걱정하지 말라지만 이걸 무슨 수로 걱정을 안 해. 여기가 어딘 줄 알고."

선재는 자리에서 일어나 패딩 점퍼를 집어 들었다. 여기서 희경을 토닥토닥 달래고 경찰에 신고하는 것보다 훨씬 더 빠른 방법이 있었다.

"괜찮아, 우리 아까 오면서 봤던 거기야. 내가 다녀올게. 가서 승빈이 찾아올게. 금방 찾을 수 있을 거야. 나 믿고 좀 기다려 봐."

◇◇◇◇◇

그냥 거기, 라고만 말할 수 있으면 정말 좋았겠지만.

선재는 이 동네를 잘 알았다. 예전에야 사람도 많고 아이들도 많았으며 우재 말대로 눈 감고도 뛰어다닐 수 있던 위험할 것 없는 곳이었지만, 인구는 줄어들고 있고, 특히 청년 인구가 줄어들며 아이들 숫자도 눈에 띄게 줄어들었다. 한 학년에 열두 반씩 한 반에 쉰 명이던 초등학교도 한 학년에 두세 반씩 한 반에 열다섯 명 남짓이 고작이었다.

사람이 줄어든다는 것은 보는 눈도 줄어든다는 뜻이다. 누군가 위험한 짓을 하고 다녀도 그걸 말릴 사람조차 부족했다. 특히 젊은 사람이 줄어든다는 것은 누군가를 돌보고 경제활동을 하는 인구에 비해 돌봄이 필요한 사람들의 숫자가 늘어난다는 뜻이기도 했다. 그런 데다 이 지역에 남아 있는 젊은 사람들은 다들 우울했다. 상경할 수 있었지만 가족에게 발목을 잡히고 말았다는, 선재도 익히 알고 있는 괴로움. 이곳을 벗어나지 못한 것에 대한 기묘한 패배감. 누군가는 집 한 채를 샀더니 끝도 모르고 가격이 오르더라고, 부동산 불패라고도 하지만, 이곳에서는 꼴랑 한 채 있는 집의 가격이 자꾸만 떨어진다는 불안감. 다들 불안과 우울을 달고 살았지만, 결혼 안 한 사람이 산부인과에만 가도 처녀가 애를 밴 것 아니냐고 수군거리는 이 좁은 동네에서 정신과 약을 지어 먹을 용기를 낼 수 있는 사람은 많지 않았다. 선재조차도 차마 정신과에는 가지 못한 채 내과에서 계속 신경 안정제만 지어 먹고 있었다. 인구수 대비 경찰 숫자만 보면 적은 것은 아니었지만 늘 크고 작은 사고들이 이어졌다.

"여긴 참, 올 때마다 늘 기분이 좋지 않은데."

그런 곳에 이곳 지리도 물정도 모르는 겁 없는 초등학교 1학년생 혼자 돌아다니고 있다. 그것도 흉가나 다름없는 폐아파트 재개발 현장에.

몇 년 전 처음 재개발 이야기가 나왔을 때만 해도 그곳은 이 지역 사람들의 희망이었다. 사람들은 재개발이 성공하고 새로 지은 아파트가 이 지역의 랜드마크가 되면, 이 지역에도 다시 활기가 돌지 않을까 생각했다. 다시 사람들이 모여들 거라고, 이 일대에서 보지 못한 드높은 주상 복합 아파트와 새로 들어설 식당가나 편의시설들을 중심으로 이 거리가 다시 번화해질 거라고, 그러면 인근 상권도 함께 살아날 거라고. 아파트가 한 층 한 층 올라갈 때마다 사람들의 희망은 함께 자라났다.

그리고 그 꿈은. 30층 넘게 쌓아 올린 아파트와 함께 순식간에 무너져 버렸다.

부실 공사 때문에 한창 쌓아 올리던 꼭대기 층이 무너졌다. 쏟아진 잔해들 때문에 공사장 안팎에 세워 둔 차량이 전부 파손되고, 30층에서 떨어진 철근이 공사 현장 밖으로 튀어 나가며 전신주를 쓰러뜨리는 바람에 인근 지역에 정전이 일어난 일은, 그날 일어난 일 중에서도 사소한 일에 속했다.

무너진 것은 가장 안쪽에 있던 108동이었지만 그 붕괴와 진동의 여파로 바깥쪽에 있던 공사 현장까지 무너지며 사고가 커졌다. 건물이 무너진 잔해들은 가림막을 넘어뜨리고 도로까지 쏟아졌다. 공사 현장에 있던 사람들과 인도를 따라 걷던 행인 두 사람, 하필 그 옆 도로로 초등학생 아이들을 태우고 가던 태권도장 승합차 한 대까지 휩쓸렸다. 가림막 밖에서 휩쓸린 사람들은 전부 사망했고 현장에 있던 사람들은 사망하거나 실종되었다. 희망의 상징은 절망으로 바뀌었다. 그리고 아무도 그 일을 제대로 책임지지 않았다.

건설업체는 책임을 회피하다가 끝내 도산했고, 공사 현장에서 자살했다는 소문은 사실이 아니었지만, 어쨌든 그 회사 임원 한 명이 스스로 목숨을 끊었다. 그리고 이곳은 재시공을 하지도, 철거를 하지도 못한 채 이 도시의 흉물로 남았다. 더 이상 무너지지 않도록 건물마다 비계를 다시 치고, 공사 현장 밖으로도 가림막을 다시 친 후 굳게 잠가 놓았지만, 가림막 아래쪽으로는 사람 하나가 겨우 비집고 들어갈 만한 개구멍이 있다. 동네 고양이들이 오가는 곳이지만, 그리 드나드는 것이 고양이만은 아니었다. 큰 사고가 일어난 곳이라고, 귀신이 나오는 곳이라며 이상한 유튜버들이 동영상을 찍으며 노닥거리다가 겁을 먹고 도망치기도 했고 때로는 동네 불량한 아이들이 드나들기도 했다. 마약 거래가 이루어진다는 첩보가 들어온 적도 있었다. 붙잡고 보니 중학생 몇몇이 모여 한 20년 전에 유행이 지난 본드며 부탄가스를 불던 것이었지만.

한 마디로 그 폐아파트 재개발 현장 지역은 우범 지대였다. 승빈이 기대하는 것처럼 귀신이 나오는 것은 아니었지만 어린아이 혼자 그런 곳을 배회하다 무슨 일이 일어나도 이상하지 않았다. 무엇보다도 공사 현장을 아주 철거한 것이 아니고 사고가 났던 그 자리를 파란색 방진 천막으로 휘휘 감아만 놓았다 보니, 자칫 넘어지거나 추락하거나 어딘가에 튀어나온 못이나 녹슨 금속에 긁혀 크게 다치기도 쉬웠다. 설령 김승빈이 아니라 이 동네 구석구석 모르는 곳 없이 잘 아는 김우재가 그대로 여덟 살로 돌아가 그곳을 돌아다니고 있다 하더라도 반드시 붙잡아 데리고 나와야 했다. 그 애의 고모가 아니더라도, 경찰청에 다니는 형사가 아니더라도, 그런 건 그냥 상식이 있는 어른이라면 당연히 그래야 하는 일이다.

"하여간 지 애비 닮아서, 이눔 시키가 어른이 하지 말라는 건 골라서 하고."

그 똥강아지를 붙잡으면 그 녀석이 지금까지 살면서 이만큼 무서웠던 적이 없었다고 오래오래 기억에 남을 만큼 제대로 혼찌검을 내주고 말겠다고, 선재는 개구멍으로 몸을 비집고 들어가며 몇 번이나 다짐했다. 개구멍은 성인 여자 한 명이 몸을 잔뜩 웅크려야 겨우 들어갈 수 있을 정도였다. 패딩을 입고는 들어갈 수 없었기 때문에 선재는 패딩을 벗어서 일단 안에 밀어 넣고 덜덜 떨며 그 안으로 기어들어 가야 했다. 겨우 안으로 들어가 패딩을 다시 걸쳐 입으며 선재는 다시 한번 이를 갈았다. 이 정도로 개고생을 시킨 녀석에게 그 정도 꾸지람은 해도 될 것 같았다.

"……어디 잡히기만 해 봐, 아주."

사실을 말하자면 김선재는 아이들을 썩 좋아하지 않았다. 특히 자기가 태권도 좀 한다고, 며칠 전에 품띠를 땄다고 잔뜩 어깨에 힘이 들어가 으스대는 어린 남자애들은 질색이었다. 그중에서도 어렸을 적 김우재처럼 큰소리만 치는 녀석들은 아무리 어린아이라도 상종도 하고 싶지 않았다. 딱히 선재에게 못된 장난을 친 것도 아닌, 그저 그 나이답게 지지리 엄마 말 안 듣는 똥강아지 같은 조카를 그저 귀여워할 수만은 없는 것도 사실은 그 이유였다. 씨도둑질은 못 한다고, 승빈이 꼭 그 나이 때의 김우재를 닮아서.

선재가 기억하는 어린 시절의 풍경 속에서 우재는 어른이 하지 말라는 일은 골라서 하고, 늘 뭔가 사고를 치고, 적극적으로 남들을 놀리고 괴롭히고 다녔다. 그러고는 온갖 핑계를 대며 미꾸라지처럼 빠져나오려 들었다.

"쟤가 그랬어요, 쟤가 시켰어요, 저는 모르는 일이라고요."

상식적인 사람이라면 귓등으로도 안 들을 변명이었지만 어머니와 아버지는 우재의 말이라면 아무리 말 같지 않은 소리라 해도 고개를 끄덕였다. 아니, 그따위 변명에 만족하는 것처럼 보이기도 했다. 어머니와 아버지의 시선에서 우재는 언제나 착한 아이였다. 착한 아이인데 친구를 잘못 사귀어서, 애가 순진해서 이상한 애들 꾐에 넘어가서, 호기심이 많아서 장난을 좀 친 것뿐이었다고 진심으로 믿었다. 부모가 믿으니 대부분 해결되고 넘어갔지만, 그런 변명으로는 도저히 해결될 수 없었던 잘못도 숱하게 있었다. 다른 부모들도 제 자식 말은 믿었으니까.

그럴 때마다 우재는, 거의 반드시라고 해도 좋을 만큼 자주 선재를 팔았다.

"내가 안 그랬어요. 선재가 그랬다고요!"

자기보다 네 살이나 어린 동생에게 책임을 떠넘기는 김우재도 김우재였지만, 그 말을 믿고 선재를 꾸짖는 부모님도 정말 대단한 분들이었다. 선재는 처음에는 이유도 모르고 야단을 맞으며 울었고, 그다음에는 억울해서 울었으며, 나중에는 아예 우재를 피해 다녔다. 하지만 그러거나 말거나, 우재는 그 후로도 계속 뭔가 잘못을 저지를 때마다 그 자리에 있지도 않았던 선재를 팔았다. 상식적으로는 거짓말을 밥 먹듯 하고 동생에게 억울하게 잘못을 뒤집어씌우는 우재가 꾸지람을 들어야 했지만, 부모님은 그 와중에도 선재 탓을 했다. 아버지는 경찰이라면서 사람을 이렇게 억울하게 만들어도 되는 거야? 한쪽 말만 듣고서 편을 들고, 아무 잘못도 하지 않았고 그 시각에 학원 가 있던 사람을 야단치고 때려도 되는 거냐고! 선재는 억울해서 악을 쓰고 소리를 질렀다. 제 분을 못 이겨 졸도했다가 여기저기 멍이 든 몸으로 깨어났을 때, 어머니는 찬물 한 잔을 가져다주며 쌀쌀맞게 말했다. 정말로 선재가 한 짓이 아니라도 동생이 되어서 오빠를 좀 말리지 않은 것 자체가 나쁜 짓이라고.

죽으라는 말인가. 어린 선재는 그 냉담한 말을 들으며 생각했다.

제 또래 중에서도 키가 크고 체격도 좋던 김우재는 걸핏하면 저보다 두 뼘이나 작은 선재를 두들겨 팼다. 태권도장에 등록하자마자 어린 동생을 벽 쪽으로 몰아세워 놓고 인간 샌드백이라며 정권 지르기를 하고, 조금 지나서는 돌려 차기를 배웠다며 그냥 책상 앞에 서 있던 선재의 뒤통수를 걷어차 쓰러뜨리고 낄낄거렸다. 태권도장에서 사람 패는 법만 배웠지 무도인의 정신 같은 것은 귓등으로도 듣지 않았다. 그런 오빠를 말리지 않은 게 잘못이라고? 선재의 입장에서는 우재가 못된 짓을 하는 것을 말리다가 맞으나, 안 말리고 어머니나 아버지에게 맞으나 그게 그거였다.

한번은 눈에 멍이 시퍼렇게 든 채로 학교에 갔다가 어디서 그렇게 맞았느냐는 선생님의 물음에 오빠가 때렸다고, 자주 맞는다고 대답한 적이 있었다. 집에 돌아가자마자 난리가 났다. 어머니는 집안 망신이라고, 네가 오빠 앞길을 다 망쳐 놓는다며 선재를 때렸다. 참다 참다 못해서 요즘은 이런 것도 아동 학대라고 말했다가 그날 선재는 정말로 죽을 뻔했다. 옷 밖으로 보이지 않을 곳만 골라서 아버지에게 평소의 세 배쯤 두들겨 맞고, 한 번만 더 밖에 나가서 아동 학대니 가정 폭력이니 했다간 너 죽고 나 죽고 다 죽을 줄 알라는 엄포를 듣던 날, 선재는 세상에 정의란 없으며 믿을 사람도 없다고 뼈저리게 느꼈다.

집 밖에서는 '정의 사회 구현'을 외치고 다니면서 집 안에서는 야만적인 가부장 노릇을 하던 말단 경찰 아버지의 바람은 오직 하나, '자식'이 뒤를 이어 경찰이 되고 간부가 되는 거였다. 퇴근길에 술 한잔을 걸치고 돌아올 때마다, 아버지는 우재를 불러다 아들이 자신을 닮아 키도 크고 체격도 좋고 운동 신경도 좋다며, 경찰 제복을 입으면 태가 나겠다며 흐뭇해했다.

"우재야, 너는 커서 경찰을 해라. 애비는 가난하고 못 배워서 평생 이파리를 못 벗어났지만, 너는 나처럼 말단 순사부터 시작할 것 없어. 번듯하게 경찰 대학에 가라. 그러면 졸업하자마자 떡하니 간부가 되어서 반짝반짝한 무궁화부터 어깨에 척 달고 시작하는 게 아니냐."

하는 짓만 보면 폭력배나 흉악범의 새싹 같은 것을 불러다 앉혀 놓고, 아버지가 머리를 쓰다듬으며 경찰이 되어 승승장구하라고 축복의 말을 건넬 때마다 선재는 누구인지도 모를 대상을 향해 기도했다. 이 동네의 평화와 안전을 위해서 저 새끼만은 절대 경찰이 되지 못하게 해달라고.

물론 김우재에게 그런 능력이 있을 리 없었다.

김우재가 경찰 대학에 원서조차 넣지 못했을 때, 아버지는 경찰 대학은 서울대나 육군 사관 학교만큼 들어가기 힘든 곳이라며 우재를 위로했다. 일단 대학 졸업하고 순경으로 들어가서도 경찰 대학 출신들에 지지 않고 출세하는 사람도 많으니 열심히 하기 나름이라고 격려도 했다. 하지만 그 뒤로도 우재는 경찰 시험에 몇 번이나 미끄러졌다. 아직 군대 가기 전이라 머리도 쌩쌩할 때 합격하겠다며 1학년 1학기부터 휴학을 하고 아버지에게 목돈을 받아 노량진에 있는 경찰 시험 학원에도 등록했지만, 그 돈이 다 어디로 갔는지는 하늘만이 알 일이었다. 번듯하게 서울에 있는 대학에 합격한 선재가 끝내 이 지역 국립대에 가야 했던 것도 우재 때문이었다. 계집애를 서울까지 유학시킬 돈이 어디 있느냐던 부모님은 지역 국립대는 학비가 싸서 좋다며 만족했다. 두 분은 돈을 아꼈으니 우재 뒷바라지에도 한시름 덜었다며, 굳이 안 해도 될 말까지 선재 앞에서 할 만큼 눈치가 없었다. 오빠가 잘되어야 여동생도 잘되는 거다, 원래 여자는 친정이 잘되어야 콧대 세우고 사는 거다 같은, 어디로 들어도 1970년대에나 먹혔을 만한 이야기를 위로랍시고 들어야 했다. 하지만 그런 희생이 무색하게 우재는 또 낙방했다. 1차도 붙지 못한 채 시험이 어렵다, 운이 나빴다, 집에서 뒷바라지를 시원치 않게 해 줘서 그런 게 아니냐고 악을 쓰던 우재를 아버지가 달랬다.

"군대 다녀와서 다시 해 보자. 남자는 군대 다녀와야 어른이 되는 게 아니냐."

우재는 군대에 들어갔다. 그리고 선재는 차분히 반격을 준비했다. 대학에 들어가자마자 아르바이트를 해서 돈을 모았다. 돈이 있는 티를 내면 엄마에게 뜯길 게 뻔해서 요즘 경기도 안 좋은데 알바 자리가 어디 있느냐는 말을 입에 달고 다녔다. 군대에서 휴가 나와 부모님 용돈을 받아 쓰던 김우재는 선재가 그런 말을 할 때마다 비웃으며 뒤통수를 후려치곤 했다.

"남들은 여동생이 군대 간 오빠 용돈도 대 준다는데, 아무짝에도 쓸모없는 계집애 같으니."

선재는 정말로 아무짝에도 쓸모없는 놈이 누구인지 보여 주고 싶었다. 어렵게 일해서 모은 돈으로 경찰 시험을 준비했다. 꼭 경찰이 되고 싶은 것은 아니었지만, 그렇게라도 부모님에게 인정받고 싶었다. 매일 아르바이트를 하고 돌아와 학교 과제며 시험공부를 하고 나서는 새벽 늦게까지 형사 소송법 동영상 강의를 들었다. 우재처럼 어릴 때 태권도장에 다닐 수 있었던 것은 아니지만, 중학교 때부터 제 몸을 지키기 위해 학교가 끝난 후 구립 체육 센터에 가서 유도를 배웠고 가산점이 될 만한 어학 점수도 땄다. 그리고 2학년이 되기 직전의 2월, 경찰 공채 원서를 접수했다. 필기시험에 단번에 붙었다. 시험을 보다 보다 포기하고 군대에 가 있던 김우재는 독이 오른 두꺼비 같은 꼴을 하고 집에 나타났다. 뭔가 비리가 있는 게 아니냐, 서울에서 대학을 다니고 노량진에서 경찰 시험 학원을 몇 년이나 다녀도 못 붙는 시험을, 어디 지방대 들어간 계집애가 언감생심 붙을 생각을 하느냐며 악을 썼다. 그러거나 말거나 선재는 라면을 사러 집을 나섰다. 그런 선재를 아파트 놀이터까지 뒤쫓아 간 우재가 고함쳤다.

"어디 한 군데 부러지면 실기시험도 못 보겠지!"

우재는 선재의 뒤통수를 주먹으로 때리고 팔을 비틀려 했다. 선재는 우재에게 팔꿈치를 잡히자마자 그대로 우재의 멱살을 잡아 놀이터 모래밭 한가운데 메다꽂았다. 100킬로그램에 육박하는 거구가 땅에 꽂히며 흙먼지가 일었다. 우재는 놀이터 바닥에 드러누운 채 울음을 터뜨렸다.

"봐, 봐준 거야! 여자라고 봐준 거라고!"

"안 봐줄 거면. 안 봐주면 이길 수 있고?"

"너 같은 건 한 주먹이면!"

"그럼 해 보든가!"

"봐, 봐주는 거야!!! 군인이 민간인을 때리면 영창 가니까! 너 같은 거 패고 영창 갈 수는 없으니 봐주는 거라고!"

우재는 볼썽사납게 울부짖었다. 동네 사람들이며 구멍가게 앞에서 맥주 마시던 이들까지 다들 들여다보는 줄도 모르고.

세월이 흘렀고 나이도 들었지만 김우재 따위는 지금도 덤벼들면 그대로 잡아다 메다꽂을 자신이 있다. 하지만 그와 별개로 선재는 태권도 좀 한다고 잘난 척하는 어린 남자애들을 볼 때마다 옛날 생각을 했다. 얼굴부터 목소리까지 제 아빠를 닮은 구석이 한두 군데가 아닌 저 조카도 마찬가지였다. 지금도 그랬다. 얌전히 좀 있으라니까 잠시도 그 말을 듣질 못하고 제 엄마가 돌아가신 할아버지 서류들 정리하는 사이에 슬금슬금 내빼? 멀쩡히 제 할아버지가 사셨고 제 고모가 살고 있는 동네를 귀신 나오는 동네 취급하면서?

하나를 보면 열을 안다고, 오늘 하루 일만 봐도 김우재가 제 아들을 어떻게 가르쳤을지 뻔히 보였다. 남자애가 그럴 수도 있지, 장난 좀 칠 수도 있지, 그따위 소리나 하면서 제 편한 대로, 가르쳐야 할 것도 제대로 가르치지 않고 내팽개쳤겠지. 희경이 어떻게든 아들을 사람 만들어 보려고 애쓸 때마다 훼방이나 놓으면서. 기껏해야 저하고 똑같은 물건을 하나 더 만들겠다는 듯이. 아직이야 어리니까 그냥 장난꾸러기인가 보다 하고 넘어간다고 쳐도, 저대로 저 애가 제 아빠같이 자라면 어떤 꼴이 될까 생각하니 아득한 기분이 들었다.

"이놈의 김씨 집안 남자들, 하나같이 마음에 안 들어."

선재는 투덜거렸다.

어쨌든 서둘러야 했다. 승빈이 보냈던 사진 속 풍경은 이쪽 재개발 공사장으로 들어가는 개구멍이었다. 사진에 찍힌 고양이 역시 선재가 때때로 산책 삼아 이 근처를 순찰할 때 종종 보았던 그 녀석이었다. 승빈이 이쪽으로 들어온 게 틀림없다면 빨리 찾아야 했다. 이쪽 개구멍은 밖에서도 눈에 잘 안 띄었지만 안에 들어가면 철근이나 자재에 가려져 더욱 찾기 어려웠다. 다 지어지고 조경까지 마친 아파트 단지와 달리 건물 동 표시도 제대로 되어 있지 않은 짓다 만 건물들 사이에서, 이곳에 익숙하지도 않은 어린이가 길을 찾아 나오는 것은 무리였다. 선재는 초조한 마음으로 시계를 확인했다. 오후 5시, 여름이라면 아직 한낮이었겠지만 지금은 한겨울이다. 벌써 해가 저물고 있었다. 바닥 여기저기에 자재들이 널려 있는 이곳에서는 그저 걷다가 넘어지는 것만으로도 크게 다칠 수 있다. 어른이라고 해도 어두워졌을 때 혼자서 배회할 만한 곳이 아니었다.

게다가 실종 사건의 골든 타임은 흔히 48시간이라고 하지만, 열 살 미만의 어린아이라면 세 시간을 기점으로 무사히 돌아올 확률이 급격히 추락한다. 아직 초등학교 1학년인 승빈에게는 1분 1초가 다급했다.

"……지원 인력이 있어야 할지도 모르겠는데."

선재는 중얼거렸다. 하지만 본격적으로 사건이 터진 것도 아니고 사라진 지 얼마 지나지도 않은 데다, 무엇보다도 지금 찾고 있는 아이가 선재의 조카라는 것도 문제였다.

경찰로서 여러 해 일했지만, 조카가 사라졌는데 좀 도와달라고 넌지시 부탁할 사람 하나 떠오르지 않는 것을 보면 어지간히 직장 생활을 못 하긴 했나 보네. 선재는 자조했다. 제대로 지원을 요청해서 승빈을 찾는다 한들 실종 신고도 안 한 채로 개인적인 일에 사람을 불러 댔다는 말을 피할 수가 없는 상황이었다. 아버지가 현역일 때는 네 아버지 얼굴을 봐서 봐준다며 사소한 편의를 봐주는 이들도 있기는 있었지만, 지금은 그런 것도 아니다. 그래도 혹시나 하고 여기저기 핸드폰으로 전화를 걸어 보았지만, 아무도 받지 않았다.

“아, 진짜로…….”

경찰로서 할 일을 못 하는 것은 아니었다. 실적이 나쁜 것도 아니었다. 부지런히 움직였고, 학교 폭력 예방을 위해 소소하지만 효과가 있는 몇 가지 사업도 진행했으며, 범인을 잡아들인 숫자 자체도 많았다. 몇몇 언론에 오르내린 심각하고 중요한 사건에서 범인을 체포하는 데 결정적인 역할을 한 덕분에 승진도 빨랐다. 자신의 활약상이 적당히 부풀려져 입에 오르내리는 것도 알고 있었고, 입직한 지 얼마 안 되는 젊은 여경들이 그 소문을 듣고 찾아와 자기도 김선재 반장님처럼 되고 싶다, 마흔 전에 경감이 되고 싶다는 야심을 고백하고 간 적도 몇 번 있었다.

하지만 거기까지였다. 실적은 남부럽지 않았지만, 선재에 대한 세평은 늘 좋지 않았다. 독한 년, 미친년, 사이코. 그런 말을 앞장서서 퍼뜨리는 이들 중에는 선재보다 승진이 한참 늦은 김우재의 친구들도 있었다. 우재가 그나마 조금이라도 가족을 걱정하는 놈이었다면 자기는 여동생의 욕을 하고 다닐지언정 남이 제 동생을 근거 없이 욕하는 꼴은 두고 보지 않았을 것이다. 아버지가 그랬듯이. 하지만 마초도 되지 못할 멍청이 김우재는 누가 선재의 욕을 해 주면 신이 나서 더 부추겼을 인간이었다. 바랄 걸 바라야지.

선재에 대해 아는 사람들은 사내새끼들이 승진 늦어지니까 질투해서 없는 말 만드는 거다, 그런 소리 하는 거 다 뭣도 모르는 놈들이다, 라고 말했지만 그렇다고 선재에 대한 세평이 눈에 띄게 달라지는 것은 아니었다. 새 부서에 배치받거나 근무하던 부서에 새 상사가 부임할 때마다 선재는 능력을 의심받아야 했다. 그 상사와 함께 근무하는 1년에서 2년 사이의 기간 중, 처음 몇 달씩은 늘 그 상사가 다른 데서 얻어들은 그런 소문들이 전부 뜬소문이라는 것을 증명하기 위해 낭비해야만 했다. 그런 일을 한두 해마다 반복하다 보니 선재는 이제 회사 생각만 해도 숨이 막힐 지경이었다.

"어떻게 전화 받는 새끼가 하나도 없냐. 내가 아무리 직장 생활을 개판으로 했다고 쳐도…… 경찰 짬밥을 먹은 게 몇 년인데. 하하."

선재는 두껍게 구름이 깔린 위로 붉은 기가 돌기 시작한 하늘을 올려다보며 키득거렸다. 이럴 때 도움 청할 사람 하나 떠오르지 않는 것이 답답하고 한심했지만, 어쨌든 지금은 혼자서라도 할 일을 해야 했다. 더 어두워지기 전에 말썽꾸러기 조카 놈을 찾는 것이 1순위였고, 아니면 나가서 정식으로 실종 신고 접수한 뒤 수색을 진행해야 할 것이다. 어느 쪽이든 한동안은 조직 내에서 또 희한한 이야기들이 돌겠지. 김우재가 술김에 헛소리를 보태기라도 하면 더 화려한 이야기가 될 수도 있고. 그 생각을 하니 돌 같은 것으로 가슴을 누른 듯 숨이 막혀 왔다. 그동안에는 아버지를 모시느라 이 지역을 떠날 수 없었지만, 이제 그냥 떠날까. 다른 데 아무 데나 가서, 아무도 나를 모르고, 그저 내 실적만 갖고 갈 수 있는 곳에서 새로 시작할까. 그래도 될 것 같았지만, 한편으로는 평생 이곳을 벗어날 수 없을 것만 같아 선재는 서글퍼졌다. 그런 생각을 하자 또다시 머리가 지끈거리기 시작했다. 이번에는 뭔가가 세게 온다는 느낌이 들었다. 통증과 함께 과거의 기억들이 넘실거리는 파도처럼 밀려와 머릿속을 휩쓰는 것 같았다. 선재는 손끝으로 머리를 짚으며 몇 걸음 더 걷다가 어느 순간 바닥에 주저앉고 말았다.

◇◇◇◇◇

희경은 미칠 것 같았다. 몇 번이나 다시 전화를 걸었지만 돌아오는 것은 기계음으로 된 안내 멘트뿐이었다. 전원이 꺼져 있어 삐 소리 후 소리샘으로 연결되오며 통화료가 부과됩니다. 그리고 울리는 삐, 소리는 마치 메디컬 드라마에서 사람의 심박이 감지되지 않는 것을 알리는 절망적인 경고음처럼 들렸다.

"어떡해……. 우리 승빈이 어떻게 해……."

희경은 핸드폰을 붙잡은 채 덜덜 떨었다. 승빈은 이제 초등학교 1학년이었다. 희경이 어릴 때야 입학하자마자 혼자 학교 갔다가 집에 오고, 학원 가고, 나가서 동네 놀이터에서 놀고, 할 것을 다 했었지만 요즘은 세상이 달라졌다. 학교에서도 으레 초등학교 1학년생은 부모 아니면 태권도장 차량이라도 와서 학교 앞에서 데려가는 것을 당연하게 여겼고, 집 가까운 소아 청소년과의 의사 선생도 누누이 말하곤 했다. 아이를 혼자 두지 말라고.

"걸어 다니고 말하고 유치원에 가면 괜찮은 줄 알지만 네 살짜리 아이도 자기 집 화장실에서, 욕조도 아니고 대야에서 익사합니다. 초등학교 간다고 하면 다 큰 줄 알지만 열두 살까지는 횡단보도 건널 때 어른이 동반하는 게 원칙이에요. 요즘 세상에 열두 살은 무리라도, 적어도 열 살 될 때까지는 보호자가 있어야지요. 미국 같으면 초등학생이 혼자 어슬렁거리고 다니면 아동 학대로 신고 들어갑니다."

그 말이 사실인지 어떤지는 모르겠다. 하지만 아이를 학교에 보내 보니, 적어도 1학년 때는 그 말 그대로였다. 부모가 같이 다녀 주든, 태권도 관장이 아이들을 우르르 몰고 다니든. 중고 거래 앱에는 학기 초가 되면 등하교 도우미를 구하는 글들이 올라오곤 했다. 가사 도우미 앱에서는 사람 좋아 보이는 중·노년 여성들의 사진을 올려놓고 교육을 철저히 했다, 검증된 사람만 보내서 믿을 수 있다며 광고했고, 과외 앱에서는 젊은 여자 대학생들의 사진을 올려놓고 대학생 언니가 초등학생 하교를 맡아 주거나 방과 후에 숙제를 봐 준다며 홍보했다. 그나마도 하교를 맡아 주는 대학생 언니와 매칭이 되는 곳은 사람이 많은 신도시였지, 수도권이라도 희경이 살고 있는 변두리에서는 해당이 없는 일이었다.

승빈과 어린이집에 같이 다녔고, 유치원도 같이 나온 친구의 할머니가 기획 부동산을 하고 계셨다. 아들의 친구 할머님을 큰 사장님으로, 친구 어머니를 사장님으로 층층이 모시고 기획 부동산 일을 하게 된 것도 사실은 그 때문이었다. 돈벌이도 돈벌이였지만 학교와 유치원에서 가까웠고, 아침에는 아이를 등교시킨 후 출근할 수 있었고, 오후에는 학교 마치고 그 친구와 함께 태권도장에 간 승빈이가 다시 관장님이 운전하는 승합차를 타고 업장 앞에서 내리는 것을 데리고 들어올 수 있었다. 어른들이 일을 하는 사이 두 아이는 부동산 구석에서 어울려 놀고 핸드폰으로 게임을 했다. 그냥 아이가 친구들끼리 있는 상황만도 조심스러운데, '사장님네 아이'와 '우리 아이'가 같이 있는 상황은 매일매일 가시방석에 앉은 듯한 긴장의 연속이었다. 승빈이 뭐라도 제 친구보다 두각을 나타내면 그것도 신경 쓰였겠지만, 승빈이 맨날 놀자 놀자 하면서 제 친구랑 뛰어노는 것은 더욱 속이 탔다. 승빈이 때문에 우리 아이가 공부를 안 한다고, 큰 사장님이 타박하는 소리를 들을 때마다 죽고 싶었다. 승빈이 같이 무인 편의점에서 아이스크림을 사 먹고 오자고 그 집 아이를 꼬드겨 튀어 나갔다가 걸렸을 때는, 정말 내가 뭐 하자고 아이 친구 엄마와 할머니에게 이렇게 굽신거려가며 돈을 벌고 있나, 하는 생각마저 들 정도였다.

하지만 그렇다고 일을 그만둘 수는 없었다. 이 일이라도 해야만 승빈이 학원도 보내고 매달 구멍 나는 생활비를 메울 수 있었으니까. 승빈이 아빠, 저 잘나신 김우재 씨는 여자가 살림도 하나 제대로 못 한다고 늘 타박이었지만, 우재가 살림을 맡는다면 일주일 만에 한 달 치 생활비가 거덜 날 거라는 데 다음 달 월급을 통째로 걸 수도 있었다. 일주일은 무슨. 어디 돈줄이 따로 있는 사람처럼 씀씀이는 큰 데다가 애 밥 한 끼 제대로 못 차려 주고 배달 음식이나 시킬 줄 아는 그 재주로 사흘만 버텨도 다행이겠지. 어쨌든 머리 조아려 가면서도 승빈이를 부동산 구석에 붙잡아 앉혀 놓으면서, 희경은 승빈에게 딱 한 가지만 당부했다. 엄마가 있든 없든 가게 구석에 얌전히 있으라고. 혼자서 멋대로 뛰어나가지 말라고, 돌아다니지 말라고, 친구 따라 바깥을 기웃거리지도 말고, 특히 사장님 댁 아이를 데리고는 더더욱 나가지 말라고. 공부를 잘하라는 것도 아니고 태권도를 잘하라는 것도 아니었다. 그냥, 그냥 엄마가 일하는 동안 아이가 안전하게 있기를,

그것 하나만 간절히 바랐다.

그랬는데 이렇게 길도 모르는 동네에서 멋대로 뛰쳐나가다니.

뭐라도 해야 했다. 위험하지 않다고, 남자애가 좀 그럴 수 있다고 우재는 말했지만, 그건 아니다. 희경은 덜덜 떨리는 손으로 우재에게 다시 전화를 걸었다. 이번에야말로 사생결단을 내더라도 할 말은 해야만 했다. 다른 문제도 아닌 승빈이 걸린 일이니까. 희경에게는 인생의 의미나 다름없는 아이가 걸린 문제였으니까.

그리고 희경의 그런 절박한 마음과 상관없이 우재는 그 후로 두 번이나 더 전화를 받지 않았다. 세 번째에야, 그것도 거의 일고여덟 번이나 신호가 간 뒤에야 전화를 받았다.

—또 뭐야?

"애가 없어졌다고. 뭐라도 해야 할 것 아니야."

—……거 되게 성가시게 구네.

우재가 중얼거렸다. 희경이 전화에 대고 악을 썼다.

"성가셔? 야, 넌 네 새끼가 없어졌는데 지금 성가시단 소리가 나와?"

—이게 미쳤나. 지금 어디다 대고 큰소리야, 큰소리는!

"승빈이가 없어졌는데, 넌 지금 목구멍으로 술이 넘어가?!"

—동네 잠깐 나간 것 갖고 무슨 소란이야. 동네 망신

떨지 말고 할 일 없으면 어디 처박혀서 낮잠이나 자!

"당신 친구 중에 경찰, 경찰도 있잖아! 좀 물어봐 주면 안 돼? 그냥 경찰에 신고하는 것보다는 당신 아는 사람 통해서 물어보면 좀 나을지도 모르잖아, 응?"

—야, 민희경, 이 미친년아. 우리 아버지가 경찰이었어요, 경찰. 이 동네에서 평생 경찰을 하셨거든? 지금 나랑 술 마시는 동호도 경찰이고, 석찬이도 경찰이야. 근데 뭐, 설마 그 쥐똥만 한 동네에서 승빈이 하나 없어지게 놔둘 것 같아? 승빈이가 없어지면 내가 가만히 있을 것 같아? 남자애가 좀 혼자서 싸돌아다니기도 하고 그러는 거지. 애를 그렇게 치마폭에만 폭 감싸서 키우는데 애가 무슨 큰 인물이 되겠냐? 지금 너같이 오냐오냐하면서 키우는 게, 사내자식을 아주 망치는 거야! 아주!

우재가 느릿느릿, 그러나 희경이 말할 틈도 주지 않고 막말을 쏟아 내기 시작했다. 언제나 그렇듯이 반박할 틈도 주지 않고 제 할 말만 있는 대로 떠들다가 뭐라도 말을 하려고 들면 윽박지르고, 희경이 어처구니가 없어 입을 벌리면 자기가 이겼다는 듯 혼자 의기양양해져서 돌아서는, 언제나 하던 그 짓 그대로였다. 그러면 희경이 기가 죽을 줄 알았을 거다. 입을 다물 줄 알았을 거다. 어깨를 움츠리고 미안한 척할 줄 알았을 거다. 하지만 희경은, 이번에는 참지 않았다. 참을 수가 없었다. 아직 날도 저물지 않았는데, 전화 저편에서 들려오는 술 취한 목소리들을 듣는 순간 더는 참아지지 않았다. 경찰이면 뭐고, 소방관이면 어쩌라고. 저렇게 술을 처먹은 놈들에게 내 새끼가 없어졌으니 도와달라고 하겠다는 건데 뭔데. 희경은 젖 먹던 힘까지 다해 전화에 대고 소리를 질렀다.

"야, 이 사람 같지도 않은 새끼야! 내가 너 가끔 인간 같지도 않은 건 알았지만, 그래도 제 새끼가 없어졌으면 걱정하는 시늉이라도 해야 할 거 아니야!"

—뭐?

"너 지금 내가 네 자식이 없어졌다는데, 너 술 처먹는 거 방해한다고 나한테 그런 소리나 하고 있잖아. 그런 데다 지금 돌아가신 아버님까지 팔아? 너 술 먹는 거 방해하지 말라고?!"

—이게 미쳤나, 지금…….

"고모라면…… 고모는 안 그랬을 거야. 고모라면 아무리 당신이랑 사이가 안 좋아도 애가 없어졌다고 하면 일단 찾아보자고 그랬을 거야! 애가 더 중요한 걸 아니까!"

—내가 그 계집애 이야기는 하지도 말랬잖아!

무언가를 집어 던지는 소리가 났다. 희경은 눈물조차 말라붙은 채 전화 너머의 우재를 불렀다. 잠시 후, 우재가 다시 전화를 집어 들었다.

—야, 아버지 장례식에도 안 나타난 그 쌍년이 네 새끼는 잘도 찾아내겠다! 끊어!

전화가 끊어졌다. 다시 전화를 걸었지만 예의 그 지긋

지긋한 멘트만이 돌아올 뿐이었다. 전원이 꺼져 있어 삐 소리 후 소리샘으로 연결되오며 통화료가 부과됩니다. 희경은 전화를 끊었다. 아무것도 기대할 게 없는 인간이라는 것은 익히 알고 있었지만, 설마 자기 자식이 얽힌 문제에도 끝까지 이런 식일 거라고는 생각하지 않았다. 대신 희경은 눈물을 닦고 천천히 몸을 일으켰다. 그리고 결혼 생활 내내, 결혼하고 처음 보냈던 명절 이후로 결코 들어가 본 적 없었던 선재의 방문 앞에 섰다.

"임신했으면 입덧도 할 거 아니에요. 기름 냄새 힘들다고 하고 먼저 들어가서 쉬어요. 힘들 텐데."

아는 사람 없는 시가, 자신을 내팽개쳐 두고 TV를 보거나 친구들 만나러 나가겠다고 왔다 갔다 하는 남편 우재. 웬 요망한 것이 아들의 발목을 잡았다고 생각하며 미워하는 것을 감추지도 않은 채 앉을 틈도 없이 부려 먹던 시어머니. 그런 사람들 사이에서 시누이 선재는 무뚝뚝하나마 희경을 걱정하는 유일한 사람이었다. 그날 선재는 희경을 제 방으로 데려와 조심스럽게 물었다.

"저기, 자기 오빠에 대해 그런 식으로 생각한다고, 이상한 사람이라고 생각할지도 모르지만."

"무슨…… 말씀이신지."

"두 사람은…… 서로 좋아해서 결혼한 거죠?"

처음에는 좀 무례하다 싶을 정도로 당혹스러웠던 질문

이었지만 그때 희경은 대답하지 못했다. 그 침묵에 선재는 낮게 탄식했다. 그 침묵만으로도 상황을 다 짐작할 수 있다는 듯이.

그 질문의 의미를 지금은 안다. 발목을 잡힌 것은 당신이 아니냐고, 술이든 약물이든 혹은 억지로 끌려간 것이든 당신이 원치 않았던 성관계를 했고, 그 결과로 임신을 한 것은 아니냐고, 도움이 필요한 것이 아니냐고. 선재는 아마도 그렇게 묻고 싶었을 거다. 충분히 만나 보았고, 김우재가 어떤 사람인지 알고 있고, 서로 좋아서, 서로 동의해서, 서로 사랑해서 그 아이가 생겼고, 갑작스럽지만 그렇게 결혼을 한 것이 틀림없느냐고.

아니, 그전에도 선재는 조심스럽게 물어보았었다. 이 집에 처음 인사를 왔던 날이었다. 임신한 몸으로 처음 인사를 와서 오자마자 주방에서 과일을 깎아 오라는 지시를 받았을 때, 선재는 주방으로 따라 들어와 칼을 빼앗아 들고 자기가 과일을 깎으며 목소리를 한껏 낮추어 물었다.

"저기, 어떻게 받아들일지는 모르겠지만 임신을 했다고 꼭 결혼해야 하는 것은 아니에요."

희경은 무슨 소리인가 싶어 선재를 쳐다보다가 역시 들릴락 말락 한 목소리로 대답했다.

"무슨 걱정 하시는지는 알지만, 그래도 일단 임신을 했으니까 결혼은 하는 편이 나을 것 같아요."

선재는 희경 쪽은 똑바로 쳐다보지도 않은 채 칼만 천

천히 움직이며 속삭였다.

"방법이 없는 건 아니에요."

"제가 이 결혼을 하는 게 싫으신 거예요?"

"그러면 새언니는 이 결혼을 꼭 하고 싶은 거예요?"

"……가족이 있으면 좋겠다는 생각은 했어요."

희경이 중얼거리자 선재는 처음으로 희경 쪽을 돌아보았다. 그리고 곧, 뭔가 깨달았다는 듯이 머리를 숙였다.

사실은 이 집에 들어서기 전에도 이미 알고 있었다. 이 결혼은 단단히 잘못되었다는 것을. 하지만 다른 길이 보이지 않았다. 원치 않는 임신을 했을 때 도와줄 사람이 있었다면, 구박받을 게 뻔한 결혼을 할 때 말려 줄 친정 부모님이 계셨다면. 누가 봐도 망종인 남자가 신랑이라고 결혼도 하기 전부터 윽박지르는 꼴을 보았을 때, 나서서 말려 줄 친정 오빠가, 혹은 가까운 친구나 친척이라도 있었다면. 이 세상에 누구 한 사람이라도 의지할 사람이 있었다면 이런 결혼 따위 하지 않았을 것이다. 하지만 희경도 알고 있다. 그런 사람이기 때문에 우재의 사냥감이 된 거라고. 임신만 시켜 놓으면 도망치지 못할 거라고 확신했기 때문에, 누구 한 사람 우재에게 결혼 외의 방식으로 책임을 지게 하지 못할 걸 알았기 때문에, 김우재는 부모형제 없어서 뒤탈도 없는 만만한 여자를 건드린 거라고. 일당 주고 구해 온 가짜 부모님을 결혼식장에 앉혀 놓고, 부른 배를 웨딩드레스와 싸구려 부케로 가린 채 예식장에 걸어 들어갔다가 김우재의 손에 잡혀 나오면서도, 마음속으로는 늘 누구에게든 외치고 싶었다. 누가 나 좀 도와달라고. 그리고 선재는, 아마도 희경이 먼저 도와달라고 말만 했다면 어떤 식으로든 도와주었을 것이다. 이 집 안에서 혼자 겉돌던, 부모님을 혼자 모시면서도 부모님에게 마치 투명 인간처럼 취급받던 김선재라는 여자는. 경찰로서, 또 같은 여자로서, 자신을 아주 외면하지는 못했을 것이다.

어쩌면 도와달라고 말할 수 있었을지도 모르는데. 그 일에 대해 더 이야기할 수도 있었을 텐데. 하지만 희경은 두려웠다. 우재는 선재가 명절날 몇 마디 친절하게 말을 걸고 먼저 들어가서 쉬라고 말해 준 것만으로도 사람을 잡을 듯 난리를 쳤다. 움츠러드는 희경을 보며 선재는 자신이 말을 거는 것이 희경을 더 불안하게 만든다고 생각했는지 입을 다물었다. 시아버지의 병환이 깊어지며 선재가 몇 번인가 먼저 전화를 걸어 온 적도 있었다. 병원에 입원하셨다거나 중환자실로 옮겼다는 이야기만 간략히 전할 뿐이었다. 전화번호를 저장할까, 하는 생각도 했지만 우재가 알았다간 난리 칠 게 뻔했기 때문에 그러지 못했다. 그냥 남편이 늘 말하는 것처럼 없는 사람이려니 신경 쓰지 않고 살려고 했다.

그래서였을까, 선재가 연락을 끊은 것은.

정말로 없는 사람처럼, 자기 아버지 장례식에도 나타

나지 않았던 것은.

희경은 고개를 숙였다.

미안해요, 미안해요, 고모.

내가 조금만 더 용기를 냈다면, 그랬으면 모든 것이 달라졌을 텐데.

고모가 먼저 괜찮은지 물어봐 주었는데. 아무 말도 하지 않아서 미안해요. 승빈이 아빠가 무서워서, 고모 전화번호 한 번 물어보지 못해서 정말 미안해요.

희경은 눈을 질끈 감았다. 그리고 천천히 선재 방의 방문을 열었다. 문이 열리자마자 밀폐된 방 안에 두 달 넘게 쌓여 있었던 먼지 냄새가, 그 뒤를 이어 선재가 쓰던 것인 듯 희미한 화장품 냄새 같은 것이 훅 끼쳐 올라왔다. 희경은 언제였는지는 모르겠지만 사람이 누웠다 나간 흔적이 남아 있는, 구겨진 이불과 고운 먼지가 앉아 있는 침대 쪽을 흘끔 바라보다가 선재의 책상에 손을 짚었다. 90년대에 유행했던, 한쪽에 책꽂이가 서 있고 책꽂이 가운데 칸에 상판이 쏙 들어가 있는 소문자 h 형태의 책상이었다. 모서리에는 나무 무늬 시트지가 들뜬 흔적이 남아 있었다. 상판에 크레파스 자국과 선재가 어릴 때 붙였음 직한 스티커 자국이 있었고, 책꽂이에는 경찰 마크가 새겨진 상장 커버들과 심리학책, 형사 소송법 기본서 같은 것들이 잔뜩 꽂혀 있었다. 그 낡은 책상의 맨 위 서랍을 열자 자잘한 잡동사니들과 함께 명함이 나왔다. 그중 가장 새

것으로 보이는 명함 한 장을, 희경은 조심스럽게 두 손으로 집어 들었다. 경찰청 로고와 포돌이 포순이 마크가 한 귀퉁이에 그려진, 여성청소년과 김선재 경감이라고 적힌 경찰 명함이었다.

◇◇◇◇◇

……다음에 병원에 가면 편두통 약을 바꾸자고 해야겠어.

선재는 문득 생각했다. 어디선가 희미한 전화벨 소리가 울려 퍼지고 있었다. 빨리 그 똥강아지를 찾으러 가야 하는데. 선재는 중얼거리며 천천히 몸을 일으켰다. 사방은 이미 어둑어둑해지기 시작했고 하늘은 기묘할 정도로 붉었다. 겨울에는 해가 순식간에 떨어진다. 해가 저물기 시작하면 대체로 얼마 지나지 않아 어두워지는 법이다. 이렇게 붉은 하늘은, 마치 여름이나 가을의 하늘 같아서 선재는 잠시 혼란스러웠다. 그리고 머리를 좌우로 흔들었다. 아까 머리를 짓밟아 터뜨리는 듯한 두통이 엄습하며 그대로 바닥에 고꾸라지는 바람에 선재는 머리끝부터 발끝까지 온통 공사장의 흙먼지투성이가 되어 버렸다. 입에 묻은 먼지를 털어 내며 기침을 하다 선재는 문득 패딩 점퍼 주머니에서 핸드폰을 꺼내 들었다.

걸려 온 전화는 없었다. 부재중 전화조차 없었다. 환청이었을까 아니면 저 가림막 너머에서 들려왔던 소리였을까. 주머니에 다시 핸드폰을 집어넣으며 생각하는데 손가락에 다른 것들도 함께 딸려 나왔다. 자잘한 열쇠들과 USB 메모리가 매달린 열쇠고리 그리고…….

"……매미?"

반들반들하고 묵직한, 어른의 엄지손가락만 한 매미 장난감이었다.

이걸 어디서 봤었지. 어디서 봤더라. 기억들이 마구 뒤섞이다 눈앞에서 흩날리는 것처럼 아득한 느낌이 들었다. 정말로 미쳐 버린 것은 아닐까 싶을 만큼. 정신을 차려야 했다. 몸을 일으키며 옷에 묻은 먼지를 털어 내는데 옆구리 쪽에서 뭔가 딱딱한 것이 느껴졌다.

아까 절에 갈 때만 해도 아무것도 없었는데.

선재는 품에 손을 넣었다가 그대로 굳어 버렸다.

패딩 안에 테이저가 든 홀스터가 매달려 있었다.

애초에 휴일에 테이저를 갖고 나올 일도 없다. 살상용이 아니라고 해도 기본적으로는 무기이고, 업무 외의 용도로 반출하는 것도 금지다. 실수로라도 집에 가져다 두는 일은 있을 수 없거니와, 하물며 아버지 사십구재를 지내러 가는데 홀스터를 차고 나올 리도 없다. 선재는 뭔가에 홀리기라도 한 듯 홀스터를 더듬어 보다가, 테이저를 꺼내 들었다. 작전 있을 때 선재가 들고나오던, 스티커 자국과 일련번호까지 익숙한 물건이었다.

"이게…… 어떻게 된 거지."

하지만 익숙한 물건이라고 해서 자주 사용했다는 뜻은

아니다. 애초에 권총을 대신하라고 나온 물건인 만큼 제압용이라고 해도 위험하기는 마찬가지였다. 카트리지도 비싸다 보니 사용할 때마다 보고서를 올리게 되어 있었다. 선재는 테이저의 안전장치를 확인해 보며, 마지막으로 사람을 겨누고 테이저를 쏘았던 것이 언제였는지 기억해 내려 애썼다. 하지만 발사 순간의 기묘하게 불쾌한 느낌만이 떠오를 뿐 이상할 정도로 그 상황이 기억나지 않았다.

월요일에 사무실에 반납하면서 다시 확인해 봐야지. 가까운 기억이 가물거리는 것도 큰일이지만 무기를 사용한 기억이 희미한 것은 더 심각한 일이었다. 가족을 잃은 스트레스 때문이라고? 그러면 탈상까지 했으니 점점 나아지는 건가. 그런데 애초에 아버지가 돌아가신 게 그렇게까지 스트레스를 받을 일이었나. 선재는 눈을 깜빡거렸다. 아까 고꾸라지며 눈에도 먼지가 들어갔는지 눈을 깜빡일 때마다 뻑뻑하고 따가웠다. 손을 털고 눈가를 더듬는데 피가 묻어났다.

정상이 아니다. 모든 것이.

약을 먹어야 하는데. 아이는 보이지 않고, 해는 저물어가고, 아이를 찾겠다며 나온 자신도 멀쩡하지 않은 상황이다. 지원을 요청해야 했다. 동료라고 할 만한 사람, 믿고 도와달라고 할 사람은 없더라도 아이를 찾을 사람이 더 필요했다. 그런데 어디로, 누구에게 전화를 걸어야 하지. 선재는 다시 핸드폰을 꺼내 보았다. 통화권 이탈 표시가 떠 있었다. 선재는 허탈하게 웃었다. 아무리 지방이라도 그렇지 명색이 광역시 한복판인데, 지하로 깊숙이 들어간 것도 아닌데 통화권 이탈이라니. 껐다 켜 보아도 아무 신호도 잡히지 않는 것이 아무래도 아까 넘어지면서 어딘가 부딪쳐 고장이라도 난 모양이다. 갈수록 태산이었다.

일단 여기서 나가자, 나가서 가까운 지구대에 가서 협력을 부탁하고 더 어두워지기 전에 아이를 찾아야 한다. 한여름도 아니고 이런 한겨울에, 어린아이 혼자 이런 곳에서 길을 잃었다간 체온을 잃고 동사할 가능성도 있었다. 그렇게 생각하며 선재는 마지막으로 한 번 더 주위를 둘러보았다. 그때 안쪽에 자리한 108동 입구 쪽에서 뭔가가 반짝였다.

고양이일까. 그게 아니면 불량 청소년일까. 그게 무엇이든, 일단 가 보기는 해야 할 것 같았다. 선재는 테이저를 단단히 쥔 채 발소리를 죽여 앞으로 나아갔다. 하지만 선재가 다가가는데도 그 반짝이는 것은 움직이지 않았다. 그리고 마침내 그 앞까지 갔을 때 선재는 허탈한 웃음을 터뜨렸다.

어둠 속에서 반짝이는 것은 500원짜리 동전만 한 열쇠고리였다. 〈신비아파트〉에 나오는 연두색 도깨비 그림이 그려진 동그란 아크릴 열쇠고리. 흔하디흔할 것 같았지만, 아까 승빈의 핸드폰 가방에 매달려 있던 것과 틀림없이 같은 물건이었다. 캐릭터 그림이 그려진 옆쪽의 투명한 부분이 희미하게 연둣빛으로 빛나는 것이 낮에는 몰랐는데 야광이었던 모양이다.

"김승빈, 이 녀석……."

아까 승빈이 〈신비아파트〉가 그려진 가방을 흔들며 빙글빙글 돌던 모습이 떠올랐다. 열쇠고리의 금속 링이 조악한 점으로 미루어 거칠게 휘두르는 서슬에 떨어져 버렸는지도 모른다. 아니면 여기서 안으로 들어가다가 열쇠고리가 걸려서 떨어진 것일 수도 있고. 날도 춥고 이렇게 어둡기까지 한데 어딜 들어간 거야. 생각하다가 선재는 고개를 저었다. 아니다. 날이 추우니까 건물 안으로 들어간 거다. 이런 날씨에 이런 공사 현장에서 밤을 새우다간 얼어 죽는다는 건 어른의 생각이고, 승빈은 이제 초등학교 1학년이니까. 안으로 들어가면 괜찮을 거라고 생각했을 거다.

"……하필 이쪽으로 간 거냐고."

선재는 동 위치를 확인하고, 다시 파란 가림막에 적혀 있는 숫자를 확인하고는 한숨을 쉬었다. 하필 폐쇄되어 있는 108동 입구였다. 붕괴 사고가 일어나 여러 사람이 죽었던 곳. 그래서 공사 현장을 폐쇄하기 이전에 제일 먼저 폐쇄되었던 곳. 하지만 왜 승빈이 이쪽으로 들어갔는지도 이해할 수 있었다. 개구멍이 있던 쪽에서 제일 가까운 동이니까, 여기서 나가려고 아무리 살펴보아도 개구멍을 못 찾겠으니까, 제일 가까운 건물로 들어간 거다. 선재는 한숨을 쉬며 사람이 함부로 다니지 못하게 테이프와 자재로 바리케이드를 쳐 놓은 108동 입구로 다가갔다. 어둠이 시커멓게 입을 벌리고 있는 가운데, 이 인근 불량 청소년들이 숨어들 때 쓰던 개구멍이 보였다. 선재는 사람 하나 겨우 통과할 만한 그 틈새로 손을 밀어 넣어 휘적여 보고 안으로 들어갔다.

바리케이드 안쪽은 엉망이었다. 입구 쪽으로는 술병이나 담배꽁초 같은 것들이 굴러다녔고 아무 데서나 소변을 보았는지 구석구석에서 고약한 냄새가 풍겼다. LED 라이트를 켜 보니 안쪽은 더 엉망이었다. 지하 주차장으로 내려가는 비상구 쪽에는 콘돔이나 알약의 빈 캡슐 같은 것들이 굴러다녔다. 선재는 사진을 찍었다. 우선 승빈을 찾고, 그다음에는 이쪽 쓰레기들을 수거해서 마약반에 넘겨야 할 것 같았다. 그나마 다행인 것은 불량 청소년들이 오가면서 놓아둔 담요나 큼직한 박스 같은 것들도 여기저기 있었다는 거다. 코가 얼어붙을 정도의 추위는 아니었지만 날씨는 제법 쌀쌀했고, 건물 안으로 들어오니 습도까지 올라가 뼈가 시렸다. 어떻게든 빨리 찾아서 데리고 나가야 할 텐데. 선재는 주위를 둘러보며 소리쳤다.

“야, 김승빈! 어디 있어!”

사방에서 승빈의 이름이 메아리쳤다. 선재는 구석구석

LED 라이트를 비춰 보며 몇 번이나 소리쳤다.

"10초 준다, 얼른 뛰어와라!"

그러다가도 이 녀석이 고모가 윽박지른다고 생각하면 더 숨어 버릴 것 같아서 얼른 회유책을 내밀기도 했다.

"지금 나타나면 〈신비아파트〉 열쇠고리 두 개 사 준다! 어서!"

하지만 〈신비아파트〉 이야기를 했는데도 다른 인기척은 들리지 않았다. 여기가 아닌가. 아니면 다른 층으로 간 건가. 높은 층은 붕괴되었고, 사람이 갈 수 있는 것은 10층까지의 지상층과 지하 주차장 정도였다. 지하 주차장은 다른 동들과 연결되어 있어서 그쪽으로 내려갔다가 길을 잃으면 찾기 어려울 텐데. 마음이 급해졌다. 선재는 목이 터져라 승빈의 이름을 불렀다.

그때 선재의 왼쪽 옆으로 희끄무레한 무언가가 스쳐 지나갔다.

"승빈아?"

선재는 왼쪽으로 몸을 돌려 완전히 돌아선 후 기척이 느껴진 쪽으로 LED 라이트를 비추었다. 초라하고 얇은 옷에 머리카락이 긴, 승빈보다 두어 살 많아 보이는 여자아이가 맨발로 뛰어가고 있었다.

"야, 잠깐만! 잠깐 기다려 봐!"

선재는 여자아이에게 소리를 지르다가 그 아이를 따라 달리기 시작했다. 승빈도 찾아야 하지만, 이렇게 바닥 곳곳에 건축 폐자재가 널려 있는 곳에서 아이가 신발도 못 신고 도망치고 있는데 내버려둘 수는 없었다.

"야, 거기 서!"

금방 잡을 수 있을 줄 알았다. 하지만 아이는 잽쌌다. 뭔가에 쫓겨 필사적으로 도망치는 것처럼 거의 잡힐 듯 가까워졌다가 순식간에 멀어졌다.

"무슨 애가 저렇게 빨라!"

흔들리는 불빛 사이로 아이의 머리카락이 출렁거리는 모습이 가까워졌다 멀어졌다 했다. 어둠 속에서 넘실거리는 그 칠흑같이 검은 머리카락은 마치 위험한 파도가 밀려오는 한밤중의 바닷가처럼 보였다. 눈앞이 어지러웠다. 약을 먹어야 하는데. 선재는 눈살을 찌푸리며 손등으로 이마에 돋는 땀을 닦았다. 그저 건물 안을 달리고 있는 것뿐인데 어지럽고 토할 것 같았다. 화면 보호기 속 미로처럼, 아침에 TV에서 본 이상한 화면처럼, 마치 끝도 없이 반복되는 풍경 속에 들어와 있는 것 같았다. 멀미가 났다.

내가 지금 뭘 하는 거야. 승빈이를 찾아야 하는데. 저 애는 어디 가는 거지. 대체 애새끼들이란 하나같이, 사람 말이라고는 귓등으로도 안 들어 처먹어서. 속이 뒤집힐 것 같은 것을 꾹 참으며 선재는 그 불길한 느낌의 여자아이를 뒤쫓아 달렸다. 그러다가 어느 순간 다시, 무언가에 정강이가 차인 듯 앞으로 휘청거리며 주저앉았다. 그리고 선재의 머릿속으로 마치 벼락이 치듯 돌아가신 어머니의 목소리가 울려 퍼졌다.

'지금 뭐라고? 오빠를 신고해? 이 계집애가 미쳤나.'

그 순간 누군가가 아랫배를 걷어찬 듯 토기가 올라왔다. 숨을 몰아쉬며 입을 막았다가, 천천히 고개를 들며 몸을 일으켰다. 어머니의 목소리는 다시 선재의 뺨 바로 옆에서 들려왔다.

'계집애가 되바라져서, 지금 어딜 감히 제 오빠를!'

천천히 몸을 일으켰다. 그러자 도망치던 여자아이도 걸음을 멈추었다. 이상했다. LED 라이트를 비추고 있는 것도 아닌데 눅눅한 습기와 숨이 막힐 듯한 시멘트 냄새, 아득해 보이는 어둠 속에서 여자아이의 모습은 바로 눈앞인 듯 선명했다. 피가 묻고 찢어진, 초라하고 구겨진, 흰 바탕에 주황색 도트 무늬 원피스가 보였다. 선재가 열 살 무렵 유행하던 반소매 원피스였다.

선재는 그 옷을 알고 있었다.

"설마……."

여자아이는 머뭇거리다가 천천히 뒤를 돌아보았다. 눈가에 멍이 들고 찢어져 피를 흘리는 것이 마치 피눈물을 흘리는 것처럼 보였다. 선재는 그 자리에 못 박힌 듯이 멈추어 서서 그 아이를 바라보았다.

초등학교 4학년 때의 자신이 그 자리에 서 있었다.

◇◇◇◇◇

"집에 돌아와서 음식 정리하고 있었는데 아이가 없어졌어요."

112에 신고하자, 경찰은 10분 내로 달려오긴 했다. 하지만 그뿐이었다. 아파트 단지는 낡아서 정문 앞 말고는 CCTV도 제대로 갖춰져 있지 않았고, 아이가 나간 기록은 있지만 들어온 기록은 없다. 나간 지 얼마 안 된 것 같으니 좀 기다려 보라는 소리에 희경은 가슴을 쳤다.

"그럼 CCTV를 보면 되잖아요. 골목마다 CCTV가 있는 나라에서, 초등학생 하나 못 찾는다는 게 말이 되냐고요!"

"골목마다 CCTV가 있으면 좀 좋게요. 여기가 서울도 아니고."

"거, 그만해라. 서울 같았으면 우리처럼 대답하면 큰일 난다. 딱 보니 서울 사람 같은데."

경찰 두 사람은 아이가 없어진 일 따위 여기서는 하나도 중요하거나 특별할 게 없는 일이라는 듯, 자기들끼리 수군거렸다.

"지금 외지 사람이라고 무시하시는 건가요?"

희경은 정색했다. 그리고 안쪽에 걸려 있는 가족사진을 가리켰다.

"우리 아버님, 여기서 평생 사신 분이에요. 여기서 경찰로 정년까지 계셨던 분이고요. 그런 우리 아버님 사십구재 지내러 왔다가 애가 없어졌는데, 이 지역 경찰분들이 이런 분들일 줄은 정말 몰랐네요. 그리고……."

말하다 말고 희경은 주머니에서 선재의 명함을 꺼냈다. 아까 이 명함을 찾아내고 거기 적힌 전화번호로 몇 번인가 전화를 걸었지만 선재는 받지 않았다. 하지만 이 명함을 보여 주면 경찰들도 움직여 줄지 모른다. 어쩌면 선재와 연락이 될지도 모르고. 여성청소년과라는 곳이 정확히 어떤 일을 하는 곳인지는 모르겠지만 희경이 생각하기에도 여성이나 청소년을 대상으로 하는 범죄 사건들을 해결하는 곳일 것 같았다. 그렇다면 당연히 어린이가 실종된 사건도 도와주지 않을까. 다른 사람도 아니고, 아무리 사이가 나빠도 자기 조카인데! 희경의 눈에 눈물이 고였다.

"우리 애 고모가 이 지역 경찰이에요. 김선재 형사요."

"김선재?"

"아니, 그……."

와 있던 경찰 중 한 사람이 말끝을 흐렸다. 이 사람이 선재를 알고 있다고 확신한 희경은 그를 향해 덤벼들 듯이 손짓하며 소리쳤다.

"김선재 몰라요? 김선재 경감이요! 여성청소년과의! 우리 아버님은 김 익자 환자 쓰시고요! 아버님이…… 이 동네에서 무슨 일 있으면 아버님 이름 대라고, 늘…… 그러셨는데……."

말끝을 흐리던 경찰이 뒷걸음질을 쳤다. 그는 말이 잘

나오지 않는지 입술을 몇 번 달싹거리다가 마침내 대답했다.

"그게…… 그 양반, 김선재 반장요. 지금 없어요."

"예?"

"없어졌어요. 갑자기 없어지고, 한 달 넘게 출근도 하지 않았고. 처음에는 무단결근이라 그러다가, 워낙 남들이랑 잘 안 어울리는 사람이니까 무슨 일 있나 해서 수사해 봤는데, 생활 반응이 전혀 없어서 실종된 것 같다고, 지구대마다 공문 붙어 있었는데."

"그게 무슨……."

"그러니까 사람이 살아 있으면, 어디로 이동을 했어도 교통비라도 냈을 거고, 편의점에서 생수 한 병을 사 마셨어도 신용 카드를 쓴 흔적이 있어야 하잖아요. 현금을 썼으면 ATM에서 돈을 뽑았을 거고. 그런 걸 생활 반응이라고 하는데……. 아무것도 없어요. 한 달 넘게. 한 달 맞나? 거의 두 달 다 되어 갈 텐데. 어디, 잠깐만요."

경찰은 핸드폰에서 사진 한 장을 찾아서 보여 주었다. 제복을 입고 있고, 마지막으로 보았을 때보다 조금 젊어 보였지만 틀림없는 선재였다. 희경이 휘청거렸다. 경찰이 조심스럽게 물었다.

"아이 고모라면서요, 혹시 연락 못 받으셨어요?"

◇◇◇◇◇

시멘트 먼지와 폐자재들이 굴러다니는 바닥 위로 아이는 한 걸음씩 발을 내디뎠다. 어둠 속에서 피투성이 발이 다가오고 있었다. 선재는 아이의 움직임을 놓치지 않으려 눈을 부릅떴다가 어느 순간 깜빡였다. 그러자 눈물이 뺨을 타고 굴러떨어졌다. 손등으로 닦아낸 눈물에는 피가 섞여 있었다. 눈앞의 아이가 그러하듯이.

'다르지, 자기 일일 때는.'

의사 선생의 한탄 어린 목소리가 머릿속에서 울렸다.

'어떡하나. 죽음이라는 게, 스트레스를 안 받을 수가 없는데.'

그럴 리가 없다. 선재는 이를 악물며 생각했다.

나는 그때 죽지 않았다. 그런 일을 당하고도 살아남았고, 잘못된 길을 가지 않고 무사히 어른이 되었다. 그때 같은 일을 겪는 어린애들을 구해내고, 그때 같은 일을 저지르는 개새끼들을 체포하면서.

아이들을 사랑하는 것은 아니다. 아이들을 보면 귀여워서 죽고 못 사는 그런 감정 같은 것은 없다. 때때로 유치원에 범죄 예방 교육을 나갔을 때, 제복을 만져 보고 싶어 하며 매달리는 아이들이 귀찮을 때도 있었다. 하지만 적어도 아이들 한 명 한 명을 구해 낼 때마다 선재는 어리고 무기력했던, 그래서 속수무책으로 당할 수밖에 없었던 과거의 자신을 다시 살려 내는 듯한 기분이 들곤 했다. 똑같은 풍경이 끝없이 반복되는 것 같은 지옥 속에서도 어떻게든 실마리를 붙잡으며 출구를 향해 다가가는 것처럼. 선재는 테이저를 쥔 손에 힘을 주었다. 지금 눈앞에 얼씬거리는 저것은 어린 시절의 고통도 미망도 아닌, 그야말로 그림자일 뿐이다. 선재는 손등에 핏줄이 다 튀어 오르도록 테이저를 꽉 쥔 채 과거의 자신을 똑바로 겨냥했다. 레이저 포인트 조준경의 불빛이 그림자를 넘어져 어둠 속으로 죽 뻗어 나가는 것이 느껴졌다. 전선으로 이어진 전극 바늘이 날아가 봤자, 아무것도 맞히지 못하고 땅바닥으로 추락할 것이다. 돌아가면 오발에 대해 경위서를 써야 하겠지만, 지금은 그런 것은 중요하지 않았다. 머릿속으로 걸어 들어올 듯이 다가오는 저 그림자를 떨쳐 버릴 수만 있다면 무엇이라도 해야만 했다. 그 악몽 같은 환상을 쏴 버리면, 이 지긋지긋한 두통도 사라지고 기억도 뒤엉키지 않은 채 일상으로 돌아갈 수 있을 것만 같았다.

그때 소녀가 손을 내밀었다. 선재는 흠칫 놀라며 주춤거리다가 방아쇠를 당기고 말았다. 전극 바늘이 튀어 나가 어느새 선재의 바로 서너 걸음 앞까지 다가온 그림자를 꿰뚫었다. 그리고 어둠 속에서 파지직, 하고 방전이 일어나며 한순간 주변이 확 밝아졌다.

“계집애가 지금 뭐? 오빠를 신고해? 그랬다간 너, 너 죽고 나 죽는 거야. 목을 확 비틀어 버릴 거야.”

선재는 눈을 질끈 감았다. 여름 방학 때, 바로 저 옷을 입고 친구를 따라 교회에서 하는 여름 성경 학교에 놀러 갔었다. 찬송가를 배우고 게임도 하고 과자도 얻어먹었다. 대학생 언니들이 달란트를 나누어 주며 성경 학교 때만 오지 말고 평소에도 오라고, 재미있는 일이 정말 많다고 이야기했다. 그냥, 그렇게 즐겁게 어울려 놀다 보니 저녁 먹을 시간이 다 되어 버렸다. 여름이었고, 밖은 아직도 환했고, 하늘의 가장자리에 불그레한 노을이 올라오기 시작하던 무렵이었다. 누가 봐도 늦게 다닌다고는 말하기 어려운, 어두워서 그랬다고도 말할 수 없는, 날이 더워 안에는 짧은 반바지를 입고 그 위에 원피스를 입었던, 또 한여름에 어울리는 샌들을 신었을 뿐인 그런 날이었다. 더 빨리 도망갈 수 있게 운동화를 신었어야 했다고, 아무리 더워도 옷을 그렇게 입으면 안 됐다고, 여전히 해가 떠 있지만 여자애가 나다니기에는 너무 늦은 시간이었다고, 그래서 그런 일이 생겼다는 말을 들은, 남은 평생 이해할 수 없고 용서할 수 없는 그날. 바로 그날, 집에 돌아오던 선재는 아파트 단지 앞에서 오빠와 마주쳤다.

"너는 말이야, 오빠가 장난 좀 쳤다고 그렇게 정색을 하고!"

오빠는 네 살 위였는데, 중학생이었는데, 아직 가슴도 안 나오고 브래지어도 입기 전이던 선재와는 달리 알 건 다 알았을 나이였는데, 그런 오빠는 선재더러 집에는 오빠랑 같이 가면 되지 않느냐고, 이리 좀 와 보라고 했다. 심심하면 선재를 세워 놓고 태권도 연습을 하려 들던 그 성미는 어디 가지 않아서, 선재가 뭔가 이상하다 싶어 도망치려 하자 대뜸 뒤통수부터 손바닥으로 후려쳤다. 김우재의 손에 질질 끌려가면서도, 그래도 오빠인데 정말로 나쁜 일은 아닐 거라고 선재는 생각했었다. 오빠를 따라간 상가 건물 뒤쪽 으슥한 창고에서 오빠의 친구들이 슬금슬금 기어 나오기 전까지는.

"계집애가 그런 일을 당했으면 동네 창피한 줄 알고 입이라도 다물어야지. 그게 뭐 잘한 일이라고 울며불며 달려와서는!"

선재는 죽을힘을 다해 도망쳤다. 새 원피스가 찢어지고, 도망치다 넘어져 무릎이 엉망이 되고, 그 상태로 다시 붙잡혀 갔다. 해가 진 다음에야 풀려나 집으로 돌아가면서, 무슨 일이 있더라도 복수하고 말겠다고 생각했었다. 어머니는 놀랐고 그다음으로는 소문날 것을 걱정했다. 누가 그랬느냐, 누가 네게 그런 짓을 했느냐. 조심스럽게 묻는 말에, 오빠가 자기 친구들에게 끌고 가서 이렇게 되었다고 대답하자 어머니는 정색을 하며 선재의 입을 막았다.

"얘, 네가 뭘 안다고 그래."

"그렇지만!"

"그거 아무것도 아니야. 네 오빠가 그냥 친구들이랑 장난 좀 친 거야. 기야, 아니야?"

그게 어떻게 아무것도 아닌 일이 될 수가 있어. 책에서 읽었는데. 학교에서도 배웠는데. 여자아이는 몸조심을 해야 한다고. 하지만 어머니는 선재의 입을 틀어막았다. 아무것도 아니라고. 밖에 나가서 이야기나 하지 말라고.

"고작 그런 걸 동네방네 떠들면, 너 나중에 시집은 어떻게 가고! 우리 식구들은 동네 창피해서 어떻게 살고!"

어머니는 열 살 난 여자아이가 정말로 아무것도 모를 거라고 생각했을까. 그게 아니면 알 것 다 아는 나이라도 그냥 겁을 주고 윽박질러 아무 말 못 하게 만들면 없었던 일이 된다고 생각했을까. 어머니가 정말로 걱정했던 것은 이런 소문이 나서 선재가 시집도 못 가게 되는 것이었을까, 아니면 아버지와 오빠의 평판이었을까. 그때에도 이미 답은 알고 있었지만 그래도 선재는 아니라고 믿고 싶었다. 명백하게 잘못한 사람이 따로 있으니까, 우리 선재, 내 딸, 우리 가엾은 아기, 그렇게 끌어안고 같이 울어 줄 줄 알았다. 하지만 선재의 어머니는 그러지 않았다. 대신 선재의 입을 틀어막는 쪽을 택했다.

"네 아버지가 경찰이야, 경찰. 그런데 오빠를 경찰에 신고한다고? 네 아버지랑 오빠, 다 동네 창피해서 어디 가서 칵 목이라도 매면 좋겠냐? 너 그러다가 고아원 가면 좋겠냐고! 어?"

"그럼…… 아빠에게 말해 줘. 아빠가 경찰이니까, 신고

하지 말고 아빠한테 오빠 좀 혼내 달라고 해 줘. 엄마, 제발 부탁이야. 제발!"

"네 아버지가 알면 너 죽고 나 죽는 거야."

그리고 어머니는, 지금도 선재의 뇌리에서 잊히지 않는 무시무시한 표정을 지으며 말했다.

"혹시라도 아빠에게 말하면 죽여 버릴 거야."

정말로 죽을 거라고 생각했다. 어머니의 거칠거칠한 손끝이 목덜미를 스치는 것을 느끼며, 이 사람은 정말로 오빠를 위해서라면 나를 죽여 파묻어 버릴 수도 있다고 생각했다.

"나도 엄마 딸이잖아!"

그래도, 혹시라도 잊고 있는 것 같아서, 오빠에 대한 걱정 때문에 어머니가 정말 중요한 것을 잠시 잊어버린 것 같아서, 선재는 죽을힘을 다해서 외쳤다.

"나쁜 짓이나 하고 다니는 쓸모없는 오빠만 보지 말고 나도 좀 봐!"

그리고 어머니는 보란 듯이 그 절규를 비웃었다.

"너 같은 계집애보다 백 배는 쓸모가 많다, 고추 달린 네 오빠가."

쓸모없었다. 반에서 중간도 못 가는 오빠와 달리 전교에서 1, 2등을 놓치지 않을 만큼 공부를 잘해도. 반장 선거에 나가서 표를 제일 많이 얻었어도. 너 같은 계집아이보다는 그 쓸모없는 고추로 남을 괴롭힐 줄이나 아는 그런 사내놈들이 백 배는 쓸모가 많다고. 너는 쓰잘데기없다고. 하찮고 비천하니 짓밟혀도 찍소리도 하지 말아야 한다고. 바로 선재와 마찬가지로 여자로 태어난 어머니가 그렇게 말했다. 선재는 죽고 싶지 않아서 아버지에게 이 일을 감히 말하진 못했다. 하지만 대신 아버지가 원하는 자식이 되기로 마음먹었다. 아들로 태어나지 못한 탓에 어머니에게는 버림을 받았지만, 아버지에게라도 인정받으면 어떻게든 쓸모 있는 자식 흉내는 낼 수 있을 것 같았다. 다행히도 선재의 아버지가 원하는 자식의 모습이란 매우 단순하고 명료했다. 술만 걸치면 오빠에게 하는 말이 바로 그것이었으니까.

"경찰이 되어라. 이 애비는 평생을 굴러 봤자 무궁화 한 개가 고작이겠지만 너는 무궁화를 세 개, 네 개씩 달고 한껏 출세해서, 나중에는 경찰서장이라고 몇백 명의 경찰들이 네 앞에서 굽신거렸으면 좋겠다. 그게 내 소원이다."

아버지는 알았을까? 자신이 대 준 학원비들을 인간 말종 김우재가 어떻게 삥땅 쳐 먹었는지를. 정말 몰랐을까? 키 크고 덩치 좋은 김우재가 제 친구들을 끌고 다니며 동네 중학생들을 쥐어패고 다녔던 것을. 아니, 아버지는 끝내 몰랐을 것이다. 몇 번인가 일이 커질 뻔한 것을 선재의 어머니가 이리 빌고 저리 빌고 몇 없던 금붙이 같은 것을 죄 팔아 가며 틀어막고 다녔으니까. 설령 알았더라도 그는 아들을 포기하지 않았을 것이다. 사춘기이고 질풍노

도의 시기라고, 아들들이란 흔히 한때 방황을 하는 법이라고, 그러다가 나중에는 성경에 나오는 돌아온 탕아처럼 철들어서 돌아와 효도하는 법이라고, 그렇게 믿었을 것이다. 만년의 그가 걸핏하면 빚을 지고 손을 벌리는 김우재를 두고 그렇게 말하며 감쌌듯이.

열 손가락 깨물어서 안 아픈 손가락이 있겠느냐고? 선재의 사춘기란 그 말이 새빨간 거짓말이라는 것을 몇 번이나 다시 확인하고, 또다시 확인하는 과정이었다. 어떤 자식은 무슨 짓을 저지르고 다녀도 애틋하지만, 또 어떤 자식은 입에 들어가는 밥도 아까운 게 부모님의 마음이었다. 서울에 있는 대학에 합격한 선재의 앞을 가로막은 부모님이 선재를 서울에 유학 보낼 돈으로 우재를 더 뒷바라지할 수 있다는 것에 기뻐하는 모습을 보며, 선재의 마음은 몇 번이나 다시 무너졌다. 그래도 아버지가 원하는 자식이 되면 돌아봐 줄지도 모른다고, 자랑스러워해 줄지도 모른다고, 기뻐하고 뿌듯해할지도 모른다고 부질없는 희망을 품었다. 김우재가 아버지의 노후 자금과 어머니의 비자금을 전부 털어먹고도 합격하지 못한 경찰시험에 합격하면, 경찰 조직에 들어가서도 열심히 노력해서 남들보다 빠르게 승진을 하면, 아버지가 십수 년간 머물러 있었던 경사와 마지막으로 달았던 경위, 평생 원했지만 되지 못한 경감이 된다면, 그러면 네가 자랑스럽다고, 열 아들 부럽지 않은 딸이라고 말해 줄지 모른다고 생각했었다. 어렸던, 그리고 어리석었던 시절에는.

"제 오라비 앞길이나 막는 년."

그게 아니라는 것을 경찰 시험에 합격한 뒤에야 알았다.

선재는 몇 번이나 무너지던 마음을 추스르고 일어나 도망치듯이 경찰 학교로 갔다. 그곳에서 선재가 만난 사람들은 다들 자신감이 넘쳤고 무엇이든 할 수 있을 것 같았다. 선재는 그곳에서도 상위권이었다. 모두가 선재를 인정했고 어디 가서든 잘할 수 있을 거라 말했다. 하지만 선재는 알았다. 어디 가서도 인정받고 잘 살 수 있겠지만, 단 한 곳, 고향에서만은 그렇지 않으리라는 것을.

선재는 일부러 고향을 떠났다. 초임 발령은 원하는 곳으로 받기 어렵다더라, 하는 핑계를 대고서. 대학에 다니다가 휴학하고 경찰이 된 스물두 살짜리 젊은 여자가 낯선 도시에서 아무 일 없이 살아간다는 것이 쉽지만은 않았지만, 그래도 하루하루가 보람 있었다. 그렇게 서너 해 지나 수도권 대도시에서의 삶에 익숙해지려던 어느 날 집에서 연락이 왔다. 어머니였다.

"엄마가 허리를 많이 다쳤어. 수술해야 하는데 너 집으로 좀 와서 엄마 수발 좀 들어라."

오빠에게는 결코 그렇게 말하지 않았을 것이다. 멀쩡히 옆에 남편을 두고도 직장이 있는 아들을 불러다 어머니 병구완을 하라고 말할 사람들이 아니었으니까. 하지만 선재는 어머니가 '엄마 도와 줄 사람은 역시 딸밖에 없다'며 살가운 척할 때 내심 서글프면서도 기뻤다. 아주 어릴 때부터 지금까지 남매간에 크고 작은 갈등이 있을 때마다 한 번도 선재의 편을 들어 준 적 없던 어머니가, 지금이라도 선재가 필요하다고 말해 주었으니까. 사랑해서 불러들이는 게 아니라는 것은 알았지만, 그래도 어떤 선택은 거의 불가항력에 가깝게 일어나는 것이다. 선재는 즉시 고향으로 가는 교류 신청서를 냈다. 수도권으로 오고 싶어 하는 사람은 언제나 많았고, 선재의 고향에는 전출 희망자가 늘 줄을 서 있었기에 자리를 찾는 것은 어렵지 않았다. 그렇게 고향으로 돌아오며 선재는 자신도 처음으로 쓸모 있는 사람 취급을 받는구나 하고 착각했었다. 어머니가 단순히 자신을 간병해 줄 사람이나 입원해 있는 동안 집안 살림을 맡아 줄 사람, 그도 아니면 병원비를 대 줄 자식이 필요해서 선재를 불러들인 게 아니라는 것은 고향에 도착해서야 알았다.

"계집애가 그렇게 서울 물을 먹고 활개 치고 다니는데, 어디 네 오빠가 심을 펴겠냐. 계집애는 그저 시집가기 전까지 얌전히 집구석에 있어야지."

어머니가 아는 동네 아주머니들과 같이 다니는 보살댁에서 그런 말을 들었다 했다. 그 집은 딸이 너무 기가 세서 아들이 기를 펴지 못한다고. 그 기 센 딸년이 넓은 세상 나가 활개를 치고 다니면, 그럴수록 오빠가 기죽어서 제 할 일을 못 할 것이라고. 그런 헛소리를 하고 다니는 보살도 보살이지만, 그런 말을 듣고 무슨 수를 써서라도 딸을 잡아다가 주저앉히려 든 어머니도 어머니였다. 한번 이곳에 돌아온 선재가 연고지도 없는 수도권으로 되돌아갈 가능성은 순찰차가 바늘구멍을 통과할 확률만큼 낮았다.

그런 데다 이곳은, 같은 경찰이라도 선재가 경험했던 대도시와는 아주 다른 곳이었다.

"아, 네가 그 서울에서 돌아왔다는 김 주임 딸인가. 와서 술 좀 따라 보거라."

처음에 상사에게서 술을 따르라는 말을 들었을 때, 선재는 귀를 의심했다. 무슨 행사가 있을 때마다 젊은 여직원이 하나 있어야지, 하는 말을 들으며 선재는 지금이 몇 년도인지 의심했다. 선재에게 추근거리는 이들은 놀랍게도 아버지의 지인들이었다. 아버지의 친구들, 상사들, 아버지보다 먼저 출세한 아버지의 옛 부하 직원들이 부끄러운 줄도 모르고 선재에게 술을 따르라고 하거나 등허리를 툭툭 건드렸다. 하지 마시라고 하면 친구 딸이라서, 내 딸 같아서 귀여워하는데 요즘 젊은 여자애들은 정색을 해서 무섭다며, 마치 선재가 분위기 파악을 못 한다는 듯이 비난했다. 명백한 범죄 행위나 그들을 전부 고소해서 경찰 제복을 벗길 정도의 사고는 없었지만 하루하루 모멸감이 쌓여 갔다.

아버지에게 말해 보았자 소용없다는 것은 진작 알고

있었다. 선재의 아버지는 저울 한편에 자신보다 먼저 출세한 친구와 후배들을 올려놓고 다른 한편에 자기 딸을 올려놓았을 때 당연히 친구와 후배들 편을 들 사람이었다. 이런 일로 시끄럽게 항의하는 딸이란 그에게는 없는 게 나은 사람이었다. 견디다 못해 화장실에 붙어 있던 성평등 담당관의 연락처로 전화를 걸어 보기도 했다. 하지만 소용없었다. 서울에서라면 몰라도 여기서는 한계가 있다고, 그 정도로는 어떻게 해 볼 수가 없어서 그냥 다들 참고 산다고, 미안하다는 말을 들었다. 선재는 참기로 했다. 이 조직에서 살아남기 위해서. 그래서 언젠가는 갓 들어와 이런 일들을 맞닥뜨리는 어린 여경들을 위해 기꺼이 나설 수 있는 사람이 되기 위해서.

"김선재 주임, 그거 아주 미친년이 따로 없어."

선재는 그런 사람이 되기 위해 애썼다. 어린이들을 딱히 귀엽다고 느끼진 않았지만 범죄로부터 보호하고, 친한 여자 친구들은 없지만 여성 피해자들을 보호하고, 직장 내에서 친하게 지내는 사람은 없지만 자신보다 어린 여경들이 늙수그레한 중년 남성 상사들에게 시달리는 것을 보호하고.

"과장이 술 마시다가 신입들한테 농담 좀 했다고 바로 그러시면 안 된다고 했다잖아."

"이야, 분위기 죽였겠다."

"그거 완전 사이코야. 맨날 성범죄자들 잡다 보니 과장도 성범죄자로 보이나?”

“그런 여자들 있어. 남자라면 다 성범죄자인 줄 알고 질색팔색하는. 그런 게 노처녀 히스테리잖아.”

“입조심해, 그런 말 김 주임 앞에서 하다가 감사실에 멱살 잡혀 끌려간다.”

“어이쿠, 무서워라.”

선재는 그런 사람이 되기 위해 더 좋은 실적을 내야만 했다. 일 처리도 확실하게 하고, 수사도 잘하고, 몸을 아끼지 않으며 피의자를 붙잡고, 그래서 특진을 했다. 크고 작은 포상들을 모으고 죽자 살자 공부해서 승진 시험에도 척척 붙었다. 비집고 올라가야 했다. 해야 하는 일을 해낼 수 있는 사람이 되기 위해서. 하지만 그렇게 죽을힘을 다해 노력한 선재에게 돌아오는 것은 독한 년, 동료애가 없는 사람, 능력은 좋지만 같이 일할 만하지 못한 사람이라는 말들이었다.

경찰청에서 같이 근무하고 있는 우재의 친구들 서너 명도 문제였다. 자기들이야말로 중고등학생 때 그 키와 덩치만 믿고 골목대장 노릇 하며 주먹질하던 놈들이었으면서, 김선재가 학교 다닐 때 아주 문란했다는 식의 이야기를 떠들고 다니다가 걸린 적도 있었다. 그들이 선재를 두고 그런 말을 하면서도 당당할 수 있었던 이유는 간단했다. 어린 선재를 끌고 갔던 중학생들 중에 그 녀석들도 있었으니까. 시간이 이만큼 지났다고, 증거도 없다고, 우재도 우리 편이니 우린 무사하다고, 그렇게 생각하며 경찰 제복을 입고 자신은 무슨 바른 세계의 떳떳한 사람인 것처럼 굴고 있는 뻔뻔한 새끼들. 그 새끼들 중에는 선재의 아버지가 아직 현역일 때 "아버님, 아버님" 하면서 선재는 쏙 빼놓고 자기들이 자식 노릇을 하겠다며 잘 좀 끌어 주십사 알랑거리던 작자들도 있었다. 이들은 한술 더 떠 선재를 두고 능력도 없는데 시험만 잘 보는 여경, 범인이 앞에 있으면 어떻게 해, 어떻게 해 하면서 쩔쩔매는 무능한 인간, 상사에게 꼬리나 치고 다니는 인간이라는 식으로 없는 말을 지어내기까지 했다. 사람 셋이 모이면 없는 호랑이도 만들어 낸다더니, 그들이 하는 짓이 딱 그짝이었다.

병원 말고는 그런 괴로움을 조금이나마 털어놓을 수 있는 곳도 없었다. 아니, 병원에서도 그 세세한 이야기를 다 털어놓을 수는 없었지만, 적어도 누군가가 나를 괴롭히고 있다고, 누군가가 나를 모함하고 있다고, 예전에 내게 그런 일을 했던 놈이 같은 직장에 있다고, 그런 이야기를 아무렇지도 않은 듯이, 담담한 척하는 가면을 쓰고 조용히 이야기할 정도는 되었다. 경찰은 남에게 의지하는 사람이 아니라 남들이 의지하라고 있는 사람이니까. 처음에 오빠와 그 친구들에게 그런 일을 당했을 때, 어머니는 선재를 산부인과가 아닌 내과에 보냈다. 어린 여자애가 산부인과에 드나들면 반드시 안 좋은 소문이 나기 마련이라면서. 그렇게 다니게 된 내과에서 온갖 약들을 지어 먹었다. 신경성 위염과 각종 스트레스성 질환의 치료제들을, 신경 안정제를, 수면제를. 신은 존재하지 않았고 사람은 믿을 게 못 되었다. 목구멍으로 넘기는 알약들과 병원의 소독약 냄새, 그 화학 물질들만이 선재의 머릿속을 가라앉혀 주었다. 그렇게 하루하루 버티면서 겨우 살아왔었다. 두 달 전, 어머니의 장례를 치르고 고작 1년 남짓 지난 시점에서 아버지의 여명이 얼마 남지 않았다는 것을 확인했던 그 무렵까지.

병원에 들르기 며칠 전, 특채로 들어온 젊은 경장이 몰래 연락을 해 왔었다. 잠시만 만나 달라는 말에 나가 보니 USB 메모리 하나를 내밀며 말했다. 과장이 자신을 추행하고 있다고. 그 부서의 과장은 매우 우수하고 스마트한 사람으로, 나이에 비해 승진이 대단히 빠른 엘리트 중의 엘리트였다. 어쩌면 장래에 경찰청장이 될지도 모른다고 다들 말하는 그런 사람이었다. 그런 사람이 자신을 추행했다고 고발한들 아무도 믿어 주지 않을 것 같다고, 말했다간 무슨 핑계를 대어서라도 자신을 쫓아내고 과장을 보호할 것 같다고, 어떻게 하면 좋을지 모르겠다며 겁에 질려 있던 그를 달래고, 선재는 그 일에 대해 그나마 믿을 만하다고 생각했던 감사실 사람과 조용히 의논했다. 그런 일이 있었다고. 녹음 파일도 있다고.

“무슨 말인진 알겠어요. 근데 될지 모르겠네. 지금 우리

실장이 그 과장 고향 선배잖아요."

선재는 피가 식는 듯한 기분이 들었다. 그래도 감사실 사람이 조곤조곤 목소리를 낮추며 속삭였다.

"걱정 말아요. 내가 상황 봐서 조용히 알아볼게. 어디 소문 안 나게."

그 말을 다 믿는 것은 아니었지만, 선재는 고개를 끄덕이며 일단 물러날 수밖에 없었다.

그것 때문이었을까. 아니면 정말로 재수 없는 사고였던 걸까.

그날도 언제나처럼 선재는 외근 다녀오는 길에 잠시 병원에 들렀다가 유난히 을씨년스러운 이 단지를 들여다보았다. 그냥 지나쳐 가려다가 고양이가 야옹, 하며 가림막 틈새로 뛰어 들어가는 게 마음이 쓰여서, 또 혹시나 불량 청소년들이 안에 모여 무슨 작당을 하는 것은 아닌가 하고, 들어가서 한 바퀴 돌아보았던 것뿐인데. 늘 익숙하게 다니던 곳에서 느닷없이 발이 미끄러졌다. 선재는 추락하는 와중에도 반사적으로 몸을 돌리며 테이저를 뽑았다. 조금 전 자신이 서 있던 그 자리에서 감사실장이 차가운 표정으로 이쪽을 내려다보고 있었다. 선재는 닿지 않을 것을 알면서도 마지막으로 젖 먹던 힘을 다해 방아쇠를 당겼다. 테이저에서 튀어 나간 전극 바늘이 어두운 허공에서 아크 방전을 일으켰다. 하지만 그뿐이었다.

그게 다였다. 사람 죽는 게 다 그렇듯이, 그냥 별것 없는 일이었다. 머리가 깨지고 목이 부러지고 심장이 멈추고 숨이 멎는, 그런 특별할 것 없는 일.

'왜 센 척할 필요 없는 일에 센 척을 해요, 별로 세지도 않은 사람이.'

저는요, 선생님.

나름…… 그래도 사람 죽는 일에는 어지간히 익숙해진 줄 알았어요.

그렇게 특별할 것 없는 일이라고 생각했어요, 선생님.

사람은 한 번은 죽으니까.

그리고 이미 몇 번은 더 죽었고, 또 죽임을 당했으니까.

오빠와 그 친구들에게 끌려가던 날, 동생으로서의 나는 죽었는데.

어머니가 오빠를 지키겠다며 내 고통을 묻어 버릴 때 어머니의 어린 딸도 죽었는데.

어머니 그리고 아버지가 돌아가실 때까지 인생을 갈아 넣듯 수발을 들었고, 그들이 필요로 할 때 자리를 비우면 마치 죽을죄라도 지은 듯이 욕을 먹어야 했지만, 마지막의 마지막 순간에 그들이 찾은 것은 내가 아닌 김우재라는 사실을 확인할 때마다, 마치 그들이 마지막까지 내 존재를 지우개로 북북 지워 없애려 한 것처럼 느꼈는데.

그래도 살고 싶었나 봐요. 아이들을 구하고, 여자들을 구하고, 내 뒤로 조직에 들어온 여경들을 구하고, 그렇게 옳다고 믿는 일을 하나씩 해 나갈 때만은 마치 전구에 불을 켜듯이 세포 하나만큼 다시 살아나는 느낌이 들 때도 있었거든요. 속으로는 몇 번을 죽었지만 그 작은 빛에 의지해서 어떻게든 겨우겨우 살아갔거든요. 이만큼 침착해질 때까지 수도 없이, 밤마다 베개에 머리를 대고 누우면 어린 시절 그 아이가 찾아와 머리맡에 와서 앉았지만. 그 허깨비마저 시간이 흐르면 언젠가 떠나가리라고, 여자들과 아이들을 더 구해 내면 그만큼 나는 더 구원받으리라고 믿었거든요.

하지만 아무리 옳은 일을 하고 옳다고 믿은 일에 발 벗고 나섰어도, 그 결과는 이런 것이었네요. 조직에서 외면당하고, 살해당하고, 그렇게 몇 번이나 되풀이해 죽고 또 죽임당한 뒤에도 아무도 찾아 주지 않은 채, 처음부터 없었던 듯이 그렇게, 버려지고 잊히고.

선재는 울고 싶었다. 뺨을 타고 핏기 어린 눈물이 아니라 피눈물이 흘러내리는데, 그 울음소리가 새어 나가지 않게 어금니를 꽉 깨문 채로, 통곡이라도 하고 싶다고 생각했다. 손등으로 그 피눈물을 닦아 내면서. 그렇게 어처구니없이 죽었는데도 죽은 자신은 여전히 떠나지 못한 채, 죽은 사실조차 자꾸만 잊어버리면서 지박령처럼 그 자리에서 계속 외치고 있었다. 내가 더 잘하면 된다고, 잘할 수 있다고.

하지만 아무도 선재를 찾지 않았다.

몇 번이나 무너진 끝에 끝내 이곳에서 살해당하고 말았는데도. 그 누구도 선재의 행방을 찾지 않았다. 그 누구도 김선재라는 사람을 위해 눈물 흘려 주지 않았다. 그저 쉬쉬하며, 그 미친 인간이 또 어디 가서 사고를 친 게 틀림없다고, 더러운 뒷소문들을 속살거리는 이들만이 남았을 뿐.

바람 소리처럼 흐느낌이 들려왔다. 주황색 도트 무늬 원피스를 입은 채 피를 흘리던 열 살의 김선재가, 지금, 서른여덟 살의 김선재의 등에 매달린 채 울고 있었다. 열 살에 울지 못했던, 열아홉 살에 울지 못했던, 스물네 살과 서른 살과 서른다섯 살과 눈물 흘리고 통곡했어야 할 그 모든 시간에 울지 못했던 눈물을 다 쏟아 내려는 듯이. 선재는 눈을 감았다. 그 울음소리는 마치 죽은 김선재에게 마땅히 주어졌어야 할 슬픔과 애도의 울음소리처럼 들렸다. 선재는 천천히 몸을 돌렸다. 살갗은 메마르고 갈라졌으며 눈이 움푹 패고 눈동자가 있어야 할 곳에서 피를 뚝뚝 떨어뜨리는 어린 선재가 고개를 들어 자신을 바라보았다. 괜찮아, 괜찮단다. 많이 힘들었지. 그래도 살아갈 수 있었지만, 내가 네 마음만은 아직도 기억하지. 선재는 손을 들어 그 어린아이의 눈에서 쏟아지는 피눈물을 닦아 주었다. 피가 묻은 자리마다 피부가 갈라져 먼지가 날리기 시작했다. 그렇구나. 나는 정말로 죽었지. 그것도 동료라고 생각했던 이들에게 살해당했지. 억울하고 분하지만 돌이킬 수 없다는 건 알고 있단다. 그럼에도 불구하고, 나는 버텨 왔단다. 마지막에는 결국 무릎이 꺾이고 말았지만, 할 수 있는 데까지는 싸워 왔으니까. 무엇을 더 했어야 살아남았을지는 끝끝내 알아내지 못했지만.

그리고 그때, 아이가 선재의 손을 잡았다. 아이는 무거운 것을 들어 올리듯 천천히 선재의 손을 들어 올려 어딘가를 가리켰다.

어둠이 깊이 스며들어 햇볕조차 닿지 않을 것 같은 틈새에, 공사를 하던 인부들이 두고 나간 시멘트 포대들이 구겨진 위로 파란 패딩 점퍼가 웅크리고 있었다.

"……승빈아?"

선재는 자신의 손을 붙잡은 아이를 바라보다가 그 작고 싸늘한 상처투성이 손을 놓고 몸을 일으켰다. 그리고 그 파란 패딩 점퍼를 향해 시시각각 부서져 가는 몸으로 비틀거리는 걸음을 옮겼다.

"아, 정말. 김승빈. 이 똥강아지가."

그렇게 찾던 승빈은 시멘트 포대를 깔고 파란 비닐 가림막을 덮은 채 잠들어 있었다. 파란 패딩을 입은 놈이 하필 파란 가림막 옆에 숨어 있으니. 이래서야 어지간해서는 찾을 수가 없지. 가까이 다가가 승빈을 내려다보니 승빈은 정신없이 잠들어 있었다. 선재가 부르는 목소리가 들리지도 않을 만큼. 마치 안전한 곳으로 피해 도망친 어린 짐승처럼, 둥글게 몸을 말고 웅크린 채로.

"승빈아, 일어나. 이런 데서 자면 안 돼."

선재는 승빈을 흔들어 깨웠다. 비닐 가림막을 걷어 보니, 어디 다친 데는 없지만 돌아다니다 넘어졌는지 바지 무릎에 흙이 묻었고 손바닥에 까진 흔적이 조금 있었다. 선재는 혀를 찼다. 아이를 보듬으려다 건너편을 보니 짓다 만 벽에 8층이라고 거칠게 휘갈겨 적은 자국이 보였다. 애들 체력 못 당한다더니, 똥강아지 같은 게 엘리베이터도 없는 공사장에서 부지런히도 돌아다녔다. 지금이라도 찾았으니 망정이지 하마터면 저체온증으로 얼어 죽었을지도 모른다.

몇 번을 더 흔들어 깨워도 승빈은 뒤척이기만 할 뿐 바로 눈을 뜨지 않았다. 벌써 위험한 상태인 건 아닐까. 아니, 나는 이미 죽었는데 이 목소리가 닿기는 하는 걸까. 이대로 내버려두면 이 아이는 어떻게 될까. 선재는 잠시 곤히 잠든 승빈을 들여다보았다. 얼굴 윤곽만 보면 우재의 어렸을 때와도 많이 닮아 보였다.

만약에 이 애가 여기서 죽으면 김우재는 슬퍼할까.

저보다 힘 약한 아이들은 사람 취급도 하지 않고, 제 여동생을 비롯해서 저보다 서열이 낮은 것 같은 이들은 때리고 괴롭히며 으스대던 그 인간도, 제 자식, 제 새끼의 일에는 고통스러워할까.

우재는 평생 선재를 가족 취급하지 않았다. 그에게 있

어 여동생은 언제든 안심하고 주먹을 휘둘러도 좋을 샌드백이고, 자신에게 설설 기어야 마땅한 아랫사람, 벌레처럼 언제든 짓밟을 수 있는 그런 것이었다. 부모님도 마찬가지였다. 평생 쌓아 올린 모든 것을 우재에게 내주었고, 승빈을 볼 때마다 금쪽같은 내 손자, 어디서 이런 게 왔을까 하며 애틋하게 사랑했지만, 선재에 대해서만은 한 번도 그런 애틋한 마음을 내비친 적 없었다. 절실하게 손을 내밀 때 단 한 번만이라도, 우재에게 주던 사랑의 100분의 1만큼만 보여 주었더라도 평생을 원망하며 살지는 않았을 텐데. 자신은 늘 그 애틋한 가족들에게 있어, 남만도 못한 찌꺼기였다.

물론 그렇다고 해도 선재는 이 아이를 어떻게든 깨워서 내보내야 한다는 생각이 확고했다. 하지만 이미 죽어버린 몸으로 이 아이를 깨울 수는 있는 걸까. 우재의 자식이라 해도 어린아이에게 해코지를 할 생각은 없지만, 여기서 죽거나 다치도록 내버려둘 생각도 없지만, 아무리 필사적으로 외쳐도 이 목소리가 닿지 않는다면.

그럴 때 김우재가 당하는 고통은, 그저 기쁘게 지켜보아도 되는 걸까.

선재는 뒤척이는 승빈을 들여다보며 생각했다. 우재가 그렇게 자랑하는 그 잘난 친구들. 선재에 대해 계속 없는 말을 지어내며 낄낄거리던 그놈들도 어쨌든 경찰이지. 지금도 같이 김우재와 술을 처마시고 있을지는 모르겠지만. 과거에는 우재와 몰려다니며 못된 짓들을 골라서 했고, 경찰이 된 지금도 여전히 별 볼 일 없는 놈들이지만, 그래도 친구의 아들이 실종되었다는데 아주 나 몰라라 하지는 않을 거다. 만약 승빈이 여기서 깨어나지 못하더라도 그놈들이 결국 아이를 찾아내긴 하겠지. 싸늘해진 아이를 안고 슬퍼하고 고통스러워하며 애도하겠지. 이곳에서 추락해 저 지하까지 떨어진 김선재처럼 영영 묻히고 잊히는 일 없이.

하지만 그것으로 충분하다면…….

"그럼 내가 김우재랑 똑같은 새끼라는 말밖에 안 되는 거지!"

선재는 고개를 저으며 소리쳤다. 눈물이 뚝 하고 떨어졌다. 피눈물이 아닌, 그저 말간 눈물이었다. 그리고 그 절규가 닿은 듯 승빈이 몸을 꿈틀거렸다.

"승빈아, 일어나. 김승빈!"

선재는 필사적으로 승빈의 어깨를 잡아 흔들었다. 이 똥강아지가 마음에 들든 안 들든, 우재가 자신에게 한 일이 무엇이든 상관없이, 이 아이는 구해야 한다. 어른의 도움 없이 내버려두면 목숨을 잃고 말 어린 것은 어떻게든 살려서 내보내야 한다.

"이 망할 똥강아지야, 고모 화내는 거 보고 싶어? 어서 일어나!"

승빈의 몸에 닿을 때마다 선재의 피부가 벗겨지고 손

끝이 부서졌다. 이미 한 번 죽은 몸인데도 아팠다. 손끝부터, 머리카락부터 자신의 존재가 흐릿해지는 것이 느껴졌다. 하지만 상관없었다. 선재는 밀려드는 고통 속에서 몇 번이나 다짐했다.

어린아이를 구하고, 여자들을 구하고, 내 다음에 오는 사람들을 구하겠다고 마음먹고 살아왔다면, 이건 내 마지막 의무라고. 이 아이의 가족이고 친척이어서가 아니라, 경찰이어서가 아니라, 그것이 내가 살아온 이유였다고.

"일어나, 어서!"

선재가 피를 토하듯이 소리쳤다. 승빈이 몸을 부르르 떨다가 살그머니 눈을 떴다.

"……고모?"

"그래, 고모야."

"고모 또 우리 아빠 욕했어?"

"내가 무슨 욕을 해."

"좀 전에 누가 아빠보고 이 새끼라고 한 것 같은데."

"됐어, 일어나. 너 같은 말썽꾸러기는 너희 아빠랑 똑같은 놈이라고 한 거니까."

"뭐야, 고모. 그럼 나한테 욕한 거야?"

"이런 겨울에 이런 데서 주무시면 얼어 죽어요. 초등학교 1학년이 엄마한테 말도 안 하고 튀어 나가고. 가지 말라는 데를 꼭 뾜뾜거리고 싸돌아다니다가 얼어 죽을 뻔했는데. 지 애비랑 똑같은 새끼라고 욕 좀 먹어도 싸지."

"그럼 할아버지 돌아가셨을 때는 왜 안 왔어. 고모 안 왔다고 아빠가 화냈는데."

있었어, 거기 있었단다. 그 말을 애써 삼키며 선재는 웃었다.

"야, 너희 아빠는 내가 갔어도 화냈을 거다. 나랑 얼굴만 보면 싸우는 인간인데."

선재는 승빈의 옷에 묻은 먼지를 털어 주고, 손바닥의 까진 자리를 살펴보고, 손을 잡았다. 죽은 몸에도 겨울바람은 살을 에듯 추웠지만 승빈의 손에서는 따스한 온기가 전해져 왔다. 꼭 잡힌 손끝이 부서질 듯 아팠지만, 선재는 이번에야말로 이 말썽꾸러기를 절대로 놓치지 않겠다고, 꼭 잡아서 저 개구멍 밖, 이 아이가 살아야 할 세상으로 돌려보내겠다고 생각했다.

어두운 계단을 밟아 내려가다가 문득 창밖을 보니 순찰차 두 대가 가림막 밖에서 경광등을 켜고 있었다. 선재는 웃었다.

"야, 김승빈. 저기 너희 엄마 와 있다."

"히익."

"히익이 뭐야. 오늘같이 몰래 튀어 나갔다가 얼어 죽을 뻔했으면 입이 열 개라도 할 말이 없어야지. 나가면 무조건 죄송하다고 하고 엄마한테 싹싹 빌어. 너희 엄마 오늘 정말 많이 울고 많이 걱정했으니까."

"……정말?"

"정말이지."

마지막이라고 생각하며, 선재는 그 작은 손을 한 번 더 힘주어 꼭 쥐었다.

"너희 엄마가 너를 얼마나 사랑하는데."

그 말을 듣고 승빈은 웃었다. 그 말을 전혀 의심하지 않는다는 듯이.

승빈을 데리고 건물 밖으로 나와 개구멍 앞까지 데려간 뒤, 그 앞을 대충 가려 놓은 폐자재를 발로 밀었다. 밖에서 보이지 말라고 불량 청소년들이 오며 가며 쌓아 놓은 것들이었다.

"이런 게 있으니까 나가는 길을 못 찾았지! 나 아까 여기 앞까지 왔었는데."

"승빈아."

"응?"

"이제부터는 혼자 가야 해."

"고모는?"

"난 아직 여기서 할 일이 있어서."

선재는 웃었다. 그러다 아이에게 돌려줄 게 있다는 사실이 생각나 주머니를 뒤졌다. 승빈이 잃어버린 〈신비아파트〉 열쇠고리를 꺼내려는데, 주머니에서 온갖 잡동사니가 뒤섞여 한번에 딸려 올라왔다. 병원에서 받았던 장난감 매미와 USB 메모리가 매달린 열쇠고리를 보고 선재는 잠시 머뭇거렸다. 혹시 문제가 되더라도 김우재는 정의 사회 구현과는 거리가 먼 놈이니 이것 때문에 승빈이나 희경에게 피해가 가진 않을 거다. 그리고 운이 좋다면 누군가 이 파일을 열어 보고 피해자를 구하려 할지도 모르고. 그럴 가능성이 높진 않겠지만 여기 묻혀 흙이 되는 것보다는 나은 일일 것이다.

"이거 가져가. 열쇠는 나가서 경찰 아저씨 주고."

"뭔데?"

"고모네 회사 사무실 열쇠. 회사에 바로 못 갈 것 같으니까, 경찰한테 맡겨 놓으면 알아서 할 거야. 잘 전해 줄 수 있지?"

"알았어, 고모. 나한테 맡겨."

승빈이 가슴을 펴며 으쓱거렸다. 선재는 웃으며 승빈의 어깨를 툭툭 치고는 승빈이 넘어지지 않고 개구멍 쪽으로 나갈 수 있도록 어깨를 잡아 주었다.

"김승빈, 너."

"응, 고모?"

"착하게 살아야 해. 아빠 같은 말썽꾸러기는 되지 말고."

"알았어, 알았어."

건성으로 대꾸하며 승빈은 중심을 잡고 천천히 쪼그려 앉았다. 선재가 등을 밀어 주자 아이는 잔뜩 몸을 웅크려 밖으로 머리를 내밀었다. 엄마, 엄마 하고 승빈이 부르자 비명과 울음소리, 뒤이어 요란한 발소리가 들려왔다. 누군가가 손을 잡아 승빈을 일으켰는지 승빈의 작은 뒷모

습도 개구멍 밖으로 사라졌다.

"너 대체 여기서 뭐 하는 거야! 여기가 얼마나 위험한 줄 알고!"

울음 섞인 희경의 목소리가, 경찰들의 무전 치는 소리가, 평온한 자장가처럼 들려왔다. 선재는 가림막에 등을 대고 앉은 채 한 번 무너졌던 108동을 가만히 올려다보았다.

나에게도 누군가 손을 내밀어 주었다면 얼마나 좋았을까.

가림막 사이로 새어 들어오던 경찰차의 붉고 푸른 불빛이 멀어져 갔다. 선재는 천천히 몸을 일으켰다. 멀리 108동 입구 쪽에 이 겨울에는 너무나 추워 보이는 주황색 도트 무늬 원피스를 입은 아이가 보였다.

그래, 이제 가야 할 시간이지.

선재는 108동을 향해 천천히 걷기 시작했다. 한 걸음씩 걸어갈 때마다 선재의 몸은 갈라지고 부서져 먼지가 되어 흩날리기 시작했다. 그리고 108동 역시 마찬가지였다. 이미 한 번 무너지고 부서졌는데도 그대로 방치되어 있던 그 건물은, 선재가 걸음을 옮길 때마다 울부짖는 듯한 소리를 내며 흔들리기 시작했다. 걸음걸음마다 선재의 몸이 무너지듯이, 건물의 외장도 벗겨져 떨어지기 시작했다. 그리고 마침내 선재가 108동의 입구에서 덜덜 떨며 기다리던 열 살 난 어린 자신을 끌어안은 것과 거의 동시에, 요란한 소리를 내며 한순간에 그 자리에 주저앉듯이 무너져 버렸다.

MISSION 1

p. 153~154

이번에는 현금보다 이쪽, 그러니까 비밀 무기에 더 관심이 갔다. ~ 굳이 이렇게 정교한 매미 모양을 구현할 필요가 있었을까에 대한 의문은 내내 머릿속을 떠나지 않았다.

MISSION 2

p. 224~225 가져온 파트

부실 공사 때문에 한창 쌓아 올리던 꼭대기 층이 무너졌다. ~ 그리고 아무도 그 일을 제대로 책임지지 않았다.

p. 44~45 반영한 파트

"근데 너 아르바이트한다는 그 폐아파트는 괜찮은 거니?" ~ 엄마. 말이 폐아파트지, 거긴 요새야, 요새. 난 그 요새를 지키는 거고.

MISSION 1

p. 160~162

대답하면서도 선재의 눈은 습관적으로 의사의 책상 위를 훑었다. ~ "아, 그렇지……. 요즘 자꾸 가까운 기억이 가물가물해요."

MISSION 2

p. 73 가져온 파트

천장은 낮았고 바닥에는 적갈색의 카펫이 깔려 있었다. ~ 게다가 스산한 분위기를 물씬 풍기고 있었다.

p. 174 반영한 파트

무음 상태로 켜 놓은 TV 화면에는 이른 아침부터 뒤숭숭해 보이는 장면이 재생되고 있었다. ~ 마치 공사만 마쳐 놓고 가구는 하나도 안 들어온 건물 같은데 화면을 볼수록 기분이 나빠졌다.

MISSION COMPLETION CHECK

작가 7문 7답

괴리공간

전건우

1. 지금의 공통 한 줄에서 어떤 매력을 느끼셨나요?

저는 평범한 사람이 극적인 상황에 놓이는 플롯의 이야기를 좋아합니다. 처음 이 한 줄을 봤을 때 바로 그런 이야기로 풀어낼 수 있겠다고 생각했습니다. 게다가 딱 한 장면이 떠올랐어요. 사실 그게 소설의 시작이기도 했는데, 끝도 없이 펼쳐진 드넓은 공간에서 누군가를 찾아 헤매는 사람의 이미지였죠. 그 이미지가 워낙 선명해서 이 이야기를 쓸 수밖에 없겠다고 마음먹었습니다.

2. 한 줄을 지금의 이야기로 기획하면서 스스로 가장 재미있다고 느끼셨던 부분은 무엇인가요?

지금도 저를 칭찬해 주고 싶은 부분은, 공통 한 줄을 '백룸(The Backrooms)'과 연결했다는 점입니다(전건우 칭찬해!). 아직 국내의 어떤 창작물도 이 백룸을 제대로 다루고 있지 않죠. 영미권에서는 폭발적인 인기를 끌었는데도 말이죠. 저는 이 소재에 쭉 관심을 기울이고 있었고, 공통 한 줄을 보자마자 이걸 떠올렸어요. '괴리공간'이라는 다른 용어로 변경하긴 했지만, 어쨌든 이 작품의 주요 소재는 백룸입니다. 그러다 보니 백룸의 다양한 공간을 상상하는 게 생각보다 꽤 재미있었습니다. 어떻게 하면 일상적이면서도 낯설게 보일까를 고민하면서 각기

다른 백룸을 구상했습니다.

3. 원고를 쓰면서 가장 고민하셨던 지점은 어떤 부분인가요?

백룸이라는 소재가 아무래도 서양적이긴 하죠. 원체 광대무변한 공간이나 자연환경에 익숙한 이들이기에 그런 소재를 좋아하고, 또 거기서 공포를 느낀다고 생각해요. 저는 이걸 어떻게 하면 한국적으로 이식할 수 있을까를 많이 고민했어요. 게다가 어떻게 보면 한국인 특유의 가족 간의 '정'이 또 다른 소재로 작용하고 있으니 이 둘 사이의 '괴리감'을 없애는 게 큰 숙제였습니다. 그래서 각 공간의 묘사는 최대한 자세하게 하되, 신파적 요소는 가능한 한 넣지 말자, 넣더라도 담백하게 가자고 다짐했습니다.

4. 원고 중 가장 만족하시는 장면은 어떤 대목인가요?

스포일러가 될 수 있어 구체적인 언급은 못 하지만, 주인공이 드디어 모든 게 끝났다고 생각하고 마음의 짐을 던 다음 새로운 임무를 맡게 되는 장면이 있어요. 이때 '신무기(?)' 역시 받게 되는데 전 이 순간을 꽤 즐겁게 썼거든요. 뭐라고 할까, 마음껏 웃겨 보자 이런 느낌으로 썼다고 할까요? 독자 여러분은 웃지 않으실 수도 있겠지만 썼던 저는 키득거리며 작업했기에 꽤 만족스러운 장면이

나왔습니다.

5. 상대 장면 가져오기 미션에서 그 부분을 가져오신 이유는 무엇인가요?

사실 저는 이 미션이 정말 어려웠습니다. 전혜진 작가님의 작품은 어느 하나 빈 곳이 없었거든요. 무슨 말인가 하면, 빈틈이 있어야 그 부분을 쉽게 가져오는데 이야기가 워낙에 촘촘하게 잘 짜여 있다 보니 한 올의 실오라기를 풀어내는 게 어려웠어요. 그래서 이 부분은 담당 피디님의 도움을 많이 받았습니다. 그분이 아이디어를 주셨고, 고민하다가 그게 가장 좋겠다고 생각해서 미션을 완수할 수 있었습니다(박혜림 피디님 고마워요!).

6. 상대 작가님의 작품을 읽어 보았을 때 어떤 생각을 가지셨나요?

와! 처음 다 읽고 내뱉은 한마디가 바로 '와!'였어요. 이야기의 밀도가 상당했거든요. 게다가 주제 의식까지 뚜렷해서 작품 전체에 힘이 넘쳤습니다. 어느 정도 농담을 섞은 제 이야기와 완전히 다른 분위기라서 그것 또한 신기했죠. 같은 한 줄에서 이토록 다른 분위기의 이야기가 나온다는 게. 무엇보다 전혜진 작가님이 서사를 이끌어 가는 힘이 과연 대단하구나 싶었습니다. 많이 배우게 됐어요!

7. 끝으로 작품을 읽으신 독자님들께 한 말씀 부탁드립니다.

자, 끝까지 읽어 주신 여러분, 정말 감사합니다. 늘 말씀드리지만 저는 여러분이 없다면 이 지루한 소설 쓰기를 계속할 수 없을 겁니다. 이번에도 읽어 주셔서 다시 한 번 감사하다는 말을 전합니다. 이번 작품은 코즈믹 호러에 코미디가 섞인, 나름 꽤 도전적인 장르로 풀어냈습니다. 늘 써 오던 오싹하고 무서운 이야기보다 조금은 가볍고 친근하게 여러분께 다가가고 싶었거든요. 그리고 저…… 사실 웃기는 거 좋아합니다. 다음에도 멋진 이야기 들고 올 테니 조금만 기다려 주세요!

Missing

전혜진

1. 지금의 공통 한 줄에서 어떤 매력을 느끼셨나요?

어린 시절을 보냈던 아파트 단지가 있습니다. 그 아파트 단지는 제가 성인이 된 뒤 헐려서, 최신식 고층 아파트 단지가 되었어요. 그곳이 철거되기 전에, 마지막으로 예전 단지를 돌아다닌 적이 있었습니다. 눈을 감고도 걸어 다닐 수 있을 것 같은 곳이었고, 사방에는 초목이 가득했는데도, 어쩐지 낯설고 숨이 막히고 이 아파트 단지 자체가 죽어 가고 있다는 느낌을 받았어요. 놀이터마다 해가 저물 때까지 아이들이 가득했던, 그 시절의 제가 이 풍경을 봤다면 그 삭막함에 질려서 주저앉을 것 같았습니다.

열 살 미만의 어린아이가 그런 철거 직전의 아파트 단지에서 길을 잃는다면 어떤 기분이 들까, 그 생각이 먼저 들었습니다.

2. 한 줄을 지금의 이야기로 기획하면서 스스로 가장 재미있다고 느끼셨던 부분은 무엇인가요?

이곳의 배경을 만드는 일이었습니다. 쇠락해 가는 지방 소도시 느낌이지만 아파트 단지를 재건축할 정도라면 아무래도 도청 소재지나 광역시 정도는 되어야겠죠. 광역시라고 묘사했지만 사실은 두 군데 정도의 도청 소재지 지도들을 펴 놓고 도시를 만들어 보았습니다. 삶과 죽음이 교차되는 내용이다 보니 아버지의 사십구재 이야기로 시작했고, 재를 지내는 절이 선재의 집에서 너무 멀면 안 될 것 같았어요. 마침 인천 구월동에 있는 경찰청 바로 옆에 절이 있는데 그건 너무 가깝고, 큰 도로 한두 개 건너에 있는 절이라고 하자, 하고 생각했습니다. 있을 법한 동네를 만들어야 했어요. 아주 비현실적인 이야기는 아주 그럴듯한 배경에 얹어 놓아야 잘 어울리니까요.

3. 원고를 쓰면서 가장 고민하셨던 지점은 어떤 부분인가요?

선재라는 이름은 화엄경에 나오는 선재동자의 이야기에서 따온 이름입니다. 선재동자는 53인의 지혜로운 이들을 찾아다니며 진리를 알고자 하지요. 〈오세암〉이나 〈동승〉 같은 영화들도 사실은 이 선재동자 이야기에서 모티브를 따온 부분이 많았습니다. 불교 이야기를 하려던 것은 아니지만, 고통스러워하던 과거의 선재와, 고통을 딛고 다른 아이들을 구할 수 있는 어른이자 경찰이 되어 여전히 괴로워하면서도 자신의 의무를 다하는 현재의 선재가 겹치는 장면에서 그런 느낌을 주고 싶어 고민을 많이 했습니다.

4. 원고 중 가장 만족하시는 장면은 어떤 대목인가요?

이 이야기에서 저는 선재라는 사람의 일생이 세상에 복

수하고 오빠에게 복수해도 시원치 않을 만큼 고초를 겪어 왔음을 일관되게 열심히 그렸습니다. 그럼에도 불구하고 선재는 자신이 부서지고 망가지더라도 개의치 않고 어린아이를 구하는 사람이죠. 그건 그 아이가 자기 피붙이여서 그런 것도 아니고, 모성애 때문도 아니고, 자신이 그저 경찰이기 때문도 아닙니다.

선재는 조카를 보며 자신이 아이들을 썩 좋아하지 않는다고 말합니다. 그리고 어린 시절의 자신을 지켜 주지 않았고, 지금은 부도덕한 상사들과 오빠의 친구들이 소속된 경찰 조직에 대해서도 그다지 신뢰하지 않아요. 하지만 선재는 강한 사람입니다. 자신의 어린 시절을 지켜 주지 않았던 바로 그 경찰이 되어서, 아이들을 구하는 동시에 자기 자신을 지키며 살아왔으니까요. 선재가 승빈을 구하는 대목은 그 누적된 감정이 압축적으로 드러나는 장면입니다. 그래서 몇 번이나 고쳐 쓰며 공을 들였어요.

5. 상대 장면 가져오기 미션에서 그 부분을 가져오신 이유는 무엇인가요?

다행히 둘 다 현대물이고, 또 후반부에서 조카도 선재도 폐아파트 단지에서 길을 잃게 될 테니까, 그 장면을 암시하듯 TV로 슬쩍 보여 주면 재미있을 것 같다고 생각했습니다. 왜, 옛날 영화 〈엽기적인 그녀〉의 앞부분에 다섯 쌍둥이가 태어났음을 알리는 낡은 신문 기사가 천연덕스레 지나간 것처럼요.

6. 상대 작가님의 작품을 읽어 보았을 때 어떤 생각을 가지셨나요?

읽고 한참 웃었어요. 문자 그대로의 페이지 터너, 정말 숨도 못 쉬고 다음 페이지를 계속 넘길 만큼 무척 재미있는 소설이어서. 저는 전건우 작가님 소설이 정말 재미있었는데, 그러면서도 "작가님 소설은 이렇게 신나는 활극인데 내 소설은 살벌하게 슬퍼서, 이 둘이 나란히 묶여 있으면 독자님들이 당황하시지 않을까?"하고 걱정했습니다. 그런데 편집자인 친구가 "앉은 자리에서 책 한 권을 다 읽지 않는 경우가 더 많다"라고 말해 줘서 안심했어요.

7. 끝으로 작품을 읽으신 독자님들께 한 말씀 부탁드립니다.

읽어 주셔서 감사합니다.

같이 읽고 싶은 이야기
텍스티 (TXTY)

텍스티는
모두가 같이 읽고 싶은 이야기를
만들고 제안합니다.

읽고 나면
주변에서 벌어지는 일에 관심이 생기고
다른 이들과 나누고 싶어지는 이야기를 만들겠습니다.

계속해서
이야기의 새로운 재미를 발견하고
이야기를 통한 공감이 널리 퍼지도록 애쓰겠습니다.

텍스티의 독자라면 누구나
이야기 곁에 있도록 돕겠습니다.

금지된 아파트
매드앤미러 03

초판 발행 2025년 1월 27일

지은이 전건우 전혜진

기획 ㈜투유드림 매드클럽 거울
IP 총괄 조민욱
IP 책임 박혜림
IP 제작 김하명 조민욱 이원석
IP 브랜딩 홍은혜 텍수LEE
IP 비즈니스 조민욱 김하명
경영지원 박영현 김미성 손혜림
교정·교열 이원석
예타단 1기 신효영 이현수 천희원
디자인 그리너리케이브
북-음 최희영
인쇄 금비피앤피
배본 문화유통북스

발행인 유택근
발행처 ㈜투유드림
출판등록 제2021-000064호
주소 (02810) 서울특별시 성북구 종암로13길 16-10
대표전화 02-3789-8907
이메일 txty42text@gmail.com
인스타그램 @txty_is_text
홈페이지 https://www.toyoudream.com
ISBN 979-11-93190-24-1(03810)
정가 14,000원

* 이 책의 본문은 '을유1945' 서체를 사용했습니다.

* 이야기 브랜드, 텍스티(TXTY)는 ㈜투유드림의 임프린트입니다.